ブラウン神父の不信

G・K・チェスタトン

名作揃いの〈ブラウン神父〉シリーズでも，とりわけ傑作が集まっている第三集が，読みやすくなって，新しいカバーでリニューアル！　これを読まずして〈ブラウン神父〉シリーズは語れない傑作「犬のお告げ」，チェスタトンならではの大胆で奇想天外な密室トリックが炸裂する「ムーン・クレサントの奇跡」，濃厚なオカルティズムで後世に多大な影響を及ぼした必読作「金の十字架の呪い」，真相の意外さが光る逸品「翼ある剣」など，珠玉の８編を収録する。ブラウン神父の魅力あふれる名推理をご堪能あれ！

ブラウン神父の不信

G・K・チェスタトン
中　村　保　男　訳

創元推理文庫

THE INCREDULITY OF FATHER BROWN

by

G. K. Chesterton

1926

目次

ブラウン神父の不信

ブラウン神父の復活

短い期間ではあったが、ブラウン神父が名声を高めた——というよりそれに苦しめられたことがあった。神父は彗星《すいせい》のごとく忽然《こつぜん》と新聞紙上を賑わし、日曜の論評欄では決まって論争の的となった。神父の手柄話は、数知れぬクラブや応接室で熱心かつ不正確に物語られた。特にアメリカでの評判は大したものだった。神父を知っている人には、なんとも珍妙で信じられないことと思えるだろうが、神父が探偵となって冒険をやったというこの事件は、雑誌にのる短編の題材になったほどである。

つきまとうこの脚光が神父を照らしだした場所がまた奇妙なことに、その数多い任地のうちでもっともぱっとせず、もっとも遠隔の土地だった。神父が宣教師と教区僧の中間どころの役目で派遣された、この南アメリカ北岸の地域では、いくつかの国々が旧態依然としてヨーロッパの強国に揺々とすがりついているか、さもなければ、アメリカのモンロー大統領の巨大な影のもとで、いまにも共和国として独立しそうな気配をたえまなく示していた。そこの住民は赤茶色でピンクの斑点《はんてん》のある皮膚をしていた。というのはつまり、スペイン系アメリカ人という、ことで、それも大部分はスペイン系アメリカ人のインディアンだった。けれども、同じアメリカ人とはいっても、北方系のアメリカ人であるイギリス人やドイツ人やその他の人たちも同地にじわじわと浸透しはじめ、その数は日を追って多くなっていた。そもそもことが起こったのは、こういう外来客たちの一人が上陸してきて、鞄を一つ盗まれたので途方にくれ、目に留まった最初の建物に向かって足を運びだしたときなのである。その建物がたまたま伝道館と付属の礼拝堂だったのであるが、その家の前には長いベランダが走り、杭が一列に長く並び、黒々とした蔦《つた》がからみつき、角ばった葉が紅葉していた。その内側に、これも一列に、大勢の人間が杭のように固く、そして蔦のように赤い色をしてすわっていた。かぶっている縁《ふち》の広い帽子は、人々のまばたきもしない目と同じように黒かったけれども、その顔色はまるで南アメリカの森林の濃い赤色の木材ではないかと思える者も多かった。そして、たいがいの者がえらく長くて薄黒い葉巻をすっていた。その煙だけが、この集団のなかで動いているただ一つのものだった。この外来者は一同を土着民と見なしただろうが、人々のなかにはスペインの血統を非常に誇りとしている者もあった。だが、外来の男はスペイン人とレッド・インディアンの違いを認めるような人間ではなかった。どこの土地へ行っても、一度その住民を土着民と決めつけてしまうと、たちまち相手を場面から抹殺してしまう傾向があったのだ。

　この男はカンザスシティから到来した新聞記者だった。やせていて、毛髪が白っぽく、鼻は、メレディスなら冒険好きの鼻と呼ぶようなものだった。その鼻が手探りならぬ鼻探りで自分の道をたどり、アリクイのくちばしのように動きまわるものであると考える人もいるかもしれない。名前はスネースといい、両親は、しばらくぼんやりと考慮をかさねた結果、その愛称をソールと決めたのだが、これは、当人としてはできるだけ隠しておきたい事実だった。だが結局は妥協してポールと自称するようになったのだけれども、これはあの異邦人の使徒がそう自称するようになったのとは違う理由によるのである（聖パウロ――英語読みではポール。彼は初めサウルという名前だった）。それどころか、こういう問題にこの御仁《ごじん》がどれだけ関心をもっていたかはともかく、使徒よりも迫害者の名前のほうが当人には似合ったろう。

組織宗教に対するこの男の軽蔑《けいべつ》は昔ながらのもので、それはヴォルテールよりも十九世紀アメリカの反キリスト教主義者インガソルから簡単に習いおぼえられそうな反感だった。まさしくいま、この男が伝道館とベランダの前の人たちに向けたのは、当人の性格のあまり重要な面ではない、以上のような態度だった。地元民が恥ずかしげもなく、くつろいで我関せず焉《えん》とふんぞり返っているのを見て能率意欲が火と燃えた新聞記者氏は、最初のいくつかの質問に返事一つしてもらえないとわかると、一人でとめどもなくまくし立てはじめた。

強い日ざしのなかで、パナマ帽にきちんとした洋服、鉄拳そのものの手には旅行鞄を握りしめた記者の小ざっぱりした姿、その口から、日かげにいる人たちに大声で言葉が投げつけられた。おまえたちがなまけ者で不潔なのはなぜか、動物のように無知で、滅びてしまう動物たちよりも低級なのはなぜなのか、その説明を記者は声をいっぱいに張りあげて行った。その意見だと、みんながこうも貧乏で希望のまったくない圧制を受け、日かげに腰をおろしてただたばこを吸う以外にどうしようもないというのは、宣教師たちの悪影響によるものだった。

「うぬぼれきった坊主たちが金色まばゆいマントや三重の冠で身を飾り立てて歩きまわり、まるで泥を見るような目つきで人間という人間を見くだしている、その態度に怖れをなしてしまうなんて、おまえたちはとんでもない弱虫にちがいない。まるで子どもがパントマイム劇にまいってしまうような具合に、おまえたちは、冠やら、天蓋《てんがい》やら、聖傘《せいさん》やらに目がくらんでしまうのだ。たかが迷信崇拝教《マンボ・ジャンボ》のごてごて飾り立てた高僧がこの世の王者みたいに見えるというだけの理由で、ころりとまいってしまうのだ。ところで、おまえたち自身はどうか？　おまえたちはどんな姿をさらしているというのだ？　そんなわけだからこそ、おまえたちは未開の世界にとどまっていて、読むことも書くこともできないんだ――」

そのときである、件《くだん》のマンボ・ジャンボの高僧がなりふりかまわずそそくさと伝道館の戸口から現われでた。どう見ても、この世の王者とはほど遠く、強いて《し》たとえるならば、中古の黒衣のひとつづきを短い芯のまわりに巻きつけてボタンでとめ、男性らしきものを作りあげているといったところだった。三重冠などというものは、たとえどこかにしまってあるにせよ、このときにはかぶっていなかった。代わりに、スペイン系インディアンたちがかぶっているのとあまり違わない貧弱な縁広の帽子をかぶっていて、それがまた、本人のあわてふためいているさまの象徴のように、あみだになっていた。この人物は、動かずにじっとしている原地民たちに話しかけようとしたとき、初めて見知らぬ男を目に留めた。そして、すかさずこう言った――。

「これはどうも、なにかお役に立てますかな。お入りになりませんか」

ポール・スネース氏は言われるままに入っていったのであるが、そもそもこれが、多くの問題に関する氏のジャーナリストとしての通信活動を活発ならしめた過程の第一歩にほかならなかった。察するところ、氏は個人的な偏見よりもジャーナリストとしての本能のほうが強かったのだろう。これは、頭のいいジャーナリストにはたいてい見られる共通の傾向である。氏はこうして、多くの質問を出し、それに対する答えに興味をひかれ、かつ驚かされた。たとえば、インディアンたちが読み書きすることができる――それも神父が教えてやったから――ということがわかった。ところが、インディアンたちは、読み書きよりもずっと直接的な伝達法を生来好んでいるために、なるたけ読んだり書いたりはしないのだということだった。そしてまた、ベランダのところで髪の毛一本動かさずにうずくまっているこの奇妙な人たちは、自分の土地に出れば熱心な働きぶりを見せ、特に半分以上スペイン人の血が混じった連中がよく働くということもわかった。それよりも驚かされたのは、この人たちは全員が自分の土地を自分で所有しているという事実だった。という程度のことならば、どこの民にも固有のものらしい根強い伝統の一部なのだが、それにもやはり神父が一役買っていて、そうすることで神父は自分にとって最初でしかも最後の政治的な役割を――たとえそれが一地方の政治に関することであれ――ともかく果たしたのだった。

ラテン文化圏の諸国には周期的に無神論の、いやほとんど無政府主義的な急進主義が流行熱病となって蔓延《まんえん》する。それはまず秘密結社に起こり、しまいには内戦に発展して収拾がつかなくなるという場合が普通であるが、こういう熱病の一つが最近このあたり一帯を襲ったことがあった。そのような偶像破壊党のこの地域の指導者はアルバレズといって、かなり派手な冒険家であり、国籍はポルトガルなのだが、実は、政敵どもが言いふらしているとおり、一部黒人の血をひいていた上に、数知れぬ結社や秘密組織の頭目であったが、このような地方では、そういう結社は無神論にもなにか神秘主義めいたものを漂わせていた。それに対して、もっと保守的な党派の指導者はずっとありふれた人物で、メンドーザという大した金持ちだった。こちらは多くの工場を所有し、げすなところのない立派な人物だったが、華々しい魅力はなかった。さて、世論によると、法律と秩序という大義名分は、もしそれが小作農のために土地を確保してやるという形でもっと大衆的な政策を採らないかぎり、完全に失われてしまうだろうということになっていた。この運動は、おもにブラウン神父の小さな伝道館から醸しだされたものだった。

このように神父が記者に話しているところへ、保守党の首領メンドーザが入ってきた。色の黒い、がっしりした男で、そのはげ頭は西洋梨のよう、丸っこい身体も西洋梨のようだった。とても香りのよい葉巻をすっていたが、神父の面前へ来ると、まるで教会にでも入ったときのように、ちょっとばかり芝居っけたっぷりに投げすてた。そして、これほど肥満した紳士なんだからそんなに曲がるはずがないと思えるほど深い角度まで身をかがめておじぎをした。この御仁は、あいさつの身ぶりとなると（特に相手が宗教関係だと）いたって真剣だった。この世には聖職者よりも聖職者らしい俗人がよくいるものだが、この男がまさにそれで、この礼儀正しさは、普段はまあいいとしても、私生活にまで入ってきたとなると、ブラウン神父をえらく面食らわせた。

「わたしはだいたい自分を反教権主義《アンチ・クラック》だと思っていますが」とよくブラウン神父はかすかな微笑を浮かべて言ったものである――「もしみなさんが聖職者の職分を横どりせずに、なにもかもわたしどもにまかせてくれれば、現在のような教権主張は半分以下になるでしょうに」

ところで、メンドーザを見た新聞記者氏はあらたに活気づいて叫んだ――「これは、メンドーザさん、前にお会いしましたね。去年メキシコの貿易会議に出られませんでしたか？」

メンドーザ氏の重たるい瞼《まぶた》がぱちぱちして、ああ、あのときの人かと認めたようだった。続けて、その顔におっとりとした微笑が浮かんだ。「覚えていますよ」

「一時間か二時間のうちに大した取引が成立しましたね」とスネースは心から楽しそうに言った。「たんまりもうけたんでしょうね」

「たいへん運がよかったもんでして」とメンドーザは控えめに言った。

「とんでもありませんよ」と熱狂しやすいスネースは叫んだ。「幸運というものは、どういうときに手を出してひったくったらいいのかを知っている人たちのところにやってくるんです。あんただって、がっちりとそれをつかまえて放さなかったわけなんですよ。それはそうと、ぼくがいたんではご商売の邪魔になるんじゃないんですか？」

「とんでもありません。わたしはしょっちゅう神父さんのとこへちょっとおしゃべりをしに寄らせてもらうんです。ほんのおしゃべりをしにね」

これでどうやら、ブラウン神父と、成功しているばかりか有名でもある実業家との間柄が親密だということがわかり、神父と実務派のスネースとの妥協が成立したかに見えた。スネースには、いわば新しい尊厳がこの伝道館を包んでいるように思えてきたので、礼拝堂や司祭館がある以上はすこしぐらい宗教の存在を思い知らせられるのはやむをえまいと大目に見るようになった結果として、神父の綱領《プログラム》について――すくなくもその世俗的、社会的な面に関しては――すっかりのり気になって、それを世間一般に伝える生きた電線として一肌脱ぐ用意があると明言した。そうなるとかえってブラウン神父には、この新聞記者がうるさいものになってきた。こんなふうに共鳴されるより、反対されるほうがまだましだった。

ポール・スネース氏はすぐさまブラウン神父を特ダネにすべく活発な行動をおっぱじめた。神父への賛美を長々と調子も高らかに書きつらね、大陸の向こうにある北西部の新聞社へ送ったのである。この不運な聖職者が実にありふれたことをしているところの写真をとって、合衆国の膨大な日曜紙の膨大な紙面にそれを掲載させもした。氏は自分の文章をスローガンにさせてしまい、休みなく南アメリカ在住の神父からの《お告げ》を世間に伝えた。アメリカ人種ほどたくましくなく、受容力も旺盛でない種族だったなら、ブラウン神父にはもういいかげんうんざりしてしまったことだろう。ところが、この場合、神父は合衆国内を講演旅行するようにという熱心な、割のいい申し出を受け、それを断ると、うやうやしい驚きの態度で、その条件をさらに割のいいものにするから、とせがまれた。シャーロック・ホームズのように神父を扱った連載物語がスネース氏のさしがねで計画され、助力と激励をお願いしますという要請とともに神父にその予定表が届けられた。神父は、気がついたときにはもうことは進行中だったので、それはやめてくれと言う以外にはなんにも提案できなかった。同じ「やめてくれ」でも、スネースの耳に入ると、ブラウン神父はワトソン医師書くところの《最後の事件》の主人公のように、断崖から飛びおりて一時的に消えてしまうべきか否《いな》かを論議するきっかけと受けとられた。こういった要求に対して神父は我慢強く返信を書いて答えねばならなかった。これこれの条件で連載ストーリーの中断に同意する、再開の時機はなるたけ遅いほうがよい……。神父の書き送る資料はだんだん短くなって、その最終回の分を書き終わったときには、ほっとため息がもれた。

言うまでもないことだが、北アメリカでの奇妙なブラウン神父ブームは、人目にふれずにひっそりと生活するところとばかり思って神父が赴任した、南アメリカのこの任地にも影響を及ぼした。同地でもうかなりの数になっていたイギリス人やアメリカ人は、広く世界に名の売れた人物が近くにいるということで鼻を高くしはじめた。アメリカ人の観光客たちは、イギリスに上陸した途端に開口一番、ウェストミンスター寺院を、と注文するのが多いそうだが、そういう連中が、この遠隔の地の海岸に上陸しての最初の注文は、ブラウン神父を、であった。それどころか、ブラウン号という名の遊覧列車を仕立てて、まるで記念碑かなんぞのように神父を見物に行くやじうまを運ぶ計画がまさに実現しようとしていた。特にうるさかったのは、土地の貿易商や店主たちで、なかでもとりわけ活動的な野心家は、しつこく神父にまといついて、手前どもの商品をおためしになって品質保証をしてくださいと頼みこんで、神父の推薦文こそもらえなかったが、文通を継続してサインを手にいれた。神父はとても人がよかったので、連中はお望みのものはたいがいせしめることができた。そして、エクシュタインというフランクフルトのワイン商からも依頼があって、神父はその返事をはがきにそそくさと数語書いて送ったのだが、これが神父の一生における一つの怖るべき転機となったのである。

エクシュタインは、ちぢれ毛で鼻眼鏡をかけた、神経のこまかい小柄な男だった。その注文はなかなか乱暴で、当店の名高い薬用ポートワインを試飲なさっていただきたい、なお、同品を受けとったという証拠に、それをいつどこで飲むかご一報ください……というのだった。神父は別段この依頼に驚かなかった。宣伝が正気の沙汰ではなくなっていることにはもう慣れっこになっていたからだった。だから神父はそそくさと簡単に返事を書いて、もっとましな仕事に取りかかった。ところが、すぐにまた仕事を中断させる邪魔がとびこんだ。ほかでもない、神父の政敵アルバレズその人からの手紙で、重要な問題について妥協するから会談に出てきてくれ、町の城壁のすぐ外のカフェで今晩お会いしたいがいかがなものか、という内容だった。この依頼に対しても神父は、承知しましたという返事を書いて、待っている伝令兵に渡した。まだ一時間か二時間のゆとりがあったので、神父は本来の務めを片づけてしまおうと腰を据えた。やがて時間になると、やおらエクシュタイン店の名酒を一杯ついで、ひょうきんな表情で時計をちらと見てから、ぐっと杯を傾け、闇のなかへ出ていった。

スペインふうの町を強い月の光が蔽《おお》っていたので、向こう側に棕櫚《しゅろ》の木が幻のように浮かんでいるロココ式アーチの華麗な門が、スペイン歌劇の一場面のようで、縁の裂けた長い棕櫚の葉が月の表面にかかって黒く浮きあがっているのをアーチの手前側から見ると、まっ黒な鰐《わに》の口かと思えた。そんな空想がいつまでも頭のなかに残るはずは普段ならないのだが、このときには、もう一つ神父の生まれつき機敏な目に留まったものがあった。空気は死んだように静まり返り、風はそよとも動かなかった。それなのに、あのたれさがった棕櫚の葉がたしかに動いたのだ。

あたりを見まわすと、自分のほかには誰もいないことがわかった。最後の人家が並んでいるところを通ったときも、たいていどの家も門を閉じていたが、ここは、巨大だが平たい石で築かれた長い塀が門の入口まで両側をふさいでいる。くぐり戸一つありはしない。この地方独特の刺のある雑草がそこここにかたまって茂っているばかりだ。門の外のカフェの明かりはまだ見えない。ずっと先なのだろう。アーチの下に見えるのは、大きな板石を敷いた歩道だけで、それは月の光に青白く、だだっぴろく見え、ところどころにオプンチア・サボテンが置き忘れられたように生えていた。神父は悪の気配を強く感じとった。なんとも奇妙な肉体的圧迫……だが、立ちどまろうという気は起こさなかった。神父の勇気も大したものだったが、それ以上に強かったのが持ち前の好奇心なのだろう。生まれてこのかた神父を動かしてきたのは、どんなささいなことだろうとその真相を追求せねばやまずという知的な渇望にほかならなかった。それがあんまり強すぎると思えたときには、みずから抑えつけてきたものだが、いくら抑えつけても、それは頑としてそこにあった。神父はまっすぐに門を通りぬけて反対側に出た。と、一人の男がこずえからとびおりるが早いか、ナイフを手に打ちかかった。同時に、べつの一人が塀に沿ってすばやく這いより、棍棒《こんぼう》を大きくひと振りして神父の頭に打ちおろした。神父はうしろを向き、よろめき、沈むようにくずれていった。その顔に浮かんだ表情は、穏やかだが途方もない驚きのそれだった。

　同じ町に当時アメリカ人がもう一人住んでいた。特にポール・スネース氏とは似ても似つかぬ人物で、ジョン・アダムズ・レースといい、この古い町に新式の便利な設備を施《ほどこ》す仕事でメンドーザに雇われた電気技師だった。新聞記者のスネースとは違って、諷刺《ふうし》だとか国際的ゴシップといったものにはまるで縁がない。しかし、アメリカという国には、スネースのような道徳観をもった人間一人に対して、レースのような道徳観を奉ずる者は百万人をくだらない。我らがレース君は並はずれて立派な仕事をする点でずばぬけているが、それ以外にはまったく目だたぬ存在である。人生行路の第一歩は、西部の某村で薬屋の店番として踏みだしたのだが、せっせと働いて実力で身を起こした。それでも、いまだに自分の生まれ故郷を人間世界の中心部と考えているほど単純なのである。母親の膝の上で、家庭用の大型聖書からごく清教徒的な、あるいは純粋に福音派的なキリスト教を教えられていたので、彼はいまでも宗教に心を向けるときにはそれを信仰の対象としていた。

　最近とみに新発見が相次いで、科学界は目のくらむような盛況を呈しているが、そのなかでも特にきわどい実験をレース君はやり、新しい星や太陽系を創りだそうとする神のように音と光の奇跡を生みだすべく骨を折っている。それでいながら、母親や、あの家庭用の聖書や、故郷の村の静かで古風な道徳など、なんでも「生まれ故郷」のものならば世界一だということを瞬時も疑わなかった。自分の母親が神聖であるということには、軽薄なフランス人さながらに、大まじめで高潔な信念をもっていたし、聖書を信仰することこそ真に正しいことだと信じきっていて、現代世界のどこへ行っても、そういう信仰が欠けているのを漠然と感じて寂しい思いをするのだった。かといって、カトリック諸国の宗教的な外見には共鳴しそうもなく、法王の三重冠や笏《しゃくじょう》杖が嫌いだという点では、スネース氏と大いに意を通じるところがあったが、これにしても、氏ほどはっきりとした自信があるわけではなかった。また、メンドーザがむやみとおせじを振りまくのが気にくわなかったし、反面、無神論者アルバレズの秘密結社式の神秘主義にもなんの誘惑も感じなかった。おそらく、インディアンの赤とスペインの金とに彩られたこの半熱帯地の生活だけでもう充分に頭がくらくらしていたのだろう。

とにかく、レース君が自分の生まれた町ほどよいところはどこにもないと言うのは、別に大言壮語ではなく、同君は、ほんとうに地味でてらいのない、人の心を動かす場所がどこかにあるのだと本気で考え、そういうものをこの世のなにものよりも尊《とうと》んでいたのである。だいたい以上が南米の立ち寄り先でのジョン・アダムズ・レース君の精神状態だったが、ここしばらく、生来の偏見と矛盾《むじゅん》する、わけのわからぬ感情がだんだん強まってくるのをどうすることもできなかった。これまでに彼が旅先で出会ったさまざまのもののうちで、あの故郷のたきぎの山や、田舎の礼儀作法や、母親の膝の上で見た家庭用の聖書を思い出させてくれたのは、たった一つ、ほかでもないブラウン神父の丸顔と、その不恰好な黒い蝙蝠《こうもり》傘だけだったのである。

あのありふれた、滑稽《こっけい》しごくな黒衣の人物があわただしく走りまわるのを、レース君はしだいにじっと見守るようになっていた。生きている謎か矛盾を見るような、熱に浮かされた目つきで一心不乱に見つめたのである。あれほど忌《い》みきらっていたものの奥底に、好かずにはいられないものがひそんでいるのがわかったのだ。これはまるで、下っぱの小鬼にひどく悩まされているうちに、魔王そのものがごく平凡な人間だったとわかってくるようなものだった。

さて、この月夜にも窓から外を見ているうちに、件の魔王――不思議と潔白な悪魔――が縁の広い黒帽子をかぶり、長い黒服を着て、門に向かって足をひきずるように歩いてゆくのが目に留まり、自分にも説明のつかない興味を感じてその姿を見守った。いったいどこへ、なにをしに行くつもりなのかといぶかしんで、その黒く小さな姿が通りすぎてしまっても、月に照らされた通りを眺めていた。そのときである。いっそう興味をそそる別のものが見えた。二人の男である。その人影は明るい舞台を渡るように窓の前を通っていき、青い月光の舞台照明が、小柄のワイン商エクシュタインのぼさぼさと突き立った髪をおぼろな後光で取り囲み、同時に、鷲を思わせる横顔に妙に古風な大きな黒帽子をかぶった、連れよりもずっと背が高く、色も黒っぽい姿をくっきりと浮きあがらせた。その全体の輪郭は、帽子のせいで、いきおい影絵芝居の人物のように怪奇に見えたが、すぐにレースは、月の光にまどわされてそんな連想をしたのを後悔した。よくよく見れば、それは黒いスペイン風の頰髯《ほおひげ》を生やし、ひいでた顔つきをしたコールドロン博士だったのである。町の人たちに尊敬されている医者で、たしかメンドーザを診察したことがある。

それはともかく、この二人がひそひそ話をしながら先のほうを見すかしている様子には、なにかただならぬものがあった。なにを思ったか、レースは衝動的に低い窓枠をとびこえ、帽子もかぶらずに二人のあとを追った。二人は、暗いアーチの下に消えてゆく。と、たちまちアーチの向こうから怖ろしい叫び声が聞こえた。耳をつんざくような大声、それがレースにはわからない国の言葉で明瞭にしゃべったので、なおのこと血が凍りつくような思いだった。

次の瞬間には、そうぞうしい足音と、さまざまな叫び声が相次ぎ、怒りか悲しみか聞きわけることのできない呻《うめ》きがあたりの小塔や、背の高い棕櫚の木をゆるがせた。集まってきたやじうまの集団が、まるでうしろへたなびくように波をうった。そのとき、暗いアーチに新しい人声がこだました。こんどはレースにもわかる言葉で、それは運命の調べをかなでるように調子を低めた――。

「ブラウン神父が死んだ！」

レースは、自分の心をささえていたどんなつっかえ棒が折れたのかも、頼りにしていたものがなぜ不意に自分を見すててしまったのかもわからぬまま、アーチめざして駆けつけた。同国人の記者スネースが死んだように青ざめた顔をして、いらいらと指を鳴らしながらアーチの下から出てくるのに出会った。

「嘘じゃないんだ」とスネースは、いつになく敬意に近いものをこめて言った。「もう絶望だ。医者が診たけど、見込みはないそうだ。門を通りぬけようとしたときに、イタ公の誰かが棍棒でなぐりつけたんだ――なんの腹いせだか知らないが。とにかく、この土地にとっては大損失だ」

レースは、おそらくそれだけのゆとりもなかったためだろうが、返事一つせずに、アーチの下を走りつづけ、現場へ駆けつけた。小柄な黒衣の人物が、緑の茨《いばら》がそこここに出ている荒涼とした石畳の上に、倒れたときのままの恰好で横たわっていた。大群衆がうしろにひきさがっていたのは、前に出ている巨大な人物が身ぶりをして制していたからだった。この人物が片方の手をちょっと動かしただけで、まるで魔法にでもかかったように右へ左へと動かされる手合いがここには大勢いるのだった。

独裁者、そして扇動家のアルバレズは、肩で風を切ってのし歩く長身の男で、平素からけばけばしい身なりをしていたが、このときにも、銀色のへびが這いずりまわっているような縫いとりのあるグリーンの軍服を着て、首のまわりには、実に鮮やかなえびちゃ色のリボンに勲章を吊るしていた。濃いちぢれ毛はもう白くなりかけていたが、顔の色はそれとは対蹠的《たいしょてき》で、味方にはオリーブ色と、敵には八分の一まで黒人の血が混じった色だと言われていたくらいだから、まるで純金のマスクのように文字どおり金色に見えさえした。けれども、そのたくましく、ひょうきんで、目鼻だちの大きい顔は、この場面にふさわしい厳粛《げんしゅく》な表情を浮かべていた。こんな説明をしている最中だった。――カフェでブラウン神父を待っていると、衣擦《きぬず》れの音と人の倒れる音が聞こえたので出てみると、石畳の上に死体が転がっていた……。

「おまえたちのうちの何人かがどんなことを考えているか、わしにはわかっている」と誇らしげに見まわしながら言った。「どうせ、わしのことを怖がっているんだろうから、わしがみんなの代わりにその思っていることを口に出して進ぜよう。わしは無神論者だ。ということを信用してくれぬ人があっても、残念ながら『神に誓って』と言うわけにはいかない。だが、軍人であり、男である者に残されたぎりぎりの名誉にかけて誓うが、わしはこの事件とは無関係だ。

この犯人があがったら、わしはためらわずにそいつをあの木にぶらさげてやる」

「あんたがそう言ってくれるのはありがたい」とぎごちなくおごそかに言ったのは、倒れている司教補のそばに立った老メンドーザだった。「この打撃にわたしどもは気が転倒して、ほかのことはなんにも考えられないくらいだ。どうでしょう、このかたの身体を片づけて、この思いがけない集まりを解散することにしたら……そのほうが穏当で正しいことでしょう。どう見ても」とここで医者に向かい――「不幸なことに、疑問の余地はもうないんでしょうな」

「疑問の余地はありません」とコールドロン博士。

　ジョン・レースは、もの悲しく、妙にうつろな心を抱いて宿に帰った。知りあっていたわけでもない男のことを追憶するなんて、我ながらおかしな話だ。葬式はすぐに明日行われるということだった。暴動の発生する危険が刻一刻と濃くなっているおりから、その最大の危機である葬式は早く済ませたほうがいいと考えられていたからだった。スネースはいつかレッド・インディアンたちがベランダできちんとすわっているのを見たが、それはまるで赤い木に彫った古代アズテック人の群像のようだった。だが、このスネースの見たのは、神父さんが死んだと知らされたときのインディアンではなかったということを忘れてはならない。

　まったく、そのときの剣幕はただならぬもので、もしも導師の棺に対して礼を失してはならぬという直接の必要がなかったなら、たちまち住民は革命を起こして、共和主義の指導者を私《リン》刑《チ》したに相違ない。実際の暗殺者どもは――こっちこそ私刑《リンチ》されるべきなのに――煙のように跡かたもなく消えてしまった。この下手人たちの名前は誰にもわからなかった。はたして瀕死《ひんし》の神父がその顔を見たのかどうかもわからない。ブラウン神父のあの異様な驚きの表情——それはあきらかに地上で見せた最後の表情だった——が、曲者の本体を見ぬいたための驚きだったのかもしれない。とにかく、アルバレズは、断じてこれは自分の仕業《しわざ》ではないと幾度も繰り返して、葬式にも出席し、まばゆい銀と緑の軍服のいちじるしい威勢のよさと神妙さのいり混った態度で棺のあとからついていった。

ベランダのうしろから急な石段が、サボテンの生垣に囲まれた緑の堤を登っていた。人々は骨を折って神父の棺をこの堤の上に運び、とりあえず大きなほっそりとした十字架の足元に安置した。十字架は道路を見おろし、聖地を守る位置に立っており、下の道路では、数知れぬ民衆が集まって嘆き悲しみ、数珠《じゆず》をまさぐっていた。まさに父をなくした孤児の集団だった。こうして、アルバレズとしては大いに癪《しやく》にさわる象徴《シンボル》がいたるところに見られたわけだが、それでもどうにか自分を抑えて神妙に構えていた。そのままいけば、万事つつがなく終了したであろう——とレースは内心で考えた——ただ他の人たちがあの男に構わずにいさえしたならば。

レースは苦々しい気持ちで考えていた——あのメンドーザじいさんはいつもまぬけ面《づら》をしているが、それがいまはことさらに目だって、まぬけ面どころか、本物のばかそこのけのふるまいをしているのだからやりきれない。単純な社会によくある習慣だが、神父の棺は蓋を開けたままで顔にもおおいがなく、その結果、この単純な人々の悲痛はいやが上にもつのって苦痛なほどにまでなっていた。これだけなら、伝統にかなったことだから、別段、害にはならなかったはずだのに、一人おせっかいな男が墓前で一席ぶつというフランスの自由思想家たちの習慣を古来のしきたりに追加したのである。つまり、メンドーザが長い演説を始め、それが長びくにつれて、ジョン・レース君の宗教的儀式への熱意と共感は刻一刻と消えていった。それほど退屈で、とめどないこの演説は、いまではもう通用しそうにない聖者としての特徴を順ぐりにあげていって、いつ終わるともわからぬ冗漫さだった。これだけでも、もういいかげんうんざりしたが、その上になお、メンドーザ氏のばかさかげんは、政敵を非難したり、さては愚弄《ぐろう》さえするところまでいってしまった。三分後には、早くもひと騒動起こすのに成功した。それがまた尋常でない波乱のひと幕だった。

メンドーザは我を見よと言わんばかりにぐるりを見まわして言ったのである――「いったい、以上のような数々の美徳は、自分の先祖伝来の信仰を無謀にも捨ててしまった人たちに見られるかどうか？　我々のなかに無神論者の指導者がいるとき――いや、それは無神論者の支配者である場合さえある――そのとき、彼らの恥ずべき哲学はかような犯罪において実を結ぶ。この神聖な人物を亡きものにしたのは誰かと問うならば、それはまぎれもなく……」

混血の冒険家アルバレズの目からアフリカ全土の森林がのぞいていた。この男は、なんといっても野蛮人であり、最後まで自分を制していられないのだということが、レースには突然わかったような気がした。アルバレズの「啓蒙的な」超越主義も、結局はブードゥーをいくらかまじえたものだと言えそうだ。とにかく、メンドーザはそれ以上、演説を続けられなかった。アルバレズがおどりあがって、相手に倍する肺の力をもってどなり返し、大音声で抑えつけたからだった。

「神父を殺したのは誰か、と？　おまえたちの崇《あが》める神様だよ。神父はご自分の神様に殺されたんだ。おまえたちの説によれば、神様というのが、それに仕える忠実でぼんくらなしもべを殺すんだそうじゃないか。あれを殺したのと同じ具合にね」と言って、棺のほうにではなく、十字架に向かって激しい身ぶりをしてみせたのだ。そうしてからすこしは自制したらしく、語調こそまだ激していたが議論をするように理路整然と「わしはそんなことを信じちゃいないが、おまえたちは信じている。こんなふうにしておまえたちの大切なものを奪ってしまうんなら、いっそのこと神様なんていないほうがましじゃないか。すくなくとも、わしは神様なんていやしないと臆せずに断言できる。この盲目的で条理を欠いた宇宙には、おまえたちの祈りを聞いて、あの人を返してくれるような力はなに一つありゃしないのだ。天よ、できるものならあの人をよみがえらせてみろとわしがけしかけても、あの人は戻ってきやしないのだ。さあ、それをいまここでためしてみよう。ありもしない神よ聞け、とこしえの眠りについたかの男をば、できるものなら目ざめさせてみよ」

息をのんだような沈黙。扇動家はまんまとセンセーションを巻き起こしたのだった。

「わかりきったことだったんだ」とメンドーザが太い声でどなった――「おまえみたいな男に出席を許せば、こういうことに――」

別人の声がこの罵倒《ばとう》に割って入った。ヤンキー訛《なま》りのかん高い声である。

「話をやめろ！　静かに！」と叫んでいるのは新聞記者のスネースだった。「どうもおかしいんだ。死人がたしかに動いたようなんだ」

言うなり猛然と石段を駆けあがって棺の前へ行った。下の群衆のどよめきは言語を絶するほど荒々しかった。次の瞬間、スネースは仰天した顔をうしろに向け、指でコールドロン博士に合図をした。博士はすぐに駆けつけて二人はなにごとか相談をした。二人が棺からさがると、頭の位置が変わっているのが下からも見えた。興奮の叫びがいっせいに起こったが、宙ぶらりんになったようにはたと止まった。それもそのはず、棺のなかの神父が一つ呻き声をあげ、片肘を突いて身を起こし、どんよりした目をしばたたいて群衆のほうを見たからだった。

ジョン・アダムズ・レースは、科学の奇跡というものしか知らなかったので、このときから始まって数日間のうちに起こった上を下への大騒動を表現する術《すべ》を後年に至るまでもつことができなかった。まるでそれは、自分が時間と空間の世界から脱けだして、不可能の世界に生きているようなものだった。三十分も経ったころには、この町一帯が、ここ千年間も見られなかったような状態に投げこまれた。中世の民衆が並はずれた奇跡を見て一瞬のうちに修道僧の暴徒と化し、ギリシアのポリスで人間のただなかに神が降臨した——まさにそういう事態だった。幾千もの人が路上にひれ伏し、幾百もの人がその場で誓いをたてた。それどころか、あの二人のアメリカ人のような第三者でさえも、考えることもしゃべることもこの驚異につきた。アルバレズ自身はといえば、無理もない、すっかりふるえあがって、頭をかかえたままますわりこんでいた。

さて、このありがたい奇跡の大渦巻きのまっただなかで、小柄な神父は大きな声を出そうともがいていた。もともと声が小さくてかすれているのに、あたりの騒音は耳を聾《ろう》するばかり。

なにやらよわよわしく身ぶりをしたが、それは、もどかしがっている証拠としか見えなかった。やがて群衆を見ようと手すりの端まで来ると、静かにと手で制した。ペンギンが短い翼をばたつかせているところを想像すればよい。群衆の喚声はしばらくやんだ。そのときである。ブラウン神父は初めて忿懣《ふんまん》を爆発させた。信者たちに対して言いうるもっとも激怒した非難を投げつけたのである。

「なんてしようのない人たちなんだ」とかん高いふるえ声で言うのだった――「ばかにもほどがある」

ここで急に気を取り直したらしく、もっと普通の歩き方になって石段へ急ぎ、そそくさとおりはじめた。

「どこへいらっしゃるのです、神父さん?」とメンドーザが日ごろ以上にうやうやしく訊いた。

「電信局へ」と神父は答えるのもまだるっこいみたいだった。「いやはや、とんでもない、これは奇跡なんかじゃない。どうして奇跡が起こらなくちゃならんのか? 奇跡というのは、こんな安っぽいものではありませぬ」

転がるように石段をおりてくると、人々がその前に身を投げて祝福をこうた。

「祝福をみんなに。なにとぞ祝福を」とブラウン神父はそそくさと言った。「神よ祝福をたれて、この人々にもっと分別をお恵みくだされ」

そのまま神父は突っ走るように電信局へ。そこで司教の秘書に打った電報にいわく――「当地ニテ奇跡ウンヌンノでまアリ。司教ガコレヲ公認セザルコトヲ願ウ。マッタク事実無根ナリ」

精いっぱいの努力でこれだけのことをしおえると、さすがに神父もぐったりとして足元をふらつかせた。その腕をジョン・レースが捕えた。

「お宅まで送らせてください」とレースは言った。「あなたは奇跡よりもなお尊いことをなさったのです」

ジョン・レースと神父が司祭館ですわっていた。テーブルには、前日に神父が取り組んでいた書類が堆《うずたか》く積まれており、ワインの瓶と、空になったワイングラスが前日のまま立っていた。

「さてさて」と神父は陰気そうに言った。「やっとこれで考えごとができそうだ」

「ぼくだったら、まだあんまり考えごとはしないですがね」とアメリカ人。「あなたは休養が必要です。第一、いったいなにを考えようというのです?」

「わたしは、こう見えても何度か殺人事件の調査にあたったことがあるんですよ」と神父。「こんどは自分の殺人事件を調べなくてはならんのです」

「ぼくだったら」とレースは言った――「まずワインを一杯ひっかけてからにしますね」

ブラウン神父は立ちあがって一杯つぎ、グラスをもちあげ、思案ありげに宙をにらんでから、グラスを置いた。それからまた椅子にかけて――

「わたしが死んだとき、どんな気持ちだったかおわかりになるかな? 本気になさるまいが、あのときの気持ちは、口もきけないほどの驚きでした」

「そりゃ」とレース――「頭をなぐられたんだから驚きもするでしょう」

ブラウン神父は身をのりだして小声で言った。

「実は、頭をなぐられなかったので驚いたのですよ」

ぽかんとして神父を見つめるレース、そのさまはまるで神父の頭が打たれなかったどころか、おかしくなってしまうほどこっぴどく打ちのめされたのではないかと思っているようだった。

「なんですって?」

「つまり、その男は棍棒を大きくひと振りして打ちかかってきたのだが、わたしの頭のすぐ手前で止まって、毛にも触れなかったというわけなんですよ。相棒もそれと同じで、ナイフを突き刺そうとするように構えながら、実際はかすり傷一つ負わせなかった。どうもお芝居くさい。お芝居としか考えられませんな。それよりも、そのあとに続いて起こったことが普通じゃなかった」

ここで神父はちらと卓上の書類を思案ありげに見てから、先を続けた。

「ナイフにも棒にもさわられなかったけれど、そのうちに両足の力がぬけて命が消えてゆくような気持ちがした。なにかにやられているとはわかったが、それは凶器のせいじゃなかった。それがなんであったか、わたしには思い当たるふしがあるんだが、おわかりになりますかな?」

神父はそう言ってテーブルのワインを指した。

レースはワイングラスを手に取って眺め、そのにおいをかいだ。

「なるほど」と彼は言った。「ぼくは初め薬剤師をやったので、化学を勉強しました。分析してみないことにはたしかなことは言えませんが、これには普通じゃないものが入っているようです。アジア人の麻薬には、死んでしまったように見える深い眠りを一時的に誘うものがありますよ」

「さよう」と神父は落ち着きはらって言った。「こんどの奇跡はなにからなにまで、でっちあげられたいかさまですよ――理由はなんであれ。あの葬式の場面だってお芝居だし、タイミングもぴったり計算されている。どうもこれは、スネースに取りついた誇大妄想の報道熱と関係がありそうだが、いくらなんでも、あの人がたったそれだけのことのためにこんな大それたまねをするなんて、信じられないくらいですよ。わたしを種に記事を書き、わたしをシャーロック・ホームズの二代目に仕立てるというのも悪くはないが、それにしたって……」

　こうしゃべっているうちにも神父の表情は一変した。まばたきを続けていた目がぴたりと閉じると、息がつけなくなった人のようにふらりと立ちあがり、ふるえる手をさしだして、暗中を手さぐるようにしてドアのほうへ向いた。

「どこへいらっしゃるんです?」レースはいささかあっけに取られて訊いた。

「お知りになりたいんなら申しましょう」とブラウン神父は言った。顔がまっさおだった。

「お祈りにいくつもりでした。いや、賛えに行くと言ったほうがいい」

「どうもわかりませんね。いったい、どうなさったというんです?」

「わたしをあわやという瀬戸際で不思議にもお救いくださった神を賛えに行こうとしていたのです」

「言うまでもありませんが」とレース――「ぼくはあなたの宗派ではありません。それでも、いまのことがわかるくらいの信仰はもっています。もちろん、あなたは神の力で死ぬところを救われたお礼をしたかったのですね」

「いいや」と神父——「死からではなくて、不名誉から救われたのです」

レースは目を瞠《みは》った。神父が次に述べた言葉は叫びのようにほとばしった。

「あれがわたし一人の不名誉だったら、まだしもだった！　ところが、あれはわたしが守っているものすべてにとって不名誉だった。多くの人が守ろうと努めてきた信仰の不名誉。あのまいったら、どういうことになったか、考えても怖ろしい！　十六世紀にイギリスの僧侶の陰謀を発見したと偽誓してカトリック迫害を招いたあのタイタス・オーツ以来の、もっとも大がかりで怖るべきスキャンダルがわたしどもを相手にしてたくらまれたのです」

「いったい、なんのことを話しているんです？」と神父の友人は問いただした。

「ここでいっさいを明かしたほうがよさそうですな」と言って神父は腰をおろし、前よりも落ち着いた口調で話を続けた。「このことが頭にひらめいたのは、スネースとシャーロック・ホームズのことを並べて話したときでした。よくよく思い出してみれば、わたしはスネースのあのばかげた計画についてあることを書いてやったのです。それは、手紙の文句としては自然なものだったけれども、どうやらあの連中は言葉たくみにわたしを誘って、まさしくあの言葉を書かせようと画策していたものらしい。それはこんな言葉でしたよ——《わたしはシャーロック・ホームズのようにいったん死んで、また生き返ることにしてもいい、もしそれが最上の方法ならば》。これを思い出した途端に、そのほかにも似たようなことをあれやこれやと書かされてきたということに気がついた。たとえば、まるで共犯者への通信のように、わたしはこれこれの時刻に薬の入ったワインを飲むだろうと書き送ったものだ。さあ、もうこれでおわかりでしょう」

レースは相変わらず目を瞠ったまま、がばと立ちあがった。「ええ、なんだかわかりかけてきたようです」

「連中は奇跡ブームをでっちあげるつもりだった。そうしておいてからこんどは奇跡をぺしゃんこにつぶしてしまったろう。なによりもあくどいことに、わたしがこの陰謀に荷担していたという証拠を示したろう。そうなったら、これはわたしたちの演じたいかさま奇跡ということになってしまったでしょう。それがこの事件の全貌なのですよ。これほど地獄の近くに来ることはもう二度とないでしょう。いや、二度とないことを望むものですよ」

しばらく間を置いてから神父は、いたって穏やかな声で言った。

「連中はわたしからどっさりよい種を仕入れたことでしょうな」

レースはテーブルを見つめたまま滅入った声で言った――「そいつらの仲間はいったい何人ぐらいなのですか?」

ブラウン神父は首を振った。「考えたくないほどの人数ですよ。けれども、そのうちの何人かはただの手先だったと思いますよ。すくなくとも、そうあってほしいものです。アルバレズという男は、戦いとなればどんな手段も不正ではないと考えているんじゃないかな。なにしろ、おかしな考え方をする人ですからね。それからメンドーザだが、あの人は残念ながらとんだ偽善者のようですな。わたしはあの人を信用したことは一度もないし、向こうもこの土地の産業の問題でわたしが打った手を憎んでいました。しかし、そういったことは、もっとあとで考えるべきことで、いまのところは、この人たちの虎口《ここう》を逃《のが》れたことを神に感謝すればそれでよいのです。特に、司教にすぐ電報を打ったのは、ほんとうによいことでした」

ジョン・レースは深く考えこんだ様子だった。

「ぼくの知らなかったことをいろいろ話されましたが」やっと口をききはじめた——「ぼくからも一つだけあなたのお知りにならぬことを言わせてください。あの一味は実に抜け目のない、凝った計画をたてていたのですね。この世に生きる人間なら誰だって、もし棺のなかで目がさめると自分が聖列に加えられていて、生ける奇跡として崇められているとなったら、崇拝者といっしょに有頂天になって、空からくだってきた光栄の冠をかぶらずにはいられないだろうというのが、連中の考えだったのです。まったく、この計算は、一般的には実に巧みに心理の機微をついたものだったと思います。ぼくはこれでもほうぼうでいろんな人を見てきましたが、率直に言って、ああいう状態ですこしも頭が変にならずに目をさませる人なんて、千人に一人だっていないでしょう。まだ眠りながらしゃべっているのも同然だというときから気をしっかりもって、淡々として謙虚に……」

レースは、いつしか感動に胸をつまらせ、抑揚のない声をふるわせている自分に気づいてびっくりした。

ブラウン神父はぼんやりと、いくぶんかやぶにらみぎみにテーブルの上の瓶を見つめていたが、やがて「どうです」と言った——「本物のワインはいかがかな?」

天の矢

アメリカの百万長者の死体が発見されたという書きだしで始まる探偵小説は、寒心に堪えぬことであるが、すでに百をくだらない。だいたいアメリカ大富豪の殺人というのは、どういう理由からか、典型的な災難として扱われているのである。ところで、おめでたいことに、この物語も殺された百万長者から始めなくてはならない。いや、ある意味ではむしろ三人の殺された百万長者をもって開幕しなければならず、そういうことになると、どうもこれはすこしうますぎるのではないかとお考えの向きもあろう。ところが、まさしくこの犯罪傾向の偶然の一致もしくは連続的な発現こそ、この事件全体をありきたりの犯罪とは違った次元に置き、現に見られるとおりの異常な難題たらしめた主な要因なのである。

巷間《こうかん》に流布されている説によると、この三人の人物は揃いも揃って、物自体としても歴史的な意味からしても多大の価値をもつ遺物を所有したことにかかる呪いのようなものの犠牲になったということだった。その遺物というのは、通称コプトの杯、つまりエジプト人のキリスト教徒の杯と呼ばれる、宝石をちりばめた珍品で、この出所《でどころ》は定かではないが、用途は宗教に関したものと推測され、人々のなかには、この杯の所有者につきまとう死の宿命は、それが物質主義者の手に渡ったことを憎むオリエントの狂信的なキリスト教徒の仕業《しわざ》なのだと言う者もあった。ところで、この謎の殺人犯は、それほどの狂信者であるか否《いな》かは別として、すでにジャーナリズムとゴシップの世界ではあやしくも注目をひく話題の人物となっていた。この無名の存在には名前が、というよりもあだ名が与えられている。けれども、ここで我々が問題としているのは、三番目の犠牲者のくだりだけである。なぜかといえば、この第三の事件に至って初めて本短編集の主人公であるブラウン神父とやらが登場する機会に恵まれたからである。

ブラウン神父が初めて大西洋横断の旅客船を降りてアメリカの土を踏んだときに発見したことは、他の多くのイギリス人が発見したのと同じこと、つまり、自分で思っていたよりもずっと自分が重要人物であるということだった。神父のずんぐりした恰好といい、近眼のほか別段取り立てて言うことのなにもない顔だちといい、いくらかくすんだ黒の僧衣といい、そんなものは、故国のイギリスでなら、ずばぬけて目だたないということ以外にはすこしも珍しくないものなので、どんな人ごみのなかでも注目を集めずに無事に通過できたのである。ところがアメリカという国は、名声をあおり立てることにかけてまさに天才的であり、神父が二、三の難事件に姿を現わしたこと、以前は犯罪の大立物《おおだてもの》でいまでは私立探偵のフランボーと知己《ちき》の間柄であることからして、イギリスではほんの噂程度のものがアメリカでは大評判で、我らが神父殿は押しも押されもせぬ人気者になっていた。桟橋《さんばし》に降り立って山賊の一団さながらの新聞記者の群れに取り巻かれたとき、神父の丸顔は驚きでぽかんとしたしだいである。この記者たちの質問がまたふるっていて、女性の服装のこまごまとした点やら、初めて目にしたばかりの当国の犯罪統計といったような、およそ神父が自信も権威ももっていない問題についてだった。おそらくこのまっ黒にひしめいて戦列をしいている記者団と対照的だったためだろうか、一人だけ集団から離れている人物が、この明るい土地の明るい季節の燃えるような日なかの陽光を背にしてやはり黒々と見えながら、際立って鮮やかな姿で立っていた。背の高い、黄色がかった顔色の男で、大きなサングラスをかけていた。新聞記者との会見が終わると、この男は神父に手をあげて待ってくれと合図してから、こう言った——「失礼ですが、あなたはウェーン大尉をおさがしじゃありませんか」

ここで一つブラウン神父のために弁解しておかねばならぬことがある。ブラウン神父自身だってきっと弁解したがっていたろうからである。覚えておいていただきたい事実は、神父は前に一度もアメリカを見たことはなく、とりわけ、こういう鼈甲縁《べっこうぶち》の眼鏡はまったく初めて見たということである。こういう流行はその時分にはまだイギリスにまで広まっていなかった。神父がそれを見てまず感じたのは、どことなく潜水夫のヘルメットを思わせる大きな目玉をぎょろつかせている海の化物を見ているのではあるまいかという気持ちだった。しかし眼鏡を別にすれば、この男の服装は入念で端正だった。だからブラウン神父の無邪気な心には、この眼鏡のためにせっかくの伊達《だて》男がチンドン屋にでもなってしまったように思えたわけである。しゃれ者がさらに一段の優美さをつけ加えようとして木の義足を装身具に使ったとでも言おうか。だいたい、開口一番のその質問からして面食らわせものだった。たしかにウェーンという名のアメリカの飛行家は、神父のフランスの友人のそのまた友人であり、まさしく神父がアメリカ訪問中にできたら会いたいと思っていた人たちの膨大な人名録中の一人にはちがいなかった。けれども、まさかこんなに早くその名を聞こうとは夢にも思っていなかったのである。

「失礼ですが」とブラウン神父はおぼつかなげに訊いた——「あなたがウェーン大尉なのですか？　それとも……大尉をご存じなのですか？」

「いや、どうもぼくはウェーン大尉じゃないようです」と大眼鏡の男は無表情に言った。「なにしろ、向こうのあの車のなかであなたをお待ちしている大尉をさっき見ましたからね。ところが、いま一つの質問となると、だいぶ問題ですな。ぼくは大尉を知っているし、奴の叔父さんも、それからマートン老人も知っていますよ。ぼくのほうじゃマートン老人を知っているんですが、向こうじゃぼくを知ってはいません。そこで老人は自分のほうが有利だと思っていますが、ぼくとしちゃ、こっちこそ有利だと思っているんです。おわかりでしょう？」

ブラウン神父様はおわかりにはならなかった。きらめく海の景色やら、市街にそそり立つ尖塔やらを見て目をぱちくりさせていたが、こんどは眼鏡の男を見てぱちくりした。この男がさっぱりつかみどころがないのは、目が隠れているためばかりではなかった。この男の黄色い顔には、どこか、アジア人的な、いや中国人めいたところさえあった。そして、話しっぷりがまた幾層にも積みかさなった皮肉《アイロニー》の集まりといった感じだった。こういう人間は、気さくで社交的なこの国民のなかでよく見うけられるタイプである。つまり、なんともつかみようのないアメリカ人だった。

「ドレージといいます」とこの男は自己紹介した。「ノーマン・ドレージ。アメリカ市民です。

これでもう万事おわかりでしょう。すくなくとも、残りはお友だちのウェーンが喜んで説明してくれるでしょうから、くわしい話はまたいつかのことにしましょう」

ここでブラウン神父はいささかめまいのするうちに近くに止まっていた車のほうにひきずられていった。車には、たっぷりした黄色の髭《ひげ》をぼさぼさ족させている、いくらか苦労やつれのした表情の男がいて、遠くから神父に声をかけて、ウェーンとみずから名のりをあげた。神父はなにがなにやらわからぬうちに車に押しこまれ、すさまじい速さで町を通りぬけ、市外へと運ばれていた。アメリカ式のこういう気ぜわしい実際的な行動ぶりに不慣れな神父は、言うならば龍のひく戦車で妖精の国に運ばれていく心地で、あっけに取られるばかりだった。こうして、てんやわんやの状態が続いているうちに、神父殿は生まれて初めてコプトの杯とそれをめぐる二つの犯罪の話を聞いたのである。

ウェーンにはクレークという叔父があって、この叔父の共同経営者がマートンという人であるらしかった。コプトの杯の第三番目の所有者になった富裕な実業家がこのマートンなのである。最初にそれを所有していた銅山王のタイトス・P・トラントは、ダニエル・ドゥームという不吉な署名のついた脅迫状を何通か受けとった。この名前は偽名なのだろうが、それはあまり好評ではないにしても、ロビン・フッドと殺人鬼の切り裂きジャックとが一つになったくらい名の売れた人物をいつしか意味するようになっていたのである。なぜかと言えば、まさにこの脅迫状の主《ぬし》は自分の行動を脅迫だけにとどめなかったからである。とにかく、その結果、トラント老人はある朝、自宅の睡蓮《すいれん》の池に頭を突っこんでいるところを発見され、しかも手がかりは影も形も見えなかったというしだいである。杯は幸い銀行にあって無事だった。それは他の財産とともにいとこのブライアン・ホーダーの手に移ったが、この人も大した富豪だったばかりか、たちまち匿名の敵から脅迫状のお見舞いを受けたことも同様だった。ブライアン・ホーダーは海辺の自邸に近い崖の下で死体となって発見された。屋敷のほうも盗難に遭ったが、こんどは大仕掛けだった。杯はまたもや難を逃れたが、ホーダーの財政状態が混乱を呈するくらいたくさんの株券や債券が盗まれた。

「ブライアン・ホーダーの未亡人は夫の貴重品を大部分売らなくちゃならなかったはずです」とウェーンは説明を続けた。「ブランドン・マートンがあの杯を買いとったのは、そのときだったのでしょう。わたしがマートンと初めて知りあいになったとき、あの人はもうそれをもっていましたからね。だが、お察しになられるとおり、あれはあんまり気持ちのいいものじゃありませんよ」

「マートンさんも例の脅迫状をもう受けとったんですか？」とやや間を置いて神父。

「だろうと思いますね」とドレージ氏が言った。その声のちょっとした調子に、神父は不審そうに相手の顔を見たが、その眼鏡の男が声を出さずに笑っているのに気がついて、背筋に冷たいものが走った。

「たしかに受けとってますよ」とピーター・ウェーンが顔をしかめて言った。「この目で見たわけじゃありませんが。マートンのところへ来る手紙は秘書しか見ないんです。マートンは、たいがいの大実業家がそうであるように、事業の問題については口がかたいほうですからね。

それでも、彼がなにか手紙のことですっかり落ち着きをなくしているのを見たことはありますよ。なにしろ秘書にも見せないで破ってしまったんですからね。秘書も神経を尖らせて、何者かが主人をねらっていると言ってます。さて、手っとりばやく言ってしまえば、あなたにひとつこの問題について助言していただきたいというわけなんですよ。ブラウン神父さん、あなたの名探偵ぶりは知らぬ人のないくらい有名なんで、マートンの秘書からわたしは頼まれて、あなたにいますぐ彼の屋敷へ来ていただけるかどうかお訊きしているわけなんです」

「なるほど」これで、どこへさらわれていくのかと思っていた謎も解けたというわけである。

「ですが、はたしてわたしにあんた方以上の働きができるでしょうかな。あんた方こそ現場にいるんだから、ひょっこりやってきた外来者よりも百倍の資料をもっていて、それから科学的な結論に到達できるんじゃありませんかね」

「そうなんですよ」とそっけなく言ったのはドレージ氏である。「ぼくたちの結論はあんまり科学的すぎて、嘘みたいなんです。もしもタイトス・P・トラントのような人を打ちのめすものがあるとすれば、それは科学的な説明を待たずに空から降ってくるでしょうよ。いわゆる青天の霹靂《へきれき》というやつだ」

「まさかきみは」とウェーンが叫ぶ――「それが超自然の物だと言うんじゃあるまいね！」

　しかし、ドレージ氏がこんなことを言った真意がどこにあるのかは、この場合にかぎらず、容易にわかることではなかったのである。ドレージがこれこれの男は気がきいていると言った場合には、それはまず、その人物はまぬけであるという意味であるらしいのだ。とにかくドレージ氏は、どうやら目的地とおぼしきところに車が止まるまで、東洋人のような不動の姿勢を続けていた。車がまばらな木立《こだち》のあいだから出ると、そこはかなり異様な場所で、見渡すかぎりの野原だった。車の真正面には、ずばぬけて高い壁というか塀がローマ軍隊の屯所《とんしょ》のようにめぐらされ、飛行場にも似た外観をしていた。この障壁は木製でも石づくりでもなさそうだったが、近づいて目をこらせば、金属製であることがわかった。

一行は車から降りた。塀にあるたった一つのドアが金庫を開けるときとそっくりの操作によって、こわごわと用心ぶかく開いた。けれども、ブラウン神父がなによりも驚いたのは、ノーマン・ドレージという男が一歩も入ろうとせずに、気味の悪いほど快活に別れを告げたことだった。

「ぼくは入りません」とドレージは言った。「ぼくが行ったら、マートン老人は狂喜してしまうでしょう。ぼくを見てうれしがり、うれしいあまり死んでしまうでしょう」

ドレージが去ると、神父は鋼鉄製のドアの奥に通された。ドアはすぐにぴたりと閉じた。神父の驚きは深まるばかりだった。そこは、派手で多彩な、手のこんだ大庭園だったが、木もなければ、背の高い灌木《かんぼく》や花もなかった。まんなかに、目を瞠《みは》らせるほど見事な建物がたっていたが、その細長くて高いことは塔そっくりだった。ガラスばりの屋根は、ところどころ日光があたってきらめいているが、下のほうには窓らしいものは一つも見えない。澄みきったアメリカの空気に固有な、あの染み一つない燦然《さんぜん》とした清らかさがすべてを包んでいるようだった。大玄関から入ってゆくと、光り輝く大理石と金属とエナメルがくっきりとした彩りで二人を包んだ。ところが、どこを見ても階段がない。どっしりとした壁のあいだにエレベーターのシャフトが一本走っているきりで、しかも、それへの通路は私服の刑事のような屈強な男たちで固められているのだ。

「ずいぶんご念のいった警戒でしょう」とウェーンが言った。「ブラウン神父、マートンがこんな要塞《ようさい》みたいなところに住んでいて、庭には人が隠れそうだというので木の一本も植えることができないでいるのを、あなたはおかしく思うでしょう。けれども、この国ではどんな物騒なことに出くわさないともかぎらないんですよ、神父。だいたい、ブランダー・マートンという名前がこの国でどんな意味をもっているか、あなたはご存じありますまい。見たところ、あの人はおとなしそうで、道ですれちがっても誰も気がつかんでしょう。いや、だからといって道で会うチャンスがあるというわけじゃありません。あの人はたまにしめきった自動車で出かけるきりですからね。ですが、万が一ブランダー・マートンの身になんか起こったら、それこそ、アラスカから食人種島にまで及ぶ大地震がやってくるでしょう。おそらく、あの人ほど国家に対して権力をふるった者は、王にも皇帝にもいやしないんじゃないかと思います。なんのかんのといっても、結局はあなただって、もしロシアの皇帝かイギリスの国王から招待を受けたら、行ってみてもいいなと好奇心を起こすでしょう。別段ロシアの皇帝や百万長者が好きだというわけでなくとも、やっぱり、あれだけの権力には誰でも興味があるということです。ところで、このマートンのような現代の帝王を訪問することは、あなたの主義に反するんじゃないでしょうね?」

「そんなことはありませんよ」とブラウン神父は静かに言った。「囚人やら、囚《とら》われの身になっているみじめな人たちを訪問するのが、わたしの務めでしてな」

しばらく話がとぎれた。青年のやせた顔は、意味のつかめない、おかしな表情を浮かべた渋面に変わった。と、だしぬけに、

「あの人をねらっているのは、ありふれた悪党や黒手組みたいなもんじゃないということを忘れちゃいけません。なにしろ、ダニエル・ドゥームという曲者は悪魔そこのけですからね。トラントを自宅の庭で倒し、ホーダーを屋敷の外でやっつけて、まんまと姿をくらましたくらいの男なんですよ」

この屋敷の最上階は、むやみに厚い壁に囲まれた二つの部屋から成っていた。二人が入ったのはその外側のほうの部屋で、奥の部屋がこの大富豪のおわします内陣になっていた。二人が入ってゆくと同時に、奥の部屋から同じく二人の来客が出てきた。その一人にピーター・ウェーンが「叔父さん」と呼びかけた。呼びかけられた男は、小柄だが頑健できびびしており、頭ははげかと思われるくらいきれいにそり、その日やけした顔は、白かったことは一度もないのだろうと思われた。この人物はクレークといい、レッド・インディアンとの最後の戦いで勇名をはせたことから、同じくインディアン討伐で英雄となった第七代大統領のあだ名〝オールド・ヒッコリー〟にちなんで、ヒッコリー・クレークという名で通っていた。いっしょにいた男は、クレークとはいい対照で、黒ニスのようなまっ黒な髪に、幅の広い黒いリボンをつけた片眼鏡の、ハイカラな紳士だった。こっちは老マートンの弁護士バーナード・ブレークで、二

人の共同経営者と社の業務について打ち合わせをしていたのだった。四人は外側の部屋のまんなかで出会ったので、出る組も入る組もしばらく立ちどまって丁寧に話をかわした。このあいだじゅうにも、もう一人別の男が部屋の奥のドア近くに腰をかけ、奥の窓からさしこむ薄明かりのなかで大きな身体をじっとさせていた。黒人でたくましい肩幅。これはアメリカ人が茶目な自己批判からバッドマンと呼んでいる存在だが、味方ならば用心棒、敵ならば刺客と呼ぶところだろう。

この男は、身動きをしないどころか眉一つ動かさず、客に目もくれなかった。しかし、外側の部屋にこの男がいるのを見てピーター・ウェーンは、なにを思ったか、心配そうに初めて質問を発した。

「誰か大将といっしょにいるんですか?」

「気をもまなくてもいい」と叔父が含み笑いといっしょに言った。「秘書のウィルトンがついているよ。あいつがいれば、たいがいは大丈夫だろう。ウィルトンはマートンを見張るのに忙しくて眠る暇もないんじゃないかね。二十人の用心棒にも匹敵するだろうな。それに、インディアンみたいに敏捷《びんしょう》で音をたてない」

「そう、叔父さんならよく知っているのがあたりまえですね」と甥は笑った。「子どものころ、叔父さんはよくインディアンの使う計略を話してくれましたね。でも、ぼくが読んだレッド・インディアンの物語じゃ、いつでもレッド・インディアンのほうがやっつけられていたようですよ」

「ところが実際はそうじゃない」と老いた辺境開拓者はにこりともせずに言った。

「ほう?」と言ったのは柔和なブレーク氏。

「こっちの火器に対しては刃向かいようがなかったんじゃないんですか?」

「百挺の銃に対してたった一人のインディアンが、武器といえば頭の皮をはぐ小さなナイフだけをもって、砦のてっぺんに立っている白人を殺したのを、わしはそのすぐ横で見たことがある」とクレークは語った。

「そのナイフをどうしたんです?」

「投げつけたのさ」とクレークは答えた。「こっちが一発も撃ちださないうちに、目にも留まらぬ早業《はやわざ》で投げつけた。いったい、どこでそんな芸当を習ってきたものか、わしにはわからん」

「まさか叔父さんもそれを習ったんじゃないでしょうね」と甥は笑った。

「いまのその話には」と思案ありげに神父——「どうも教訓がありそうですな」

一同が話をしているまに、秘書のウィルトンが奥の部屋から出てきて、待っていた。青白い顔の金髪の男で、顎《あご》が角ばり、じっと動かない目は犬のようだ。番犬のように忠実な男だということがひと目でわかる。

ウィルトンは、「マートンさんは十分ほどしたらお目にかかれます」と言ったきりだが、それでも、よもやま話をしていたこの一団を解散させるには充分な合図だった。クレーク老人がもう帰らねばと言って、甥と法律顧問といっしょに出ていったので、あとに残ったブラウン神父は、さしあたり秘書と二人きりになった。向こう端にいる黒人の巨人は、人間の仲間にも、生き物の部類にさえも入らないように見えた。広い背中を二人に向けて、奥の部屋を見つめたきり、身動き一つしない。

「ずいぶん入念な陣がまえだと思われるでしょうね」と秘書が言った。「ダニエル・ドゥームのこと、主人を一人にしておいては危ないということの理由、それはもうお聞きになっているでしょう」

「だが、いまあの人は一人きりじゃないですか?」とブラウン神父。

秘書は灰色の目で厳粛《げんしゅく》に神父を見て言った。

「十五分のあいだだけです。二十四時間中たった十五分。そのあいだだけがあの人の一人きりの時間です。どうしてもそれだけは認めろ、特別の理由があるんだからと言って主人は聞かないのです」

「その理由というのは?」

秘書は相変わらずゆるがぬ視線で見つめていたが、その口は、これまではただおごそかだったのが、凄味を帯びてきた。

「コプトの杯です」と説明をする。「どうやらコプトの杯のことをお忘れのようですね。ですが、主人は絶対に忘れません。もっとも、これはコプトの杯にかぎりませんが。とにかく、主人は、ことコプトの杯になると、人手には決してまかせないんです。あの部屋のどこかに、どういう仕掛けによってかしまいこんであるので、主人しか出せないんです。出すにしても、わたしどもがみんな出てしまってからです。主人があれを手に取って礼拝をささげる十五分のあいだ、わたしたちは危険を冒さなくちゃならないわけですが、それも主人のただ一つの信仰ですから、しかたありません。いや、そうは言っても、ほんとに危険があるわけじゃないんです。この建物全体は、悪魔だって入りこめないほどの罠になっているんですからね。すくなくとも、ここから抜けだすことは絶対に不可能です。凶悪犯のダニエル・ドゥームがもしもお出ましになってもですね、どうしたって奴は、夕食の時間か、いや、もっと遅くまで残っていなくてはならんでしょう。こうしてわたしは気をもみながら十五分間を待っていますが、銃声か格闘の音でも聞こえたら、すぐにこのボタンを押します。すると、あの庭の塀にぐるりと電流が通じ、それを通りぬけたり登ったりする者は命がないということになります。といっても、むろん、ここで銃声なんかするはずがありません。これしか通り道がないんですし、主人の席が面している窓は、油を塗った柱のようにつるつるした塔の遙かてっぺんに位置しているからです。それでも、ここの要員はむろんみんな武装していますから、万が一ドゥームがあの部屋に侵入したとしても、死体にならないかぎりは出てこれっこありません」

ブラウン神父は眉をよせてカーペットを見ながら目をしばたたいていたが、不意に、なにかにはじかれたように言った。

「こんなことを申して、お気を悪くするといけないが、実は、ちょっといま思いついたことがある。ほかでもない、あんたのことなんですがね」

「ほう、わたしがどうだというんです?」

「どうもあんたは、一つの考えにだけ支配される人のようですな。その固定観念というのは

――こんなことを言ってどうも失礼――ブランダー・マートンを守ることよりもダニエル・ドゥームを捕えることだけを考えているもののようですな」

ウィルトンはちょっとたじたじとして、やはり神父の顔を見つづけていた。やがて、きりっと締めた口もとをゆっくりとゆるませて、おかしな微笑を浮かべた。

「いったい、どうしてそんなことを思いついたのです?」と訊く。

「あんたはこう言ったでしょう――もし銃声が聞こえたら、逃げる敵を即座に感電死させる、とね。当然あんただってお気づきだろうが、電気ショックで敵が死ぬ前に、その発砲がご主人に致命傷を与えているかもしれないでしょう。いや、なにもわたしは、あんたがマートン氏を守れるのに守ろうとしていないなんて言うつもりはありません。が、どうもあんたの考えでは、守るほうは第二義になっているようだ。防犯設備はたしかにえらく凝っている。それもあんたがそうさせたものらしい。だが、それは一人の人間を救うためというより、犯人を捕える準備になってしまっている」

「ブラウン神父」と秘書は穏やかな調子を取り戻して言った。「あなたはとても聡《さと》い人ですが、ただの機敏さ以上のなにかをもっていらっしゃいますね。なぜだか、あなたに会っていると、ありのままを包み隠さずお話ししたくなってきます。いや、ぼくが話さなくっても、どっちみちお耳に入ることでしょう。いま神父さんが言ったことは、すでにぼくに対するあてこすりの冗談になっているんです。ぼくは偏執狂で、この大悪党を追いつめることしか考えていないのだと世間の人は言いますし、事実またそうなんでしょうが、ぼくはこれから、まだ誰も知らないことをお話しするつもりです。ぼくの名は、完全に言うと、ジョン・ウィルトン・ホーダーです」

ブラウン神父は、それでもう察しがついたというようにうなずいたが、相手はそのまま話を続けた。

「あのドゥームと自称している男は、ぼくの父と叔父を殺し、母を破滅させました。マートンが秘書を求めていたとき、ぼくがその職についたのは、杯のあるところにはあの悪者がきっと現われるだろうと思ったからです。あの悪者の正体がわからないので、待っている以外にしようがないんです。マートンには忠実に仕えるつもりでした」

「なるほど、そういうわけだったのですか」と神父は穏やかに言った。「ところで、あんた、もうマートンさんのところへ行ってもいい時間でしょうに」

「ああ、そうだった」ウィルトンが物思いから覚めて、はっとしたように答えたので、神父は、この青年はまた復讐熱《ふくしゆうねつ》に取りつかれて無我夢中だったのだなと考えた。「さあ、どうぞなかへ」

ブラウン神父は、まっすぐ奥の部屋に歩を進めた。当然そこであいさつがかわされるはずなのに、咳ばらい一つ聞こえない。すぐに神父の姿がまたドアのところに現われた。

と同時に、ドアの横にすわっていたむっつりやの用心棒がいきなり動きだした。大きな家具が急に命を吹きこまれたようなものだ。神父の姿そのものが合図になったのかもしれない。神父の頭は奥の窓から来る光をうしろに受けて、顔はかげっていたからである。

「どうもそのボタンを押すことになったらしい」と神父はため息混じりに言う。ウィルトンは冷水を浴びたように例の凶暴な瞑想《めいそう》からひと足とびに目を覚まし、声をつまらせながらもこう叫んだ。

「誰も発砲した者はいないのに」

「それもそうだが」と神父——「発砲という言葉の意味によりけりですな」

あわただしく駆けこむウィルトンを先頭に、一同は奥の部屋になだれこんだ。案外小さな部屋で、上品だが簡素な飾りつけだった。向こう端に一つだけ広い窓が開いていて、庭と、木立のある平地が展望された。窓のすぐ近くにテーブルと椅子があるのは、いわば囚われの身であるマートンが、短時間の孤独のぜいたくを楽しむあいだ、許されるかぎりの空気と日光にふれたがっていたことの証拠かと思えた。

窓の下の小卓にコプトの杯がのっていた。持ち主がこれをいちばん明るい場所で眺めていたことはまちがいない。それはたしかに一見するに値する品だった。まばゆいばかりの白光がこの杯にちりばめられた宝石を色とりどりの炎に変えて、あの名高い聖杯の模型かと思えた。見るからにすばらしい……だが、ブランダー・マートンはそれをもう見てはいなかった。マートンの頭は力なく椅子の上で仰向いて、白髪が床にたれ、やはり白の交った顎鬚《あごひげ》の尖った先が天井をさしていた。そして咽喉《のど》には、茶色に塗った長い矢が突き立っていた。端に赤い羽根のついた矢。

「音のしない射撃だったんですな」と低い声で神父は言った。「消音銃という新発明品を使ったのかとも思いましたが、これは大昔の発明ですな。それでいて、やっぱり音がしない」

しばらく間をおいてから、神父はつけ加えて——「もうお亡くなりのようだ。どうするおつもりかな?」

青白い顔の秘書は不意にしゃんとして身を伸ばした。「もちろん、ボタンを押しますよ。それでもダニエル・ドゥームをしとめられなかったら、そのときは世界中を虱《しらみ》つぶしにさがしまわってでも見つけてやる」

「しかし、味方をやっつけては困りますな」と神父は注意した。「さっきの人たちはまだ遠くへは行ってない。呼び返したほうがいいでしょう」

「みんな塀のことは知ってますよ」とウィルトン。「誰も塀に登るなんてことはしないでしょう。もっとも、あのなかに誰か……急いでいる者があれば……」

ブラウン神父は、矢がそこから飛びこんできたにちがいない窓の前へ行って、外を眺めた。花壇のある庭の全景が、こまかに色わけした世界地図のように、遙か下方に広がっていた。この光景がいかにも広大でうつろなものに見え、塔そのものが空中高く浮かんでいるように思えたので、外を見つめる神父の心に、ふと妙な語句がよみがえってきた。

「青天の霹靂」ぽつりとつぶやく。「誰でしたっけね、青天の霹靂だとか、空から降りかかってくる災難なんてことを言ってた人がありましたな。ごらんなさい、すべてのものがあんなに遠くに見える。天から放たれた矢でないとすれば、あんな遠くからここまで矢が届くなんて、常識じゃ考えられませんな」

ウィルトンが戻ってきたが、なにも言わずにいるので、神父は独白のように語りつづけた。

「飛行機ということも考えられる。これはひとつウェーン君に訊いてみなくちゃ……飛行機のことをね」

「この辺は盛んに飛びますよ」と秘書。

「ごく旧式の武器か、それとも最新式の武器か」とブラウン神父。「なかには、叔父さんがよく知っているものもあるでしょう。叔父さんには矢のことを尋ねなくちゃなりませんな。これは、レッド・インディアンの矢に似てないこともない。どこからこれを放ったのかはわかりませんが、それ、叔父さんのさっきの話を覚えているでしょう。あれには教訓が盛りこまれているとわたしは言ったでしょう」

「教訓があるとしても」とウィルトンは熱をこめて言った——「それはただ、本物のインディアンなら、こっちの想像しているよりずっと遠くまで矢を飛ばすかもしれないというだけのことです。それと同じことが起こったなんて言うのはナンセンスですよ」

「どうもあんたはその教訓を取り違えておいでのようだな」とブラウン神父。

小づくりの神父はあくる日にはもう数百万のニューヨーク市民のなかに溶けこんで、その一員になりきり、見たところ大した仕事もなさそうだったが、実は、二週間というもの、さしでがましくない仕方で自分の務めを果たしていた。神父は、正義がまちがって執行されることを非常に怖れていたのである。自分たちだけを目の敵《かたき》にしているなと思わせずに、例の未解決事件に関係した二、三の人たちと立ちいった話をすることは、さほど難しいことではなかった。なかでもヒッコリー・クレーク老人とは興味ある、異常な話をかわした。その会見の場所はセントラル・パークのベンチで、相手の老兵は、どうも戦斧《せんぷ》をかたどったものらしい、まっ赤なステッキの妙な形をした握りの上に、骨ばった手と、これも手斧のように尖った顔をのせていた。

「なるほど、それは遠くから放ったものかもしれんな」とクレークは頭を振り振り答えた。「しかし、インディアンの矢がどのくらい遠くへ届くかは、なかなか断定できないものでな。わしの知っている例では、弓で射た矢が弾丸よりまっすぐに飛んでいって、しかもその飛んだ距離のわりにはびっくりするほど正確に的へ当たったことがある。いまじゃもう、弓矢をもったインディアンの噂を聞くことはないし、まして、インディアンがこの辺をうろついているなんて聞いたことがない。だが、仮にいま、昔のインディアンの弓をもった、昔のインディアンがマートンの家の外塀から数百ヤード離れたあの木に隠れていたとしたら、まずそれならば、その気高《けだか》い野蛮人が塀ごしにマートンの家のいちばん高い窓に――いや、そればかりかマートンの身体にまで――矢を届かせることは不可能じゃあるまい。昔はそれくらい見事なことが実際にあったのをこの目で見たんだからな」

「あなたはきっと、ご覧になったばかりか、そのくらい見事な腕をご自分で発揮なさったんでしょう」と神父は言った。

クレーク老人は含み笑いをし、がさつな声で言った。「ああ、それもみんな昔の話ですな」

「なかには昔話を研究したがる人もありますよ」と神父。「あなたの昔の経歴には、この事件に関連して不愉快な噂をたてられるようなことは入っておらんでしょうな?」

「なんですって?」とクレークは問いただした。その目が、戦斧の頭そっくりのまっ赤な無表情の顔のなかでこのとき初めて鋭く動きだした。

「なにしろ、あなたがあんまりインディアンの特技や手口にくわしいものですから……」と神父はゆっくり語りだした。

クレークは妙な形の握りで顎をささえていたので、背中を丸めてちぢこまった姿勢になっていたが、一瞬のちには、握りをぐいとつかむが早いか、戦う壮士のように一気に立ちあがった。

「なにを言う」と彼はかん高いしゃがれ声でどなった。「たわけ者め、このおれに面と向かって、おれが自分の義弟を殺したとでも言うつもりなのか?」

細道に沿ってところどころにあるベンチに腰掛けていた人たちはいっせいに二人を見た。小道のまんなかに、片方の、元気のいいはげ頭の小男は異国ふうのステッキを棍棒《こんぼう》のように振りかざし、他方の小柄な神父はそのずんぐりした黒い姿のなかで目だけぱちくりさせるきりで筋一つ動かさず相対していた。一瞬、こっちのずんぐりした黒いほうが、インディアンの敏速な手際に難なく頭を叩かれて打ちのめされてしまうかと見えた……そのとき、アイルランド人の警官がこちらをめざして大きな身体をのっしのっしと運んでくるのが見えた。けれども神父はここで、あたりまえの質問に答えている人のようにすこしも取り乱さずに言ったものである。

「そのことなら、もうわたしは結論に達しているんですが、報告書を作るまではお話しできんのです」

警官の足音のおかげか、それとも神父の目に宿った光のせいか、ヒッコリー老人はなにかつぶやきながらステッキを小わきにかかえ、帽子をかぶった。神父は穏やかに別れのあいさつを告げ、すこしもあわてたふうを見せずに公園を出た。こんどの行く先は、ウェーン青年がいるはずのホテルの休憩室である。青年はがばと立ちあがって、ようこそと迎えた。この前のときよりも面《おも》やつれして悩みぶかそうな風情。なにかがこの男をむしばんでいるようだ。だから神父は、この若い男はアメリカ憲法のいちばん新しい修正個条――すなわち禁酒法――を逃《のが》れるのに血まなこで、結局はそれに成功しているのではないかと考えた。ところがご当人は、自分の道楽というか、いちばん好きな科学について神父がしゃべりだすと同時に用心ぶかく、注意を集中しはじめた。というのも、ブラウン神父はさりげない四方山話《よもやまばなし》のようにして、あのあたりには飛行機が盛んに飛ぶだろうかと尋ねたり、初め自分はマートンの家の丸い塀を飛行場とまちがえてしまったという話をしたからである。

「ぼくたちがあそこにいたあいだに一機も見えなかったのは不思議だな」とそこでウェーンは答えた。「蠅《はえ》みたいに群がることもあるんですよ。あの野っぱらは飛行機にはもってこいの場所だから、未来の鳥人を養成する基地になったとしても不思議はないんです。むろん、ぼくはあの辺をずいぶん飛びまわっていますから、この近所で戦争中に飛行機に乗っていた人はたいがい知ってます。それでも、最近じゃ、これまで聞いたこともなかった連中がぞくぞくと始めていますよ。そのうちこれも自動車と同じくらい普及して、アメリカ人は猫もしゃくしも飛行機をもつことになるでしょうよ」

「人間というものはそもそも」と笑顔で神父――「生命と、自由と、自動車への権利を造物主より授《さず》けられておりますな――飛行機への権利とて同じことです。ところで問題の件だが、あの家の上空を怪しい飛行機が飛びまわってもあまり人目につかぬ場合もありうるということになるんですな」

「そう」と青年は答えた。「つかないでしょうよ」

「その犯人がみんなに知られているとしても、その男のものだとは認められないような飛行機を手にいれることもできるわけですな。たとえば、もしあんたがいつものように飛んできたら、マートンさんやその友人方はその飛行機が誰のものだか見わけるでしょう。ところが、いつもとは違った型の飛行機であの窓の相当近くを通ることだってできないわけじゃない――偶然にしては近すぎるくらい窓の近くをね」

「まあ、そういうわけですね」と青年はうっかりつりこまれて言いかけたが、そこで口をつぐんで、口をぽかんと開け、目玉をとびださせて神父を見つめた。

「とんでもない」低い声であわてて唸る。「なんてことを言う」

そして休憩室の椅子から立ちあがった。顔が青ざめて、頭のてっぺんから爪先までふるえ、目は依然神父に注がれている。

「気はたしかなのか?」と尋ねる。「おかしなたわごとを言ってるんじゃないのか?」

しばらく間があったが、それからまたつばきをとばす早口で言いはじめた――「あんたがここへやってきたのは、犯人がこの……」

「いやいや、ただちょっと犯人に関するヒントを集めに来ただけです」とブラウン神父は言って立ちあがった。「もう結論が心のなかではできているとしても、さしあたってそれは公開するわけにはいきませんので」

この言葉を最後に、神父は例によってぎごちなく丁重に一礼すると、ホテルを去ってこの奇妙な遍歴を続けるのであった。

同じ日の暮れどき、そのころには神父の遍歴は薄よごれた横町や石段のある、市中でももっとも古く不規則な街に達していた。かなり低級な中華料理店の入口にぶらさがった色のついた提《ちょう》灯《ちん》の真下で、神父は前に見たことのある人物に出くわした。といっても、その人物の姿は前に見たとおりではなかった。

ノーマン・ドレージ氏は依然としてあの大きな眼鏡のかげからきつい顔で世界をにらみつけていた。どうしてだかその眼鏡は、ガラス製の黒い仮面のように顔全体を蔽《おお》いかくしているようだった。けれども、変わっていないのはこの大眼鏡だけで、氏の外見は事件以来一ケ月のうちに異常なくらい変わっていた。一月前には、ブラウン神父も気がついたとおり、一分《いちぶ》のすきもない正装をして、いったいしゃれ者なのか洋服屋のマネキン人形なのか区別が難しくなるという危ういところまでいっていた。それがいまでは、すっかり悪いほうに一変していて、マネキン人形が案山子《かかし》と化していたのである。シルクハットはまだ存在はしていたが健在ではなく、よれよれになって見る影もなかった。服もぼろぼろに傷み、時計の鎖やその他こまごまとした装飾品はどこへ行ったのか、もう見えなかった。ところが、さすがはブラウン神父、まるできのう会ったばかりの友人のように声をかけて、相手が入りかけていた安食堂のベンチにためらわずに腰をおろした。だが、そこで話のきっかけをつくったのは神父ではなかった。

「どうです？」とドレージは唸るように言った。「あの神聖で聖者のような百万長者の仇《あだ》を見事にうてましたか？　ああ、百万長者がみんな神聖なる聖者様だってことはわかってますよ。翌日の新聞を見れば、あのお方たちがかつて母親の膝で読んだ家庭用聖書《ファミリー・バイブル》のお光に導かれてご立派な一生をお送りになったってことが書いてあるんですからな。考えてもみなさいよ、もし聖書のなかのある個所をあのお方たちが声に出して読んだとしたら、さぞかしそのおふくろさん方は度肝《どぎも》を抜かれたことでしょうよ。いや、百万長者だってとびあがるにちがいない。あの書物には、いまどきの連中が心に育《はぐく》まない壮烈極まる太古の考えがふんだんに述べられている。ピラミッドの下にうずもれている石器時代の英知なんだ。仮に何者かがマートンじいさんをあの塔のてっぺんから墜落させて下の犬に食わせたとしても、それはあの旧約のイゼベルの身に起こったのと同じことにすぎない。同じく旧約のアガグは、あんなに用心ぶかく処世をしていたのに、ずたずたに切り裂かれてしまったじゃないか。マートンは一生ずっと用心に用心をかさねて生きてきた。しまいには、あんまり用心ぶかくなって動きが取れなくなったほどだ。ところが、それだって天におわす主《しゅ》の矢が旧約のなかとおんなじようにあいつを見つけだし、あの塔のてっぺんでぶすりと突き刺さって世の人への見せしめとしたのだ」

「あの矢は、すくなくとも物質でできておりましたよ」と神父。

「ピラミッドだって物質だけれども、死せる王たちをちゃんと地下におさえつけているじゃないですか」と言って大眼鏡の男はにたりと笑った。「こういう昔の物質的な宗教にはなかなかいいところがある。いまでもまだ残っている、もう何千年も前の彫刻に、弓をひきしぼっている神々や皇帝の姿があるけれど、それはみんなまるで石の弓をほんとにひけそうな手をしているんだ。たしかに石という物質にはちがいないでしょう――が、それにしてもこれはなんという物質でしょうか。こういう東洋の彫像やなんかをじっと見ていると、あの古き神がいまも夜のアポロのように車を駆って、死をもたらす暗黒の光線を放っているのだという気がしてこないでしょうか」

「そんなまねをする神様なら」とブラウン神父――「神という名でなくて、もっと別の名で呼びたいな。しかし、そもそもマートンが黒い光線で死んだのかどうかが疑わしい。いや、石の矢でやられたのかどうか、それも怪しいものだ」

「さぞかしあんたは」とドレージは冷笑を浮かべた――「マートンのことを矢で殺された聖セバスチャンだと思ってるんでしょうな。百万長者という奴は殉教者になってしまうんだ。殉教者になるような人じゃなかったとは、あんたにも言えないはずだ。百万長者のことはあんまりご存じないんですからね。言わせてもらいますが、あいつはああいう目に百遍も遭っていい男だったんだ」

「ほう」とブラウン神父は優しく訊いた――「それじゃ、どうしてあんたが殺さなかったのですかね?」

「なぜやらなかったか聞きたいとおっしゃる」と相手は神父をまじまじと見つめた。「なかなかどうして、大した坊主じゃないか」

「そうでもありませんよ」と神父はおせじを振りはらうように言った。

「つまり、ぼくがやったんだという意味なんだろう」とドレージはかみつくように言った。

「証明できるんなら、してごらんなさいだ。殺されたあの男だが、あんな奴は死んでもちっとも惜しくない」

「いやいや」とブラウン神父はすぱっと言ってのけた――「あんたにとっては損失でしたな。あんたが殺さなかったのは、それだからでしょうに」

そのまま神父は部屋を出ていった。あとに残った大眼鏡の男は、大口を開けてそれを見送るばかりだった。

三人目の百万長者がダニエル・ドゥームの復讐に遭った現場をブラウン神父がもう一度訪れたのは、それから一ヶ月も経ってからだった。そこでは事件ともっとも関係のある人たちの会議のようなものが開かれていて、テーブルの上座《かみざ》にはクレーク老人がすわり、その右に老人の甥が、左側には弁護士が席につき、黒人のような顔の――名前はどうやらハリスというらしい――大男も、資格はただ現場に居合わせただけの証人にすぎぬとしても、いかめしく列席しており、赤毛で鼻の尖った、ディクソンと呼びかけられている男も見えたが、これはピンカートン探偵舎あたりから派遣された私立探偵らしかった。この男の隣の席にブラウン神父は目だたぬようにそっと腰をおろしたのである。

世界じゅうの新聞紙上に、財界の大巨頭、大事業を組織する有力者として現代世界に君臨していた大物の悲劇的な死がものものしく書き立てられたものである。ところが死んだその瞬間にごく身近にいたこの小人数の一団からは、ほとんどなにも聞きだせなかった。あの叔父と甥の二人、それと同じく居合わせた弁護士は、警報が鳴り響いたときにはもう表の塀を出ていたと証言した。事実、表側と内側の障壁を警備していた警官たちに問い質すと、ずいぶん混乱した答えではあったが、だいたいそれを裏書きする証言が取れた。ただ一つだけ、もっと考慮を要する別の事実が判明した。殺された時刻の前後に、一人の見なれぬ男がどういうわけか玄関のあたりをうろついて、マートン氏に面会を求めたというのである。召使いたちは、男の言うことがはっきりしなかったので、その意味をのみこめなかったが、あとになってそれがどうも怪しい言葉だったらしいということに気がついた。なんだか、邪《よこしま》な男が空から降ってくる――語の言葉で殺される――そんな文句だったらしい。

ピーター・ウェーンはここでやせた顔に目を輝かせて身をのりだした――

「いくら賭けたっていい。そいつがノーマン・ドレージだったんだ」

「そのノーマン・ドレージって、いったい何者かね」と叔父が訊いた。

「ぼくもそれが知りたいんだ」とウェーン青年は答えた。「本人にそれを訊いてみたこともあるんだけど、あいつは単刀直入の質問をひどくひねってしまう芸当を心得ているんで、いくら突っついても、フェンシングの名人みたいにかわされてしまうんです。未来の航空船がどうのこうのと言ってましたが、だいたいあいつの言うことは信じちゃいません」

「だが、どういう男なんだい？」とクレーク。

「秘儀伝授者といったらよい」と無邪気にすばやく答えたのはブラウン神父だった。「よくいるでしょう。ほら、パリのカフェやキャバレーへ行くと、エジプトの女神イシスのベールをめくって素顔を見たとか、ストーン・ヘンジの秘密を知っているとか、そんなことを意味ありげに言う連中があるでしょう。あれですよ。こんどのは事件が事件だから、こういう連中がなにか神秘的な説明をもちださないわけがありません」

弁護士のバーナード・ブレーク氏は、なめらかな黒髪の頭をお行儀よく話し手のほうに傾けていたが、その顔に浮かぶ微笑はいささか敵意を宿していた。

「まさか神父さんのあなたが」とブレーク氏は言った――「神秘的な解釈に難癖をつけるとは思いもよりませんでしたよ」

「まったくあべこべです」と神父は愛想よく目をぱちくりさせて答えた。「神父だからこそわたしはそれに難癖をつけることができるのです。偽弁護士がわたしをだますのはお茶の子です。が、あんたをだますことはできない。あんた自身、本物の弁護士だからです。どんな者でもインディアンに化けることができ、わたしならそれを見て、これぞかの名高きインディアンのハイアワサ殿かと頭からのみこんでしまうだろうが、それだってクレークさんが見れば、ひと目で見破れるにちがいありません。いかさま師は、わたしが相手なら、飛行機のことはなんでも知っているようなふりもできるが、ウェーン大尉に向かっては、それは通用しません。さて、同じことがこの神秘解釈についても言える。そうでしょう？　わたし自身ちょっとばかり神秘主義について習ったことがあるからこそ、秘儀伝授者には用がないと言うんです。本物の神秘家は神秘を隠さない、それをあまねく啓《ひら》くのです。真っ昼間の太陽のもとにそれを高くかかげる。みんながそれを見る。それでもなおそれは神秘なのです。ところが、秘儀伝授者という奴は暗い秘密のとばりのなかになにか隠しておく。あばきだしてみると、なんのことはない、ありふれた品物にすぎないというわけです。しかし、ドレージの場合には、天から降る火がどうのとか、青天の霹靂がどうのとしゃべっていたのは、なにかもっと実際的な考えがあってのことだった。それはわたしも認めます」

「その、実際的な考えというのは？」とウェーンが訊く。「ほうっておくわけにはいきませんよ、それは」

「そうですな」と神父はおもむろに答えた。「あの人は、あの三つの殺人事件が奇跡であるとわたしたちに思わせたかった。というのも、それが奇跡でないことが自分にわかっていたからですよ」

「ふうん」とウェーンは興奮して言った。「そいつを待っていたんだ。あからさまに言えば、奴が犯人だということでしょう」

「あからさまに申せば、あの方は犯罪を実行しなかった犯人です」とブラウン神父は泰然自若《たいぜんじじゃく》として答えた。

「そういうのがあなたの言うあからさまな言い方なんですか？」と口を挟んだのはブレークである。

「わたしこそ秘儀伝授者ではないかとおっしゃりたいんでしょう」とブラウン神父はいくぶんきまり悪そうに、けれども相好をすっかりくずして言った――「ですが、これはまったく偶然のことでして、ドレージは罪を犯さなかった――というよりこの罪は犯さなかったけれども、たった一つ、ある人を脅迫するという罪を犯していて、このあたりをうろついていたのも、それが目的だったのです。しかし、この脅迫の種である秘密が公開されたり、相手の人間が死んでなにもかもおじゃんになったりするのは、当人の望まぬところでしょう。あの人についてはまたあとで話しましょう。さしあたっては、あの人をどうしても除外しておきたいのです」

「除外するって、何からです？」

「真相への道からです」と神父は落ち着いたまなざしをまっすぐに向けて静かに言った。

「と言うからには」ウェーンはくちごもった――「あなたは真相を知っている？」

「まあ、そうでしょうね」とブラウン神父は謙遜《けんそん》して言った。

一座は急にしんとなったが、その沈黙をいきなり破って場違いな大声で叫んだのはクレークだった――

「おや、いないじゃないか、あの秘書が。ウィルトン！　ここへ来てなきゃならんのに、どこへ行ってるんだ？」

「ウィルトンさんならわたしと連絡がついていますよ」とブラウン神父はおごそかに伝えた。「それどころか、もう五、六分もしたらここへ電話をかけるように頼んでおきました。まあ、あの人と共同で事件を解決したようなわけでしてね」

「あんた方がいっしょにやっているというのは、悪いことじゃない」とクレークはなにか不満そうに言った。「ウィルトンはこの姿の見えぬ曲者を年じゅう猟犬みたいに追いまわしているんだから、そういうのといっしょに捜査をするのはいいことなんだろう。しかし、事件の真相を知っているとおっしゃるんなら、いったいどこでそれをつかんだのです？」

「その出所は、あんたですよ」と神父は穏やかに答え、目玉をとびださせんばかりの老軍人に温和なまなざしをじっと向けた。「つまり、インディアンがナイフを投げて、砦の上にいた男にあてたというあんたの話から第一ヒントを得て推理を始めたというわけなんです」

「もうそれは何度もあなたの口から聞きましたよ」とウェーンがどうも腑《ふ》に落ちぬといった様子で告げた。「でも、ぼくにはどうもそのあいだの関係がわからない。マートンを殺した犯人は、矢を投げて、砦にそっくりの家のてっぺんにいた男にあてた——ただ、それだけのことじゃありませんか。しかも、あの矢は投げられたんじゃなくて、射放たれたんだから、もっと遠くまでも届いたはずです。たしかにあれはずいぶん遠くまで飛んできたのにはちがいありませんが、だからってこっちの推理がそれで遠くまで進むわけじゃないでしょう」

「どうもまだ話の要点をつかんでおられぬようですな」と、ブラウン神父。「これはなにも、一つのものが遠くへ行けば、もう一つのものは、それよりもっと遠くへ行くだろうなんて話じゃないのです。問題はそれよりも、一つの道具でも使いようでは二通りに使えるということです。クレークさんの砦にいた人たちは、ナイフは白兵戦にだけ使われるものだと思いこんで、それが投げ槍のような飛び道具にもなるということを忘れていた。と同様に、わたしの知っているある人たちは、ある品を投げ槍のような飛び道具だと思いこんだばかりに、それが槍として白兵戦にも使えるのを忘れておった。簡単に言ってしまえば、クレークさんの話の教訓は、短剣が矢の代用を務めるのと同じに、矢も短剣の代わりをすることができるというヒントだったのですよ」

一同は一人の例外もなく神父を見つめていた。けれども神父は、依然として何気なしの、自分を意識しない声で語りつづけた。

「あの矢はいったい何者が窓の外から射こんだのか、それにしてもどれほど遠くから放ったものなのか、ずいぶんわたしたちは首をひねりました。ところが実際は誰も矢など放たなかった。矢は窓を通りもしなかった」

「じゃ、どうやって入ってきたんです?」と色黒の弁護士がいくらか口を尖らせて言った。

「誰かがもって入ってきたんでしょうな」とブラウン神父。「あれはもち運ぶのも、隠すのも造作なくできますよ。何者かがそれを手にもってマートンの部屋でいっしょにいた。何者かはそれを細身の剣のようにしてマートンの咽喉に突き刺した。そうして、なかなか頭のいいところを見せて、すべての位置と角度をうまく案配したので、わたしたちはひと目見た途端に、その矢が窓から鳥のように飛びこんできたのだと決めてしまったのです」

「何者かが」とクレークが言った。石のようにずっしりとした声だった。

電話がけたたましく鳴りはじめた。耳ざわりな騒音がいつまでもしつこく続く。隣の部屋にある電話のところへブラウン神父は他の誰にも動くいとまを与えずに駆けつけていった。

「どうしたっていうんだ?」とピーター・ウェーンが叫ぶ。すっかり気が転倒しているらしい。

「秘書のウィルトンから電話があるはずだと言ってたじゃないか」と叔父が依然死んだような

声で言った。

「ウィルトンの電話なんでしょうね?」と弁護士。これは、ただ黙っているのがたまらないので口をきいたという恰好。誰もこの質問に答えようとはしなかったが、そのうちにブラウン神父がいきなり音もなく帰ってきて、その答えを伝えた。

「みなさん」と神父は席につくと口をきった——「この怪事件の真相を極めてくれとわたしに言われたのはみなさん方です。ですから、もうその真相が見つかった以上、ここでわたしは、そのショックをやわらげるようなふりをせずに率直にお伝えいたさねばなりません。どうもこういう事件にいったん首を突っこむと、人格を尊重している暇がないようで気がかりですが」

「というと、つまり」しばらく続いた沈黙を破ってこう言ったのはクレークだった——「ここにいる者のうち誰かが告発されているか、すくなくとも容疑をかけられているということですな」

「容疑ならみんなにかかっています」とブラウン神父。「わたしだって変わりはありません。死体を発見したのはわたしですからね」

「もちろん容疑はかかっているさ」とウェーンが憎々しげに言った。「ブラウン神父はご親切にも、ぼくが飛行機であの塔を包囲することもできないわけじゃなかったことを説明してくださいましたからね」

「それは違う」と神父は笑顔で答えた。「それができないことじゃないと言ったのは、あんたご自身ですよ。そこがこの話のおもしろいところだ」

「この坊さんはそればかりか」とクレーク――「このわしがレッド・インディアンの矢で殺した可能性があるとお考えのようだったな」

「そんな可能性はまったくあるまいと考えたのですよ」とブラウン神父はちょっとばかり顔をしかめて言った。「もしみなさんに不愉快な思いをさせたなら、あやまります。ですが、ちょっとためしてみるにはあれ以外にやりようがなかったんです。だいたい、ウェーン大尉があの殺人の瞬間に大きな飛行機で窓際を飛びまわって、それに気づいた者が一人もないなんてことは、絶対にと言っていいほど不可能ですし、それとおんなじに、れっきとした老紳士が、もっと簡単に殺せる方法がいくらでもあるというのに、弓矢を使ってインディアンごっこをやるなんてこともありそうにない話だった。けれども、お二人がほんとに事件と関係がないかどうかを確認する必要があったもんですから、それで、まずお二人を告発することによってその無罪を証明するという術《すべ》を使ったのです」

「二人の無罪はどうやって証明されたのですか?」と弁護士のブレークが熱心に身をのりだして訊いた。

「お二人が告発されたときに見せた動揺ぶり、それが唯一の手がかりです」

「正確に言って、それはどういうことですか?」

「こんなことを申して失礼でしょうが」とブラウン神父は眉毛一つ動かさずにしゃべった――「正直に言って、お二人にかぎらず全部の人を疑ってみるのが自分の務めだとわたしは考えたのです。クレークさんも疑いました、ウェーン大尉も疑いました――といっても、ただお二人わたしが罪を犯す可能性というか蓋然性《がいぜんせい》があるかどうかを、検討してみたという程度ですが。わたしはお二人に、事件についての結論がもう出たと告げました。そうしておいて、結論の内容は知らせませんでした。わたしがお二人の無罪を確信したのは、お二人が自分を意識しない状態から憤慨《ふんがい》へと移っていったその態度とところあいからなのです。お二人は、自分が告発されているのだとは思いもよらないうちは、その告発に有利な材料をどしどし提供してくださいました。いや、ご丁寧にも、あの罪を犯しえたことを、ご自分で説明してさえくれました。それからはっとして、自分が告発されていることに気がついた。お二人がこれに気づいた時機は、告発されるのを予想していたにしては遅すぎるし、反面、わたしがおおっぴらに告発を始めるのよりもずっと早かった。

さあ、脛《すね》に傷のある人にこういうことができるでしょうか。犯人なら、初めから無愛想で警戒してかかるか、さもなければ、最後まで知らばっくれるかするにちがいありません。最初のうちは自分を不利な立場に追いこんでおいて、それから急転して、自分がいままで積みかさねてきた説をやっきになって否定するなんてことは、まさか犯人にはできますまい。こういうことができるのは、自分の言ってることがどういう意味をもつのか自覚できなかった場合にかぎります。これが殺人犯だと、そういう自分を意識する心がいつも病的なくらい強く働いているものだから、初めのうちは自分とその殺人事件との関係を忘れていて、あとでふとそれを思い出して否定するなんてことは、とうてい不可能なのです。そういうようなわけで、わたしはお二人を白にして、ほかの人たちも、いまここで言う必要のない理由から潔白と見なしました。

たとえば、あの秘書さんですが……。

いいや、その話はまたあとでするとして、それよりも、いましがたウィルトンから電話があって、もうみんなに伝えてもいいと許可がおりたので、一つ重大なニュースをお知らせしましょう。みなさんだってもうウィルトンが何者で、なにを追い求めていたかはおわかりでしょう」

「ダニエル・ドゥームを追いまわしていて、そいつをふんじばるまでは心が安まらないという男でしょう」とピーター・ウェーンが答えた。「それに、殺されたホーダーの息子だという話も聞いたことがある。復讐の血に飢えていたのも無理はない。とにかく、ドゥームという男を追っかけていることはまちがいないでしょう」

「それがですね」とブラウン神父――「見つかったんですよ」

ピーター・ウェーンは興奮して立ちあがった。

「殺人犯が見つかった！」と叫ぶ。「もうぶちこまれているんですか？」

「いいや」と神父は大まじめに言った。「さっきわたしは、これは重大なニュースだと申しあげましたが、ほんとうにこれはあんたの言われたことよりもずっと深刻な話なのです。ウィルトン君はお気の毒なことに怖ろしい責任を背負われたようです。その上、わたしたちにも怖ろしい責任を負わせることになりそうです。あの人は犯人をつきとめ、ついに追いつめたのですが、そのとき、みずからの手で法律を執行してしまったのです」

「するとダニエル・ドゥームはもう……」と弁護士が言いかけた。

「もう生きてはいないのです」と神父。「激しい格闘みたいなものがあって、ウィルトンはドゥームを殺したのです」

「ざまあ見ろ」とヒッコリー・クレークが唸った。

「ああいう大悪人なんだから、誰だってやっつけたくなるさ。それに恨みがあったんだから、なおさらだ」とウェーンが同感を示した。「まむしを踏みつけるようなものさ」

「そいつは賛成しかねますな」とブラウン神父が言った。「どうもわたしたちはみんな私刑《リンチ》だの無法行為だのを、ロマンチックに美化して手あたりしだいに弁護しておるようですが、わたしの感じでは、もし法律や自由が失われたら、わたしたちはすぐにそれを悔やむことになるんじゃないですかな。もう一つ、ウィルトンが人を殺したのは一理あると言っておきながら、ドゥームの人殺しにも弁護の余地を見つけるべく調べてみることはしないというのは、どうも論理をはずれているようですね。はたしてドゥームがありふれた暗殺者にすぎなかったかどうか、わたしは疑問にしてもいいと思いますね。コプトの杯につかれている無法者が脅迫してそれを取ろうとし、格闘になってうっかり殺してしまったのだということも考えられます。被害者は二人とも自分の家のすぐ外で倒れていたじゃありませんか。ウィルトンのやり方はよくありません、おかげでドゥームの自己弁護がもう永久に聞けなくなってしまったのですから」

「よしてくださいよ、ろくでなしの吸血鬼みたいな悪漢の肩をもって、その罪をごまかしてしまうなんてセンチメンタルだ」とウェーンは熱狂して叫んだ。「ウィルトンが犯人の息の根をとめてしまったというんなら、そりゃどうもご苦労様ってわけで、それ以上問題はありませんや」

「ちがいない、まったくそうだ」と叔父がしきりとうなずきながら言った。

ブラウン神父は、なおも表情をいかめしくして半円状に並んでいる顔を次々に眺めまわした。

「みなさんはほんとうにそうお考えなのですか」と神父は問うた。そう尋ねているうちにも、自分が英国人であり、ここでは異国人なのだということを悟った。自分のまわりにいるのは、たとえ友人であるにせよ、やはり外国人なのだ。この外国人の一団の端から端へ、いま、神父の種族には生まれない激しい炎のゆらめきが飛び火していった。暴動を起こし、私刑《リンチ》を行うことのできるこの西方の国のすさまじい精神、それはまた団結することもできる精神なのだ。一同がすでに団結していることを神父は知った。

「そうなのですか」とブラウン神父はため息を放った。「それじゃ、このウィルトンという不幸な男の犯罪というか、あるいは公《おおやけ》の裁きを待たぬ私的な制裁というか、どういう名で呼んでもいいが、ともかくこの行為をあんた方はきっぱり黙認なさるというのですね。それならば、もうすこし詳しくお知らせしても、ウィルトンは被害をこうむらないでしょう」

神父はだしぬけに立ちあがった。この動作には別に大した意味があるとは見えなかったが、なぜかそれをきっかけにして部屋の空気そのものがひんやりとしてきたように感じられた。

「ウィルトンがドゥームを殺した方法は、ちょっと変わっているのです」と神父は始めた。

「どういう殺し方なんです?」とクレークが唐突に訊いた。

「矢なんです」とブラウン神父。

長い部屋のなかに夕闇が濃くなって、偉大な百万長者の死んだ奥の部屋の大窓に映る日の光は徐々に薄れていった。一座の目はまるで糸にあやつられたようにその窓のほうへゆっくりと向けられていった。けれども、まだ物音はなに一つしない。と、クレークの声が、ひからびてかん高く、耄碌《もうろく》したからすの鳴き声のようにからからと響いた。

「なんだと。いったい、そんな……。ブランダー・マートンは矢で殺されたが、この悪党のドゥームも矢で殺されたと……」

「それも同じ矢で、同じ時刻にですよ」と神父。

またもや一座は息がつけなくなったようにしんとしたが、それはうちに動をいっぱいはらんだ沈黙だった。ウェーンが口を開いた。

「つまり……」

「つまり、あのマートンさんがダニエル・ドゥームだったということです」とブラウン神父はたじろがずに言った。「それ以外にはどこにもダニエル・ドゥームなる人物はおりません。マートンさんはいつもコプトの杯を常軌を逸するほど大事にしていて、毎日それを偶像みたいにおがんでいました。かつて、荒れすさんでいた青年時代にそれを手にいれようとして、二人の男を殺したのですが、それだってひょっとしたら強盗がうっかり被害者を殺してしまったというだけのことかもしれません。とにかく、コプトの杯が手に入った。するとドレージという男がこのいきさつを知ってマートンさんを脅迫しはじめた。ところが、ウィルトンはこれとはまったく別の目的でマートンさんをねらった。いや、ウィルトンがことの真相を知ったのは、この家へ入ってきてからのことだったのでしょう。それはとにかく、ウィルトンの探索はこの家、まさしくこの部屋のなかで終わりを告げ、そこで、父を殺した男を殺したのです」

しばらくは誰も返答をしなかった。やっとクレーク老人が指でテーブルをこつこつやりながら、なにやらつぶやくのが聞こえた——「ブランダーは頭がおかしくなっていたにちがいない。そうだったんだ、きっと」

「なんとしたことだろう」とピーター・ウェーンが口走った。「どうしたらいいのかな？　世間になんと言ったらいいのだろう。これじゃ話がぜんぜん違うじゃないか。新聞や、それから大事業界の連中はどうするんだろう。ブランダー・マートンはまるで大統領かローマ法王みたいな存在なんだ」

「たしかに話がだいぶ違ってくるようですな」と弁護士のバーナード・ブレークが声を低めて言った。

「それだけの違いのために、全……」

ブラウン神父がテーブルを叩き、のっていたグラスが音をたてた。いまでも奥の部屋に鎮座している神秘の聖杯が怪しくこだましているのではないかと思えたほどである。

「とんでもない」とピストルの銃声よろしく一喝したのは神父だった。「どんな違いもあってはならんのだ。みなさんがドゥームをありふれた悪人だと思いこんでいたとき、わたしはみなさんに、その悪党をあわれんでやる機会を与えた。ところがみなさんは耳を貸そうとしなかった。私情にもとづく復讐にみんな賛成しておった。ドゥームが審問にも公判にもかけられずに虫けらのように殺されてしまったのを大目に見て、それも当然の報いだったのさとうそぶいていた。よろしい、もしダニエル・ドゥームの殺されたのがいい気味だと言うならば、ブランダー・マートンが殺されたのもいい気味だということになる。ドゥームにあてはまることは、そのままマートンにもあてはまる、それは火を見るより明らかじゃありませんか。あんた方のその野蛮な制裁を採るか、それともわたしどもの地味な法律を採るか、どちらか一つになさい。無法なら無法をどこまでも、遵法《じゅんぽう》なら遵法を徹底して公平に貫くのが、物事の筋道というものではありませんか」

これに返事をしたのは一人だけ、弁護士のブレークで、かみつくようにこう言った。

「わたしらは一つの犯罪を見すごしてやるつもりだと言ったら、警察はどう出るかな?」

「あんた方がもうそれを現に見すごしたのだと言ったら、警察はどう出ますかな?」とブラウン神父は答えた。「ここへ来てから法律を尊重するのは、ちと手おくれではありませんかな、バーナード・ブレークさん」

ひと息ついてから神父はもっと柔和な声で言った――「わたしとしては、もししかるべき筋から訊かれたら真相を話すつもりです。みなさんはお好きなようになさるがいい。しかし、そうしたところで、別段どうという結果も生じないでしょう。ウィルトンの電話は、実はほかでもありません、もうご当人の告白をみなさんに公開しても大丈夫だということを知らせてきたのです――みなさんがこれを聞いたころには、もう追っ手の届かないところへ逃げているんですから」

神父はゆっくりと奥の部屋に入っていき、百万長者が死んだあたりの小さなテーブルのわきに立った。コプトの杯は依然同じところに立っていた。神父はしばらくそのままたたずんで、虹の七色が群がる杯と、そのかなたの青い淵《ふち》のような空にじっと見入るのだった。

犬のお告げ

「さよう、わたしは犬が好きだ。ドッグをさかさに綴《つづ》ってゴッドとしたんではまずいがね」ブラウン神父はこんなことを言っていた。

口のよく回る人だといっても、相手の話によく耳を貸すとはかぎらない。そういう人の頭の冴えは、時として一種の愚鈍さを生じさえする。ブラウン神父の目下のお相手は、頭のなかでさまざまな考えと物語が渦巻いているファインズという熱狂的な青年である。その青い目は生き生きとして、金髪はオールバックになでつけられている。それはヘアブラシのせいでもあるが、当人がすさまじくかけぬけていく世間の、その風の仕業《しわざ》でもある。けれども、いまは、神父の言わんとすることの極めて単純な意味を即座にのみこみかねて、とうとう流れでるおしゃべりを中断した。

「というと、犬のことを世間の人は過大評価しすぎるというわけですか」と首をかしげる。

「そうかな。大した生きものだと思うけど。ぼくらよりずっと多くのことを知っているんだと思うこともありますよ」

ブラウン神父はなにも言わない。依然として大きな猟犬の頭をぼんやりとなでている。どう見ても、その様子は犬をなだめているようだ。

「たとえば」とファインズ君はまた興がのって独白を始めた——「神父さんに相談しようと思ってきたこの事件に犬がからんでいるんです。この事件は、それ、いわゆる《見えない殺人事件》というやつで、きてれつな話なんですが、ぼくの見るところでは、そのなかでもいちばんきてれつなのが問題の犬なんです。もちろん、この事件そのものが大きな謎で、ドルース老人がたった一人で東屋《あずまや》にいたところを、自分でない誰かほかの人に殺されたっていうことがそもそも……」

規則正しく犬をなでていた手が一瞬のあいだとまった。「ほう、東屋だったのか」神父は静かに言った。

「もう新聞でなにもかもご存じかと思ってましたが」とファインズ。「ちょっと待ってください。新聞の切り抜きをもってきたはずです。それを読めば、こまかいことも全部わかるでしょう」そう言ってポケットから紙片を取りだして神父に渡した。神父は、まばたきばかりしている目に片手でそれを近づけて読みだしたが、反対の手はなおも半分無意識に犬をなでている。左手の知れることを右手がなすのを許さなかった男の話、それをこの図は連想させるではないか。

鍵のかかった扉と窓の内側で人が殺され、出入口がないにもかかわらず犯人が逃走するという探偵小説は数多くあるが、それがこんどヨークシャー海岸のクランストンで起こった異常な事件において現実となった。同地のドルース大佐は背後から短剣で刺殺されたが、凶器は現場から完全に消えうせ、その周辺からも発見されていないのである。

大佐が殺された東屋には入口が一つある。母屋《おもや》に達する庭の中央路の終点にある入口であるが、たまたま、偶然の一致といっていい状況のもとで、犯行時にはこの通路と入口は人目にさらされていたらしく、この点、数名の人の証言は一致している。東屋の位置は庭のはずれで、そのあたりには庭への出入口はまったくない。庭の中央路は二列の高い飛燕《ひえん》草《そう》のあいだを通る小道であり、飛燕草はぎっしり植えられてあるので、一歩でも小道から踏みだせば足跡がつかぬはずがない。その小道も植物も東屋の入口まで続いているから、このまっすぐな小道からそれた者があれば人目につかずにはいられず、この小道以外には東屋へ入る道は考えられない。

被害者の秘書であるパトリック・フロイドは、ドルース大佐がその入口に生きた姿を現わした最後のときから死んで発見されるまでのあいだずっと庭全体を見わたせる位置にいたと証言している。つまり、フロイドははしごに乗って庭の生垣を刈っていたそうで、故人の娘であるジャネット・ドルースがこれを確認している。この娘は、その間ずっと母屋のテラスに腰掛けていて、仕事中のフロイドを見ていたと述べている。その時間全体にわたってではないが、このことは兄であるドナルド・ドルースによっても確認されている。ドナルドは、遅く起床したので化粧着のまま寝室の窓辺に立って庭を見おろしていたのである。最後に、この陳述と一致するものとして、隣人のヴァランタイン博士と、大佐の弁護士オーブリー・トレール氏の証言がある。博士はテラスのドルース嬢と話をするために訪れていたものであり、トレール氏は、おそらく犯人は別として、生前の被害者と会った最後の人だと考えられる。

この人たちは異口同音に、事件の経過が次のようであったと認めている。午後三時半ごろドルース嬢は小道を通って父のいるところへ行き、お茶はどうかと訊いたが、父はそれを断り、トレールに会いたいから、東屋まで来るように伝えてくれと言った。娘は帰りに小道でトレール氏に会ったので、その旨を伝えると、トレールは指示どおりに東屋へ入った。三十分後にはそこを出たが、そのとき大佐はいっしょに戸口まで来て、いかにも健康で精気に満ちた姿を現わした。当日、大佐は子息の生活が不規則であることに幾分か心を痛めていたが、やがてこの気分から脱して極めて正常な状態に復したらしく、日帰りで来ていた二人の甥を含む他の訪問客に接する態度は、ごく愛想のよいものだった。この二人は、惨劇の起こった時間には散歩に出かけていたため、証言すべき事柄をもっていない。実のところ大佐はヴァランタイン博士とあまりよい仲ではなかったと言われるが、博士は当家の令嬢と短時間会っていたにすぎない。令嬢に対して博士は並々ならぬ関心を払っているとのことである。

弁護士のトレールは、自分が東屋から出たとき、そこには大佐一人しか残っていなかったと述べているが、これは、庭を俯瞰《ふかん》していたフロイドの証言と一致する。ほかの誰もその一つしかない入口を通らなかったそうである。十分後にドルース嬢がまた庭を歩いて小道の終点まで行くと、白いリネンの上着が目だつ父が床に折りかさなるように倒れているのが見え、彼女のあげた悲鳴に他の者たちがその場にかけつけると、籐椅子《とういす》のわきに倒れている大佐はすでにこと切れていた。籐椅子もやはり倒れていた。そのときまだ近くにいたヴァランタイン博士は、大佐の致命傷は肩甲骨の下から突き刺さって心臓に切りこんだ目打ち用の刃物によるものであると証言している。警察当局はかような凶器を発見すべく近辺を捜索したが、その痕跡さえも見つかっていない。

「すると、ドルース大佐は白い上着を着ていたというんですね」紙片をおろしながらブラウン神父はこう言った。

「熱帯地でおぼえた習慣なんです」ファインズはいくらかの驚嘆をまじえて答えた。「向こうでなにか風変わりな冒険をやったという本人の話ですよ。ヴァランタインを嫌っていたのは、博士も熱帯地からやってきたということと関係があるんじゃないかと思いますね。でも、この事件はなにもかも謎ずくめなんです。それに書いてあることはかなり正確です。ぼくは事件を見た――というか死体を発見した――わけじゃありません。大佐の若い甥ごさんたちと散歩に出かけていたんです。犬もいっしょでした。神父さんにお話ししようと思っている問題の犬です。その場にはいなかったけど、ぼくは犯行の舞台が新聞に書かれているように設定されているのは見ました。青い花のあいだにまっすぐに伸びて暗い入口に達している小道、それを歩いていく弁護士の黒い服とシルクハット、それから緑の生垣から高く突きでた秘書の赤い髪の毛。

秘書は植木鋏で刈りこみをやっていたのですが、あの赤い頭はどんなに遠くから見たって見まちがえるはずはありません。ですから、その頭がずっと見えていたとみんなが言うのなら、それはほんとうにちがいないんです。この赤毛の秘書フロイドというのがまた特徴のある人物で、せかせかととびまわってばかりいて、人のやることはなんでもやりたがり、あのときには庭師の仕事に手を出していたというわけです。アメリカ人なんだろうと思いますね。ともかくアメリカ的な人生観をもつ人です。連中の言う《ものの見方》というやつです」

「弁護士のほうはどうかね」とブラウン神父の質問。

しばらく無言が続いてからファインズは珍しくゆっくりと語りだした。「トレールという人はぼくにはずいぶんおかしく思われるんです。あの上等な黒服を着たところはいかにもしゃれ者ですが、かといって流行の先端をいくとは義理にも言えない。なにしろ、ヴィクトリア時代この方とんと見かけないようなふさふさした黒い頬髯《ほおひげ》を長く生やしているんですからね。その顔つきは上品で重々しく、態度もやはり同じでいかめしいんですが、ときには笑顔を思い出すこともあるようです。そうして白い歯を見せるときには、いつもの威厳がいくらか消えてしまいますし、どことなく人におもねるようなところもあるんです。それもただの気まずさのせいなのかもしれません。年中ピンでとめる旧式のネクタイをいじくっていましたから。そのネクタイがまた本人とよく似て、しゃれてはいるけれども、どこかずれているんです。とにかく、ぼくには犯人らしい人間がどうしても思いつけないんです。それどころか、事件そのものからして雲をつかむような話です。下手人は誰なのか誰にもわからない。どんなやり方でやったのかも、皆目わからない。ただ一つの例外がそこに出てくるんですが、ぼくがこの事件を話にもちだしたのは、この例外があるからなんです。つまり、あの犬が知っているんです、事件の真相を」

ブラウン神父はふっとため息をついてからぼんやり言った──「あんたはドナルド君の友だちとしてあそこに行ってなさったんでしょう。ドナルド君はあんた方といっしょに散歩に出かけなかったんですね」

「ええ」ファインズは微笑を浮かべて答えた。「あのろくでなしは朝ベッドに入って午後になってからのこのこ起きてきたんです。ぼくは奴のいとこであるインド帰りの若い士官二人と出かけたんですが、かわした話は毒にも薬にもならぬことばかりでした。その兄のほうの、たしかハーバート・ドルースという名の、馬の飼育についてくわしい男は、自分の買った牝馬《ひんば》とそれを売った男の徳義心のことしかしゃべりませんでしたし、弟のハリーときたらモンテ・カルロでちっともついていなかったことにくよくよしているようでした。こんなことを言うのは、この散歩のあいだぼくらには心霊術がかった気分などまったくなかったということをあなたにわかっていただきたいからです。ぼくらの仲間で神秘がかっていたのは、あの犬だけなんです」

「というのは、どんな犬だったのかね」と神父。

「この犬と同じ種類です。そもそもぼくがこんな話を始めたのは、この犬のことがきっかけで、神父さんが犬を信じることなんか信じられないとおっしゃったからです。その犬はノックスという名の大きな黒いレトリヴァーで、ラテン語で夜の女神を意味するこのノックスという名は暗示的です。ノックスのしたことはこの殺人事件よりもっと闇にとざされた神秘なんですから。

ドルースの家と庭が海辺にあることはご存じでしょう。その砂浜を一マイルほど歩いてからぼくらは踵《きびす》を返して戻ってきました。途中、《運命の岩》と呼ばれているずいぶん珍しい岩のそばを通ったんですが、これは、指でひと押しすれば落ちてしまうような危なっかしい具合に石の上に石がのっているという奇岩の一例で、このあたりの名物です。あんまり高くはないんですが、それ全体の蔽《おお》いかぶさるような恰好のせいで、なにか荒れすさんで不吉なものに見えます。すくなくともぼくにはそう見えました。いっしょに行った陽気な青年たちは、どう考えても名勝を見て心を曇らせたなんてはずがありません。でも、ぼくはひょっとすると一つの気配を感じとりはじめていたのかもしれません。

ちょうどそのとき、もうお茶を飲みに帰る時間ではないかという疑問が頭に浮かんだのですが、その時分からもうぼくはこんどの事件では時間が重大な要素であるということを虫の知らせで知っていたらしいんです。ハーバート・ドルースもぼくも時計をもたず、そこで数歩遅れてついてきた弟のハリーに声をかけました。ハリーは生垣の下で立ちどまってパイプに火をつけたので遅れていたのです。四時二十分だと答えたその声が、たまたま持ち前のどなりつけるような大声で、薄れかかったあたりに響き渡ったので、その響きがなにか途方もないことを告示しているように感じられました。当人がそれを意識してなかったので、いっそうその感じが深まったわけですが、でも、前兆というのはいつもそういうものなんですね。とにかく、あの日の午後の時計のいたずらは怖ろしく不吉なものでした。ヴァランタイン博士の証言によると、ドルースが死んだのはまさしく四時半ちょっと前だったというんですから。

さて、まだ十分間ぐらいは帰らなくてもいいんだと二人が言うので、ぼくらはもうちょっと足をのばして砂浜を歩きだした。なにをするでもなく、ただ犬に拾わせるために石を投げたり、沖に向かってステッキを投げたりしていました。でも、ぼくには夕闇が妙にうっとうしく、頭でっかちの《運命の岩》の影さえも重々しくぼくの心を圧迫したのです。そのときです、不思議なことが起こりました。そのちょっと前、ノックスは海のなかからハーバートのステッキを取ってきたのですが、続いて弟も自分のを投げたのです。犬はまた泳ぎだしましたが、まさに四時半きっかりと思われる時分にぴたりと泳ぐのをやめ、岸にあがってきて、ぼくらの前で立ちどまり、急に頭をあげると、この世で聞いたこともないような吼《ほ》え声とも泣き声ともつかぬ悲鳴をあげたんです。

『犬のやつ、どうしたというんだろう』とハーバートが訊きましたが、それに答えられる者は一人もありませんでした。犬の悲しい鳴き声が荒涼とした砂浜に消えてからしばらく長い沈黙が続いたのですが、やがてその静けさが破られました。それを破ったのは、なんと、遠くからかすかに聞こえてきた悲鳴、生垣の奥で女の人があげたらしい悲鳴だったのです。そのときにはなんのことだかわかりませんでしたが、あとになって、それはお嬢さんが大佐の死体を発見してあげた叫び声だったのだとわかりました」

「あんた方は大佐の家にお帰りになったんでしょうな」ブラウン神父は忍耐強く言った。「それからどうなったんでしょう」

「どうなったか、とくとお話しするつもりです」ファインズは凄味をきかせて言った。「庭に戻ってまず見たのは弁護士のトレールです。東屋の前まで続いているあの青い花を背景にくっきりと浮き彫りにされた奴の黒い帽子と黒い頬髯が、あの夕暮れの色と遠くにぽっかり突き出た《運命の岩》の輪郭といっしょに、いまでも目に見えるようです。奴の顔と身体は西空を背にして黒くかげっていましたが、その頭には白い歯がくっきりと見え、顔には微笑が浮かんでいたことは絶対にたしかです。

ノックスはその姿を見るや否《いな》や前にとびだし、小道の中央で立ちどまって猛《たけ》り狂った声で吼えかけました。いかにも憎々しげなその声は、まるで人がものを言っているみたいに相手を罵《ば》倒《とう》しているようでした。奴は小さくなって花のあいだの小道を逃げていきました」

ブラウン神父はここでだしぬけに堪忍袋の緒を切ってがばと立ちあがった。

「そうやって犬がトレールにうしろ指をさしたというんですな」と神父は声をはりあげた。「犬のお告げが有罪を宣告したというわけか。どうかな、そのとき空にはどんな鳥が飛んでいたかご覧になりましたか。鳥はみんなあんたの右側におったか、それとも左側でしたかね。生《いけ》贄《にえ》について占い師にお伺いをたてることもおやりでしたか。ならば、もちろん、その犬をひき裂いて内臓を調べることも怠りなくやったんでしょうな。あんたのような異端の人道主義者が一人の男の生命と名誉を奪おうともくろんでいるときに頼りにする科学的なテストは、どうやらそういうものであるらしい」

ファインズはしゃべりたくとも息がつまってしまい、しばらくは唖《あ》然《ぜん》としていたが——「神父さん、いったいどうしたんです。ぼくがなにをやらかしたというんです」

司祭の目にふたたび懸念の色が表われた。暗闇でポストにぶつかった人が、その刹那、相手に怪我をさせたのではないかと気づかうあの懸念である。

「なんとも申しわけない」神父は心からどぎまぎして言うのだった。「失礼なことを申してまことにすみません。どうかお許しを」

ファインズは神父を不審そうに見やった。「ときどきぼくは思うんですよ、神父さんはどんなミステリよりも深い謎なんだって」つくづく言う。「ですがね、もしもあの犬の神秘性を信じないとしたら、すくなくとも死んだ人の謎は解けないんです。あの犬が海からあがってきて吼え立てたまさにその瞬間、その犬の主人の魂が誰にも想像さえつかぬ見えない力の一撃でその肉体から叩きだされたということ、それは否定できない事実なんです。

次に、弁護士のことですけど、あいつについては犬だけでなく、ほかにもおかしな点がいろいろあるんです。あの男からぼくはいつものっぺらとしてにやついているどっちつかずの男だという印象を受けていましたが、あいつの癖が、どうも手がかりになるように思えました。現場には医者と警官が時を移さずやってきたのはご存じでしょう。ヴァランタインは大佐の家から帰る途中で呼び戻され、それからすぐに警察に電話したのです。そういう事情と、大佐の家が一軒家であったこと、関係者の数がすくなかったこと、あの場所が囲いのなかだったことなどのため、あたりにいたと思われる全部の人の身体検査をするのが可能でした。事実、誰もかれも徹底的に調べられました。家のなかも、庭の隅々までも、砂浜も虱《しらみ》つぶしに捜索されたのです。それでも凶器は影も形もありませんでした。ということは、犯人の手がかりがまったくないというのと同じくらい途方もないことなんです」

「凶器が行方不明とね」ブラウン神父はうなずいたが、このあたりから急に耳をそばだてはじめたらしかった。

「そのことなんですが」とファインズは続けた――「問題のトレールという男はネクタイ、ことにネクタイどめのピンをいじる癖があったということはもうお話ししましたね。そのピンは、ご当人と同様、けばけばしいうえに時代遅れの代物《しろもの》で、なかに目玉のように色のついた輪がかさなっている宝石がついているんですが、本人があんまりそれを気にしているのがぼくにはじれったく、姿がまるで胴体のまんなかに目玉のある一つ目巨人《サイクロップス》のように思えました。ところで、そのピンですが、これが大きいばかりか長いときているんです。だから、いつもそれをちゃんとさせておこうと気をつかうのは、見かけよりもずっと長いからなんだと思いあたりました。あれは細い短剣《スティレットー》ほどの長さなんです、正直な話」

ブラウン神父は思惑ありげにうなずいた。「ほかにもなにか怪しい道具がありましたか」

「もう一つありました。それを指摘したのはドルース兄弟、つまり大佐の甥たちです。最初はハーバートにしてもハリーにしても、まさか科学的な犯罪捜査の役に立つ人間だとは思えなかったんですが、ハーバートのほうは馬のことと近衛騎兵連隊の華となること以外になんの興味もない、龍騎兵の伝統をひく強者にすぎないとしても、弟のハリーはインドで警察に勤めていたことがあり、すこしは経験があったわけなんです。いや、すこしどころか、どうして、なかなか頭のよくきれる男です。少々よすぎた感もなきにしもあらずで、警察をやめたのも、杓子定規の規則を破って自分の責任でどんどんことを運んだからなんです。とにかく、ハリーはいわば失職中の刑事だったわけで、事件発生と見るや、しろうとの探偵熱なんか足元にも及ばない気のいれ方で首を突っこんだのです。ハリーとぼくは凶器の問題について論議しましたが、それがきっかけで新しい問題が生じたのです。そもそもこの議論は、犬がトレールに吼え立てたことをぼくが話してやったら、犬は絶対に吼えやしない、唸るのが関の山だと言ってハリーが反駁《はんばく》したことに端を発しているのです」

「その点はハリーさんの言うことがまったく正しいですな」と神父。

「次にハリーはこう言うんです——犬の唸り声ということなら、ノックスが人に向かって唸っているのは前にも聞いたことがある、その人たちのなかには秘書のフロイドもいる、とこうなんです。ぼくはしっぺ返ししてやりましたよ——その意見は矛盾《むじゅん》している、この事件は一人以上の人がやったはずがないんだし、ましてフロイドが犯人であるわけがない、あんなに小学生みたいにそそっかしく無邪気な人なんだし、問題の時間中、庭の生垣の上で紅インコみたいに人目をひく赤い毛を扇のように広げてちょこなんとすわっているのをみんなが見ていたんですからね。ところがハリーはこう言うんです——『たしかに難点はあるんだが、とにかくいっしょに庭へ来てくれないか。まだ誰も見てはいないらしいものをきみに見せたいんだ』これは死体の発見された日のことで、庭はそのときのままに保存されていて、脚立はまだ生垣のそばに立っていました。ぼくを連れたハリーはその生垣の真下でかがみこむと、深い草むらのなかからなにかを取りだしました。それは、生垣の刈りこみに使った植木鋏でしたが、その片一方の刃の先に血がついていたではありませんか」

ひとしきり沈黙が続いたが、ブラウン神父は唐突にこんなことを訊いた──「弁護士はなんの用で来ていたのですかな」

「遺言状を変更するために大佐に呼ばれたと本人が言っています」とファインズは答えた。「ところで、この遺言の問題についてもう一つ、お話ししておかなくちゃならないことがあるんです。よろしいですか、その遺言状はあの午後東屋で署名されたんではないんです」

「そうでしょうとも」とブラウン神父──「証人が二人いなくてはならんですからね」

「弁護士がやってきたのはその前日のことで、遺言状はそのときに署名されたのです。ところが、あくる日にまた呼びつけられたのは、大佐が証人の一人に疑いを抱き、安心できるように保証してもらいたかったからなのです」

「その証人というのは誰と誰ですか」と神父。

「それなんですよ、肝心の点は」と答える声には熱がこもっている──「証人は秘書のフロイドと外国人の外科医だかなんだかのヴァランタイン博士だったんですが、二人はいがみあっているんです。ここで言っておかなくちゃならないのは、秘書はなんでも自分でやらなきゃ気のすまない男だということです。よくあるでしょう、せっかくの熱意が不幸にも闘争心と猜疑心《さいぎしん》となって表われる直情径行型の人物、彼もその一人なんです。ああいう赤毛で赤い血の多い男はいつもすべてを信じるか、なにも信じないか、二つに一つなんです。いや、ときには二つ同時にやることもあります。なんでも屋であるばかりか、なんでも、専門家よりもよく知っているんです。知ってないことがなにもないだけじゃなくて、誰に対してもほかの人すべてを警戒するように忠告するんです。ですから、秘書がヴァランタインに疑いをもったのも、以上のような人柄からある程度までは説明できるんですが、こんどの問題にかぎって、なにかそれ以上のものが背後にからんでいるらしいんです。秘書が言うには、ヴァランタインの名前は実のところヴァランタインではない、ほかの土地でヴァランタインがドゥ・ヴィヨンという名で知られていたのを見たことがある、だから、遺言状は無効になるだろう——とそう言うのです。もちろん秘書はこの点で法律がどうなっているかを親切にも弁護士に説明してやりましたよ。二人はなんだか無性に腹をたてていたんです」

ブラウン神父は声をたてて笑った。「誰でも遺言状の証人になる人はたいていそうなるものですよ。なにせ、証人になればその遺言では遺産がなにももらえないんですからな。それはそうと、ヴァランタイン博士はなんと言ってましたか。なに一つ知らぬことのない秘書さんですから、博士の名前についても博士が知っている以上のことを知っていたわけなんでしょうが、それにしても博士だってすこしは自分の名前についていて情報をもっていてもよいはずですね」

ファインズはちょっと息をついてから答えた。

「ヴァランタイン博士の反応は変わっていました。だいたい博士は風変わりな人なんです。風《ふう》采《さい》は特徴があるんですが、とても異国的です。若いくせに、四角に刈った顎鬚《あごひげ》を生やし、顔はとても青ざめていてくそまじめな表情なんです。目はどうかというと、まるで痛めているみたいで、眼鏡をかけたらいいんじゃないかとか、考えごとで頭痛がしているんじゃないかと思われるくらいです。それでいて博士はえらくハンサムで、いつもきちんと正装をし、トップハットに地味なコート、それに小さな赤いばらの花飾りをつけています。態度はむしろ冷たい横柄な感じで、じっと人を見つめる癖があるんですが、それがとてもこっちをまごつかせます。名前を変えたという非難を受けたときにも、博士はただスフィンクスのようにじっと目をすえてから、軽い笑い声で、アメリカ人には変更したくてもそうできる名前がないんでしょうにと言ったのです。これには大佐も業《ごう》を煮やして、博士に向かっていろいろ罵言を投げつけたらしいんです。博士が将来大佐の一家にある地位を占めようとしていることが、ますます大佐の忿懣《ふんまん》をかき立てたのでしょう。けれども、こんなことは、もしぼくが事件の起こった日の午後早くあることを小耳に挟まなかったとしたら、別に大して気にもしなかったはずです。そのときに聞いたことをぼくはあんまり利用したくないんです。その言葉は、普通の場合だったら立ちぎきするのがとてもおこがましいようなものだったからです。

二人の連れと犬といっしょに表門に向かって出ていく途中、ぼくは人の声を聞いたんですが、その調子から判断して、ヴァランタイン博士とドルース嬢が家の影が落ちている花の列のかげの奥まったところにひっこんで、上気したささやき声で語りあっているのでした。その声はときどきしゅっしゅっという荒い息とともに吐きだされていました。恋人たちは逢びきと同時に言いあいもしていたのです。そのときに二人が言ったことは、二度と口にしたくないようなことが多かったのですが、いまは場合が場合ですから思いきって言いますが、二人のあいだには、一度ならず誰かを殺すの殺さないのという言葉が繰り返されたのです。実際のところ、お嬢さんは誰かを殺すなんてことをしないでくれ、どんな挑発を受けても相手を殺すのは正しいことじゃないのよ、というようなことを言っているようでした。お茶を飲みに立ちよった紳士をつかまえて言う言葉としちゃずいぶん変わっていますよ」

「一つお伺いしたいが、ヴァランタイン博士は、遺言状の証人となることで秘書と大佐を相手に言いあったあとで、えらく怒っているようでしたか」

「誰の話を聞いても、博士は秘書の半分も怒ってはいなかったということです。秘書のほうこそ遺言状の証人を務めおえてからカンカンにむくれて出ていったそうです」

「そこでだが、遺言状そのものはどうなんですか」とブラウン神父。

「大佐はとても裕福な人ですから、その遺言状は重大な意味をもっていました。トレールはその変更については当座なにも言いたがらなかったんですが、あとでぼくは聞きました。実を言うとそれは今朝聞いたばかりなんですが、遺産の大半は息子さんからお嬢さんのほうに移されたそうです。ドルース大佐がぼくの友だちのドナルドのだらしなさに愛想をつかしていたことは前にお話ししましたね」

「この事件では、どうやら動機の問題が方法の問題のかげに隠されてしまった感がありますな」とブラウン神父は思慮ありげに論じた。「そういうことの直後なら、ドルース嬢が大佐の死亡で直接に利益を受ける人であることは明瞭ですな」

「なんてことを。よくもそんな冷酷なことが言えますね」とファインズは相手をにらみつけて叫んだ。「まさかあなたはあのお嬢さんが……」

「お嬢さんはヴァランタイン博士と結婚なさるんですか」

「反対する者がいるんです。でも、博士はこの近辺の人に好かれ、尊重されていて、腕のたしかな熱心な外科医なんですがね」

「それは熱心極まる外科医だものだから、お茶の時刻に若いご婦人を訪問するのにも外科用具をもっていった。なぜって、博士は刃針《ランセット》かなにかを使ったのにちがいないんだし、あのあいだ家には一度も帰らなかったようですからな」

ファインズはここでがばと立ちあがり、まじまじと神父を見つめた。「あなたはまさか博士がそのランセットを使って……」

ブラウン神父は首を振った。「いまのところどの説も空想にすぎんのです。問題は誰が犯人で何が凶器かということではなく、犯行の方法なのですぞ。調べれば多くの容疑者が出るだろうし、怪しい道具だっていくらでも見つかるはずだ。ピンとか、植木鋏とか、ランセットとか続々現われる。だが、いったい犯人はどうやってあの部屋に入ったのでしょうかな。いや、ピンにしたところで、どうやってあそこに入りこんだのか」

神父は思いにふけって天井を見つめながらしゃべっていたが、最後の数語を述べたとき、不意に珍妙な蠅《はえ》を天井に見つけでもしたかのように油断なく身がまえて目をこらした。

「神父さん、この事件はいったいどうしたらいいんでしょうか」と青年は訊いた。「あなたはこういう経験をたくさんおもちでしょうが、なにかご忠告はありませんか」

「残念ながら大してお役に立てそうもありませんな」と神父はため息といっしょに言った。「現場と関係者の近くに行ってみないでは、大した考えも浮かばない。いまのところは現場付近の捜査を続けるよりほかありますまい。あんたのお話から察すると、あんたの友だちでインドの警察にいたという人が多少なりとあそこでの捜査の責任者となっているようですから、わたしだったら、そこへかけつけて、その捜査がどう進展しているか見ることにするでしょうな。素人探偵としてどんな仕事をやっていることやら。もうなにか新しい報告が出ているかもしれませんぞ」

二足と、四本足のお客が帰ってしまうと、神父はペンを取りあげ、ローマ教皇レオ十三世の一般通達状「レルム・ノヴァールム」についての一連の講義を準備する仕事にまた取りかかった。この論題は大きなもので、神父はそれを一度ならず組み立て直さなくてはならなかったから、二日後にまたあの大きな黒犬が部屋にとびこんできて、興奮のあまり熱狂してむしゃぶりついてきたときにも、やはり同じような机仕事をしていたところだった。犬についてきたその主人も、熱狂はともかく、興奮の点ではひけを取らなかった。ただ、興奮とはいってもどうやら沈んだものらしく、両方の青い目が頭からとびださんばかりで、思いつめたその顔はいささか青ざめてさえいた。

「このあいだ」と何の前口上もなしにだしぬけにきりだす――「あなたは言いましたね、ハリー・ドルースがなにをやっているか見てきなさいって。その彼がなにをやったか、神父さん、わかりますか」

神父は答えない。青年はつっかえがちな乱れた口調で続けた。

「では言いましょう、彼がなにをやったかを。自殺したんです」

ブラウン神父のくちびるがごくかすかに動いた。神父のつぶやいている言葉にはなんらの実際性もなかった。この物語とも、この現世ともまったく関係のないことなのだ。

「ときどきぼくは神父さんにぞっとすることがあるんです」とファインズ。「あなたは……もしやこうなることを知っていたのではありませんか」

「ありうることだと思いました」と神父は言った——「だからこそ、ハリーがどうしているか見に行きなさいとお願いしたのです。遅すぎなければいいがと思ってました」

「見つけたのはぼくなんです」とファインズはかすれがちの声で言った。「あんなにむごたらしく気味の悪いのなんて見たことがありません。あれからぼくはすぐにまたあの庭に行ってみたのですが、なにかその様子があらたまって不自然なのを感じました。殺人があったからというだけのことじゃないのです。灰色の古びた東屋の黒々とした入口の両側にはまだあの花が青くたわわに咲き乱れていましたが、その青い花は地獄の暗いほら穴の前で踊っている青鬼のようにぼくには見えたのです。思わずぼくはまわりを見まわしましたが、なにもかもがいつものままで変わりないようでした。ところが、ふと、なんとも妙な考えがしだいに強くわき起こってきたのです——空の形そのものがどうかしてしまったんではないかと。そう思ったとき、ぼくは不安の原因を見たのです。《運命の岩》はいつも生垣の向こう、海の手前に一つの背景となってそびえていたのですが、それが消えてしまっていたのです」

いつのまにかブラウン神父は頭をあげて、いまは一言も聞きもらすまいと耳を傾けていた。

「それはまるで風景のなかから山がのこのこ歩き出たような、空から月が落ちてしまったようなものです。もちろん、あれはいつでもひと突きすればひっくり返ってしまうだろうとはわかっていましたが。とにかく、ぼくはなにかにつかれたように庭の小道を突っ走り、生垣もなんのその、くもの巣を破るように突きぬけて浜辺に出ました。生垣は思いのほか薄いものでしたが、よく刈りこまれていたので塀の代わりを立派に務められるわけなんです。浜辺でぼくは《運命の岩》のぐらぐらしていた岩がその台から落ちていて、その下にハリー・ドルースが見る影もなく押しつぶされているのを見つけました。片方の腕が伸びて岩を抱きこむようにしていたので、自分でその岩を身体の上にひきおとしたとしか思えませんでした。おまけに、そのそばの褐色《かっしょく》の砂地にハリーがでかでかと書きつけた乱れた字がなんと《運命の岩はばか者の上に落ちる》」

「大佐の遺言状でそうなったんですな」とブラウン神父は言った。「あの青年はドナルドの不名誉を利用して利益を得ようとすべてをかけた。叔父さんが弁護士と同じ日にハリーを呼びよせ、たいそう歓迎したので、ハリーはますます図にのった。その望みを除けば、ハリーはもう完全に破滅していた。警察の職は失う、モンテ・カルロで文なしにはなる。というわけで、自分がわざわざ身内を殺して得た代償がゼロだと知ったとき、自殺したのです」

「待った、ちょっと待って」とファインズは目をぐりぐりさせて言った。「話があんまり飛躍してぼくにはついていけないんです」

「遺言状といえば、そうそう」とブラウン神父は平然として続けた――「もっと重大な話に移って忘れてしまわないうちに、あの博士の名前の問題を説明しておきましょうかな。あれはなんでもないことなんですよ。私自身あの名前は両方ともどこかで聞いたような気がしますな。博士の正体は、マルキ・ドゥ・ヴィヨンという侯爵の称号をもったフランスの貴族です。が、それでいて熱心な共和主義者でもあり、いまでは称号をすてて、忘れられていた姓をまた名のるようになった。《なんじは、市民リクティとともにヨーロッパを十日にわたって煙にまきたり》とな（リクティは、ミラボー伯爵のこと。伯爵は貴族でありながらフランス革命の大アジテーターだった）」

「なんのことです、それは」と青年はぽかんとして訊いた。

「いや別に」と神父は逃げた。「十中八九までは、自分の名前を変えるのは見さげたことです。が、博士の場合は立派な愛着からやったまでのこと。アメリカ人には名前がないと皮肉ったのも、つまり米国には称号がないという意味だったのですな。さて、イギリスではハーティントン侯爵がハーティントン氏と呼ばれることは絶対にないが、フランスではマルキ《侯爵》・ドゥ・ヴィヨンはムッシュー・ドゥ・ヴィヨンと呼ばれるものだから、博士は名前をそっくり変えてしまったように見えたわけです。次に、人を殺すのなんのというあの話は、私が思うに、これもやはりフランスふうの儀礼の問題なんでしょう。博士はあのときフロイドに決闘を申しこむといきまいていて、それをお嬢さんが押しとどめていたわけです」

「なるほど、そうだったのか」とファインズは大きな声でゆっくり言った。「それであの女《ひと》の言っていたことの意味がわかった」

「というのは、なんのことを言っていたのです」と相手は笑顔で訊いた。

「それを聞いたのは、ハリーの死体を見つけるちょっと前のことなんですが、あの騒ぎにまぎれて忘れていたのです。誰だって悲劇に出くわせば、ちょっとしたロマンチックな牧歌なんかおぼえてられるものじゃありませんからね。とにかく、あの日ぼくは大佐の家に向かって小道を歩いていて、お嬢さんがヴァランタインといっしょに歩いてくるのに出会ったのです。むろんあの女《ひと》は喪服姿でしたし、博士のほうはいつだって葬式へ出かけるときみたいに黒服です。ところが、二人の顔はどう見ても葬式向きではないんです。二人の人間があんなに品よくにこやかにしているのを、ぼくは見たことがありません。二人は立ちどまってあいさつをし、それからあの女が言うのに、二人は結婚して町はずれの小さな家に住んでいる、博士はそこで医業を続けている、と。

これにはいささか驚きましたよ、あの女は年とったおとうさんから遺産をもらったはずなんですから。そこでぼくは礼を失さない遠まわしな言い方で探りをいれました——いま亡くなったおとうさんの家へ行くとこだけど、お嬢さんとはたぶんそこで会うだろうと思っていたと言ったのです。ところが、あの女はあっさり笑い流して、『そういうことは全部お断りしましたの。主人が相続人の妻を好みませんものですから』とこうなんです。よく聞いてみると、ずいぶん驚いたことに、二人はほんとうに財産が元のとおりにドナルドのものになることを主張したのだそうです。ドナルドはさぞかしうれしい驚きに見まわれたことでしょうが、良識をもってこの問題を片づけてくれるだろうと思います。実のところ、あの男には別にいけない点はなかったんです。ただ年が若いのと、おやじさんがあんまり賢くなかったのが問題をこじらせただけで。でも、このことについてお嬢さんが言ったあることを、ぼくはその当座どう解釈していいのかわからなかったのです。いまになってみれば、それは神父さんの解釈のとおりにちがいありません。お嬢さんはあのとき急に横柄な言い方で、といってもまったく他人思いのあっぱれな横柄さでこう言ったのです。

『これであの赤毛のおばかさんが遺言状についてわいわい騒ぐのをやめさせることができるでしょう。私の夫は、十字軍の時代にまでさかのぼる紋章を自分の主義のためにすてたのですが、その同じ人が、あれだけの遺産のために東屋の老人を殺そうとするものでしょうか。どうやらあの秘書はそう考えているようですけど』とここのところでもう一度笑って、『私の夫は人殺しなんかやりません、商売でなら別ですけど。あの秘書には、主人は友だちさえ会わせようとしないんです』なるほど、いまならこの言葉の意味がわかります」

「もちろん、わかるところもありますな」とブラウン神父。「秘書が遺言状のことで大騒ぎしているというのは、はっきり言ってどういうことなんです」

ファインズは微笑を浮かべて答えた。「神父さんがあの秘書をご存じないのは残念ですね。あの人が物事を活発に処理してゆく手際のよさは、そりゃ愉快ですよ。《活発》というのは本人の言葉ですがね。喪中の家まで活気づけてしまうんです。葬式だって、派手なスポーツ行事そこのけにきびきびしたお祭りにしてしまったんですから。ひとたびことが起こったら、なんとしてもあの人をじっとさせておくことはできません。あの人が庭を監視したばかりか庭師の監督までしたこと、それに、法律について弁護士に教授してやったことは前にお話ししましたが、外科医術について外科医に教えを垂れたことも言うまでもありません。さて、その外科医がほかならぬヴァランタイン博士なのですから、秘書は講義の最後に、博士に対して単に手術が下手だということ以上の非難をあびせたことは想像にかたくありません。秘書ときたら、博士が犯人だという考えが頭にこびりついて離れなかったのです。警察がやってきたときのあの説明ぶりの堂にいっていたこと。たちまちあの人は、無数の素人探偵のうち最たるものとなったんです。シャーロック・ホームズといえども、ドルース大佐の秘書が大佐の死を捜査中の警察に対して示したような高飛車の知的優越と軽蔑《けいべつ》を、スコットランド・ヤードに対して示したことはありますまい。実に、あの様子を見ているのは痛快でした。いかにも超然として、紅の毛をばたつかせ、苛立った声でぶっきらぼうな返事をしながらあたりを闊歩《かっぽ》するんです。もちろん、そういう態度がドルースのお嬢さんを憤慨《ふんがい》させたわけです。なるほど、あの人には一応の理論がありました。本のなかでだけ通じるような理論です。だいたいフロイドという人間は本のなかにいるべきタイプなんですから。本のなかだったら、もっとおもしろい人間で、これほど邪魔にはならないでしょうに」

「その理論とはどんなものでしたか」

「実に活気に満ちたものでした」とファインズは沈鬱《ちんうつ》そうに言った。「あと十分間もばらばらにならずにもちこたえていたら、立派な本になっていたことでしょう。あの人の説は、東屋で大佐が見つかったとき、大佐はまだ生きていて、博士が手術用具で服を切りひらくふりをして殺したのだと言うのです」

「なるほど」と神父は言った。「すると大佐は昼寝をするのに泥の床にうつぶしていたわけか」

「騒ぎ立てるということは、大した効果があるものなんですね」と青年は続けた。「とにかくフロイドはもうすこしでこの偉大な説を新聞にのせ、博士を逮捕させるところまでこぎつけたのですが、そこまでいったとき、なにもかもがこっぱみじんにふっとんでしまったのです、《運命の岩》の下敷きになった死体が発見されたので。結局ぼくの話はそこに戻ってくるんですが、あの自殺は自白にも等しいと思います。でも、事件の真相は誰にもわからずじまいでしょう」

しばらく沈黙が続いたが、神父はやがて遠慮がちに「真相なら知っているような気がしますな」と言った。

ファインズは目をぱちくりさせた。「そんなことを言ったって、いったいどうやって事件の全貌をつかんだのです。また、どうしてそれが真相だと断言できるのです。あなたは現場から百マイルも離れたここでずっと説教文を書いていらした。それでいて、あっちで起こったことをいち早く知っていたとおっしゃるつもりなんですか。もしあなたがほんとうに結論に達したのなら、いったいどこを出発点として推理を始めたのです。なにがきっかけでご自分の説を組み立てはじめたのですか」

ブラウン神父は普段は決して見せたことのない興奮を示してとびあがった。その開口一番の絶叫は爆発的だった。

「犬です。むろん、あの犬です。あの犬が浜辺でしたことのなかに事件の全貌が隠されておったのです。が、あんたはそれを目の前にしていながら、正しく犬を観察しなかった」

ファインズはなおも大きく目を見ひらいた。「でも、あなたはこのあいだ言ったばかりでしょう——ぼくがあの犬について思っていることはからきしナンセンスで、犬はまったく無関係だって」

「あの犬こそ事件とすべての関係をもつもの」とブラウン神父——「ということは、もしあんたがあの犬を人間の魂をさばく全能なる神とせずにただの犬として扱っていたなら、あんたにもすぐわかったはずですがな」

神父はしばらくばつが悪そうに黙っていたが、いかにも申しわけなさそうな沈んだ様子で言った。

「実を申せば、私はえらく犬が好きときている。ところがこの事件では、犬についての迷信が怪しい後光のようにまといついているのに、ほんとうに犬のことを思いやった人はおりません。小さな例から始めますが、たとえば、その犬が弁護士に吼えかけたとか秘書に向かって唸ったということ。あなたはさっき私が百マイルの遠くでどうやって見当をつけるのかとお訊きになったが、正直なところ、それは主にあんたの手柄なのでしてな。あんたが関係者たちの顔形などをみごとに描いてくれたので、それぞれのタイプが手に取るようにわかった。トレールのように平素はしかめ面《つら》で不意に笑顔になったり、ものを——特に咽喉《のど》のところで——いじりまわす癖のある人は、神経質ですぐにぎごちなくなる人です。能率のいい秘書のフロイドにしても、やっぱり神経が尖っているとしても不思議はない。忙しがり屋のヤンキーさんはたいていがそうだ。そうでもなければ、ジャネット・ドルースの悲鳴を聞いたときに植木鋏で指を切り、鋏を落としてしまったということもなかったでしょう。

さて、犬は神経質な人を嫌うものだ。神経質な人を見ると犬まで神経質になるのかどうか、それとも、なんといっても動物なんだから人をおどかすのが好きなのか、あるいは、犬としての虚栄——これがまたばかにならない——から、人に好かれないと知ると機嫌を悪くするのか、それはわからんが、ともかく、ノックスがみんなにくってかかったのは別に意味のあることじゃない、ただ自分を怖がっている人間を腹の虫が好かなかったまでですな。ところで、あんたはえらく頭がよい。頭がいいということは、良識のある人なら誰も軽蔑はしない。けれど、私はときどき思うんですよ、あんたは頭がよすぎて動物の気持ちが理解できないのではないか。場合によっては、人間の気持ちも理解できないのではないか。特に人間が動物そっくりの単純なふるまいをするときには。動物というやつはいたって即物的です。そのものずばりの世界に住んでいる。

いまの例を考えてみましょう。犬が男に吼えかかり、男は犬から逃げていく。だが、あんたは充分に単純でないから事実そのものが見えないらしい。その事実というのは、犬が吼えたのはその男が気にくわなかったからであり、男が逃げたのは犬が怖かったからだということで、それ以外に動機はなにもなく、また必要でもなかった。ところがあんたはそこから心理学的な神秘を読みとり、その犬は異常な透視力をもつもので、運命の神秘的な代弁者であると想定しなければ気がすまなかった。男が逃げているのは犬からではなく、死刑執行人からだと考えたんですな。しかし、よく考えてみれば、この深層心理学的解釈はまったく不可能なのです。もしもその犬が主人を殺した犯人をはっきり意識して知っていたなら、なにもティー・パーティーで田舎牧師に吼えかかるみたいにただ突っ立って鳴きわめいていないで、いきなり相手の咽喉元めがけてとびかかるはずだし、また逆に、その男にしても、古くからの友人を殺して、その友人の娘と死体を診た医者の見ているなかで故人の家族に笑顔を向けて平然と歩きまわれるほど自分の心を冷酷無情にとざしていたならば、どうして犬に吼えられたぐらいのことで良心を痛め、小さくなる道理がありましょうか。そりゃ、吼えられたことに皮肉は感じるでしょう。悲劇のアイロニーというやつをね。それに魂をゆさぶられるかもしれん。が、言葉をしゃべるはずのないただ一人の、じゃない一匹の目撃者から逃げて庭の隅から隅まで死に物ぐるいにかけていくなんてことはやらんでしょう。人間は誰でも、そういうふうに慌てふためくものなんですよ、悲劇のアイロニーではなくむきだされた歯に怖れをなしたときにはね。この問題はあんたが理解していなさるよりずっと単純なのです。

しかしです、浜辺で起こったこととなると、事情はもっともっと興味津々としておる。あんたが話してくださったところでは、もっともっと謎めいている。あの犬が水に入ってまた出てきたという話だが、私は初めそれがのみこめなかった。どうも犬らしからぬことに思えたのです。もしノックスがなにかほかのことで心を取り乱していたのなら、最初からステッキを追いかけようとはしなかったでしょう。かぎつけた災いの起こりそうな方向へ鼻をくんくんさせて出かけたにちがいない。だいたい犬というやつは、石でもステッキでもうさぎでも、なにかものを追いかけだすと、よっぽど強い命令がないかぎり追跡をやめないものだし、どんなに強く命令したってやめないことさえある。だから、その犬が気分が変わったのでひき返してきたというのは解《げ》せん話だ」

「でも、たしかにひき返してきたんです」とファインズはゆずらない――「ステッキをもち帰らずに」

「ステッキをもち帰らなかったということには、なによりの理由がある。犬が戻ってきたのは、まさにステッキが見つからなかったからで、悲しそうに吼えたのもそのためだ。犬が悲しい声をあげるのは、そういうことに対してなのですな。犬はとんでもない儀式ずき、格式ばりやで、ちょうど子どもがお伽噺《とぎばなし》を何度も正確に繰り返してくれとせがむようにゲームのきちんとした決まりにやかましいものだが、まさしくいまの場合、ゲームはスムーズに運んでおらなかった。犬はひき返してきて、ステッキのふるまい方について深刻な苦情を述べ立てた。そんなことは前に一度も起こったためしがないとぼやく。人並み、いや犬並みすぐれたこのおれがよぼよぼのステッキにこんな目に遭わされたことは初めてだと」

「いったい、そのステッキがどうしたというんです」と青年は訊いた。

「沈んじまったのです」とブラウン神父。

ファインズはなにも言わずに目だけぐりぐりさせていた。神父は話の先を続けた。

「それが沈んだのは、それが実はステッキではなくて、ごく薄い鞘に入った、先の尖った鋼《はがね》の棒だったためだ。言葉を換えれば、仕込杖というやつだな。犯人が凶器を片づけるのに、それを犬に取らせるふりをして海に投げこむとは、いままで聞いたことのない風変わりで、しかも自然な方法ですね」

「おっしゃることがわかりかけてきました」とファインズは正直に認めた。「ですが、たとえ仕込杖が凶器だったとしても、それをどう使ったのか、さっぱり見当がつきません」

「わたしはまあ見当がつきましたよ」とブラウン神父──「話の最初であんたが東屋という言葉を出したときにぴんときた。それから、ドルースが白い上着を着ていたとあんたが話してくれたときにも。みんなが短剣をさがすのに血眼《ちまなこ》になっていた以上、誰もこれは考えにいれなかった。しかし、決闘刀に似たわりと長い刃物を前提にすれば、この方法は不可能ではないのでしてな」

神父はうしろにもたれて天井を眺めていたが、最初から頭にあった考えや基本点へまた戻っていくかのように語りだした。

「あの『黄色い部屋』みたいな探偵小説、誰も入れない密室で人が殺されたというような物語をめぐっての論議は、この場合には適用されんのです。ここでは現場は東屋ですからな。『黄色い部屋』という場合には──黄色くなくても結構、どんな部屋でも──部屋というからには、一様で固い壁があるわけだ。ところが、東屋というのはそんなふうにはできておらん。たとえばこの場合がそうだが、こまかく織りかさなってはいるものの、それでも別々の枝や板で作られてあることが多く、そういうのにはところどころにすきまが開いているわけだ。ちょうどドルースが壁に椅子を寄せて腰掛けていたまうしろにも、一つすきまがあった。ところで、この場合、部屋そのものが東屋であったのと同様に、椅子も籐椅子だった。やっぱり穴だらけの格子づくりというわけです。最後にもう一つ、東屋は生垣のすぐ内側にあり、おまけにそれは薄い生垣だったということは、さっき聞いたばかりの話。生垣の外に立っている人は、網の目のように交錯した枝や籐のすきまから白服を着た大佐の姿を標的の白い輪のようにはっきりと見ることが難なくできたにちがいない。

そのあたりの地理関係をあんたはあんまりはっきりさせずにおいたが、ここで二足す二の足し算をすることは簡単だ。あんたは《運命の岩》はそう高くはなかったと言っておきながら、それはまるで山の頂上のように庭を睥睨《へいげい》していたと言いましたな。つまりそれは、《運命の岩》が庭のはずれにとても近かったことを意味する。あんた方の散歩は遠まわりだったので、そこにつくまでに長い時間がかかったというだけのことです。もう一つ、お嬢さんがほんとうに半マイルの先まで聞こえる悲鳴をあげたなんてことは考えられない。思わず口をついて出た普通の叫びをあげただけなのに、あんた方は砂浜でそれを聞いた。あんたのお話には、ほかにもおもしろいことがまだまだあるんだが、その一つとして、ハリー・ドルースが仲間から離れて生垣の下でパイプに火をつけたという話を思い出してくださらんか」

ファインズはかすかに身をふるわせた。「そこでハリーは杖から剣を抜いて白い人影めがけて生垣に突き刺したというんですか。そうだったとしても、とても成功の見込みのない冒険で、不意に思い立ったことにちがいないでしょう。第一、老大佐の金が自分に転がりこむかどうかたしかじゃなかったはずですし、事実それは当人の懐《ふところ》には入らなかったじゃありませんか」

ブラウン神父の顔に活気がさした。

「あんたはあの男の性格を誤解しておいでだ」まるで生まれてこのかたずっとその人物を知っていたような口ぶりである。「ああいう性格は珍しいにはちがいないが、知られてないわけじゃない。もしもほんとうに金が自分の手に入るとわかっていたとすれば、絶対にあんなことはやらなかったでしょうな。そうなら、あれがどんなに下劣なことだかわかったにちがいない」

「どうも逆説めいてきましたね」

「あの男は賭博師です。一《いち》か八《ばち》か自分でやって上司の命令の先回りをしたために世間に顔向けできなくなっている。よっぽどひどいことをやったのに相違ありませんな。帝国主義の警察というのは、だいたいがロシアの秘密警察に案外に近いのだが、そういう警察の方針からはずれて失敗したというのだから、恐れいる。こういうタイプの人間にとっては、振り返ってみてすばらしいものになるからという理由で常軌を逸したことをやらかすのがたまらない魅力なんですな。『あのチャンスをうまくとらえ、いまそれをつかまえなければ二度と来ないと見とおしたのは、おれ以外の誰にもできることじゃない。おれはあらゆる要素をひとまとめに考慮して、なんと大胆なすばらしい予測をたてたことだろう。ドナルドは面目をつぶしていた、弁護士が呼ばれ、ハーバートとおれも同時に招かれた。そのほか、これといった進展はなかった。ただ、あのじいさんのおれに対する笑顔と握手の仕方はちょっとしたものだったが、とにかく、あんな冒険をやるのは正気の沙汰じゃないと人は言うだろう。だが、ひと財産つくるのは、こういうふうにやるものなのだ――ちょっとばかり目先のきく程度に狂った男がそれをやる』とまあ、こんなふうに考えているんですな。つまり、あてずっぽうの虚栄、あるいは賭博師の誇大妄想といってもいい。偶然に一致したものが不釣り合いであればあるほど、またその決定が瞬間的であればあるほど、ますます奴《やっこ》さんはそのチャンスをつかむ可能性が多い。あの生垣の穴と白い点という極めてささいな偶然に奴は天国の幻を見たかのように有頂天になった。こんなにうまく重なった偶然を見逃さないほど頭のきく人間で、それを利用しないなんて奴は臆病者だ、とこう悪魔は賭博師にささやいた。しかし、かねがね遺産をくれそうだと見当をつけておいた年寄りの叔父を計画的に殺すというような七面倒臭いことを奴にやらせるなんて、いくら悪魔が口をすっぱくしてそそのかしてもできなかったにちがいない。それではあんまりまっとうすぎる」

神父はここでひと息いれてから、もの静かだが一段と力をこめるようにして続けた。

「さあ、そこであの場面を頭に描いてごらんなさい。あんたが見たままでも結構。悪魔的な好機の到来にぼうっとなって、ふと目をあげると、なんとそこには、おのれ自身のふらついた魂の生き写しともいうべき妙な形のものが見えた。大きな岩がさかさになったピラミッドのようにもう一つの岩の上にあぶなっかしくのっているあの岩、奴はその名が《運命の岩》だということを思い出した。ああいう男がこうした瞬間にこうしたしるしからどんなことを読みとるか、あんたはご存じかな。私が思うに、これをきっかけとして奴は行動に出た。いや、注意ぶかく目を光らせはじめさえした。塔のようにそそり立ちたいと願う男ならば、ぐらつく塔となることを怖れてはならぬというわけだ。とにかく奴はことをしとげた。そのあとにきた問題は、犯跡をくらますことだった。必ず行われるはずの捜索で、仕込杖、それも血にまみれた仕込杖を身に帯びているのが見とがめられたならば、万事休すだ。どこかに置き残したとしても、発見されて持ち主が判明する怖れがある。たとえ海に投げこむにしても、その動作が人目につき、不審に思われるだろう——なにかその動作に煙幕を張る自然な方法を考えつければ話は別だが。むろん、奴はその方法を思いついた。それがまた見事なやり方だった。あんた方のうち時計をもっていたのが自分一人だったのを幸いに、まだ帰る時間じゃないと言って、浜辺をしばらくぶらつき、ステッキを投げて犬にもち帰らせる遊びを始めた。だが、そこに思い至るまで、奴の目はどんなに憂鬱にあの荒れすさんだ海岸をやっきになって見まわしたことか」

ファインズは感慨ぶかげに宙をにらみながらこくりとうなずいた。その心は、この物語のあまり実際的でない部分にまたもやゆらゆらと舞い戻ってしまったようだ。

「妙じゃありませんか」しみじみとこう言う——「とどのつまりは、やっぱりあの犬が登場してくるんですから」

「登場どころか、真相を語ってくれさえしたにちがいない、もしも口がきけたのならば」と神父。「わたしが不満なのは、ただ一つ、犬がしゃべれないので代わってあんたが犬の目撃談をでっちあげ、人間や天使の言葉で犬にしゃべらせたということですな。これは、現代の世界でだんだん強まってくるように見える現象の一部で、新聞紙上の噂話とか日常会話のきっかけの文句としてほうぼうに顔を出してくる、権威がないのに独断的な話題ですな。世間の人たちは、あれこれなんでも、実証されていない主張をたやすく鵜呑みにしてしまう。これにかかったら、おなじみの合理主義も懐疑主義も沈没です。まったく海の波のように押しよせてくる。その名は迷信という」

ここで神父はいきなり立ちあがり、額にかすかな八の字を寄せて、誰も相手がいないかのように語りつづけた。

「人が神を信じなくなると、その第一の影響として、常識をなくし、物事をあるがままに見ることができなくなる。人が話題にのせ、これには一理も二理もあるともてはやすものはなんでもかんでも、まるで悪夢の景色のように際限なく伸びてゆき、犬が前兆となり、猫が神秘に、豚がマスコットに、かぶと虫がお守りになるといった案配で、エジプトから古代インドまでのあらゆる汎神論《はんしんろん》の一大動物園が現われる。エジプトのアヌビス、大きな緑の目をしたパシュト、それとバシャンの牡牛《おうし》――これは現にたくましく血色のいい男という意味で使われているくらいだが――そういったものを通じて、この世の始まりの獣神へとみんなよろよろ逆戻りし、象やら蛇やら鰐《わに》やらのうちに逃避する。というのも、ただ《人は人として創られたり》の一句が怖ろしいばかりに」

青年は、独りごとを立ち聞きでもしたかのようにいささかばつが悪そうに立ちあがった。そうして犬に声をかけると、あいまいだが元気のいいさよならを残して部屋を出た。けれども、犬には二度声をかけねばならなかった。犬はその瞬間じっとしたまま、あの狼が聖フランシスを見やったのと同じようにブラウン神父をまじまじと見あげていたからだった。

ムーン・クレサントの奇跡

ムーン・クレサントはある意味では、その名と同じくロマンチックな造りの建物で、そこで起こった事件もまた、それなりに充分ロマンチックであった。すくなくともこの建物は歴史的であると同時に英雄的ですらある、あのまともな情緒の表現であり、アメリカ東岸の比較的古い都会には、かような情緒的要素が、商業主義と並行して、かろうじて命脈を保っているのである。もともとムーン・クレサントは、ワシントンとかジェファーソンといった人物が、貴族的であることによってかえって共和主義者らしく見えたあの十八世紀の雰囲気を思い起こさせるクラシックな三日月形の建築物であった。この都市をどう思う、と何回となく意見を訊かれる旅行者たちは、必ずこのムーン・クレサントについて一言することに相場が決まっていた。

この建物固有の調和を乱している周囲の対象物そのものが、ムーン・クレサント存続の有様を如実《にょじつ》に物語っている。三日月のいっぽうのはずれ、というか角《つの》の部分では、最後の窓が、細長い紳士の庭を思わせる仕切られた空間を見おろしていたが、そこにはクイーン・アン様式の庭園に劣らぬほど整然と木が並び、生垣が築かれていた。ところが、その一角を回るとすぐに、別の窓——といっても、さきほどの窓と同じ部屋についた窓であるが——それが、なんらかの醜悪な産業に所属している巨大な倉庫の、のっぺりとして見るに堪えない壁に面しているのだった。ムーン・クレサント自体の部屋にしても、この一角では、アメリカのホテルに特有の様式に即して改造されて空高くそそり立ち、隣の巨大な倉庫ほどの高さではないにしても、これがロンドン市内のことであったなら摩天楼《まてんろう》と称せられたにちがいなかった。しかし、街路に面する正面の端から端までめぐらされた柱廊は灰色を帯び、雨でよごれ、一種の堂々たる気品を保ち、いまなおローマ共和国の元老たちの亡霊がその前を行ったり来たりしているかのような錯覚を起こさせた。それに反し、部屋の内部は、最新のニューヨーク室内装飾技術の粋を集めて、小ぎれいかつモダンであり、特に、整然とした庭とのっぺりした倉庫の壁との中間にある北はずれの一角はそれがはなはだしかった。これらの部屋は、英国で言ういわゆるフラットで、各フラットは居間と寝室と浴室とからなり、どれもこれも、蜂の巣に見られる無数の穴と同様に似たりよったりであった。その一つに、かの有名なウォレン・ウィンドが机に向かってすわり、すばらしい速度と正確さで手紙を分類し、四方八方に指令を発していたのである。それをなにかにたとえるとすれば、さしずめ几帳面な旋風といったところであろう。

ウォレン・ウィンドは非常な小男で、ふさふさした白髪と、先の尖った顎鬚《あごひげ》を生やし、見たところは虚弱そうだが、実は火のような激務家だった。星よりも明るく、磁石よりも強力な彼のすばらしい目は、一度会った人が容易に忘れさることのできぬものである。事実また、多くの立派な業務の改革者や調整者としての働きによって、すくなくとも、自分の頭に二つの目がしかとついていることを実証していたのである。特に他人の性格についてこの男が当を得た判断をくだす際の、奇跡に近いすばやさに関しては、あらゆる種類の物語や、さては伝説までが伝えられていた。かくも長きにわたり慈愛深くこの男の仕事を手伝ってきた細君は、かつてある公《おおやけ》の祝賀式で行進中の制服姿の女子部隊のなかから選抜されたという話である。ただし、これは少女団の祝賀式だったと言う者と、婦人警官隊の式だったと言う者とがあり、この点まちまちである。このほかにも、垢とぼろの世界に住む似たりよったりの三人の浮浪者が、慈善を乞うて面前に現われたとき、ウィンドは一瞬の躊躇《ちゅうちょ》もなく、一人を神経病専門の病院に送り、次の男をアル中患者の収容所に紹介し、三番目の男を自分個人の下僕として高給で雇いいれ、この下男は以後何年間も立派に職務を果たしている、という話が伝わっていた。アメリカの一流社会人ともなれば、どうしても歴史的な会見をしなければならない相手であるルーズベルトとかヘンリー・フォードとかアスクィス夫人といった大立物《おおだてもの》と顔を突きあわせた際に、氏が待ってましたとばかりに浴びせた批判やさかねじについても、例によっていくつものエピソードが流布されていたことは言うまでもない。といっても、それはまず新聞紙上にかぎられていたが。ともかく、ウィンドはこういった大物に圧倒されてしまうような男ではなく、ちょうどこのときにも、ルーズベルトたちに勝るとも劣らぬ大立物を前に置いて、すさまじい勢いで書類を八方に分け配る仕事を続けていたのである。

相手の大富豪、石油王のサイラス・T・ヴァンダムは、黄色い顔が細長く、瘦身《そうしん》で、髪の黒い男だった。その顔と身体が、窓と窓の外に見える白い倉庫とを背にしていたため、髪の色や顔色はそれほど目だたなかったが、それだけにかえって不吉に見えた。アストラカンの細布がついた上品な外套《がいとう》を着こみ、窮屈そうに上から下まで全部ボタンをはめている。それに対し、ウィンドの緊張した顔と鋭い目は、例の小庭園を見おろす他の窓からさしこむ光に照らしだされていた。氏の椅子と机がその窓に面していたからである。それは一事に専念している顔つきではあったが、相手の百万長者のことで不当に熱中しているとは見えなかった。ウィンドの下僕、というか身の回りの世話役である金髪をぺたりとなでつけた強そうな大柄な男が、ひと束の手紙をもって、主人の机のうしろに立っており、ウィンドの秘書である尖った顔をした赤毛の端整な青年は、すでにドアのノブに手をかけていた——なにかの用件を直感した、あるいは主人の合図に従っている、そんな様子であった。部屋はきちんとしているばかりか、空虚なまでに簡素だった。ウィンドは、彼独特の徹底主義に即して、この上の階をそっくり借り受け、倉庫に改造し、そこに彼の他の書類や所有物が、箱や行李《こうり》に詰められて堆《うずたか》く積まれていたのである。

「これを受付に渡してくれ、ウィルソン」とウィンドは、手紙をもっている下僕に言った——「それから、ミネアポリス・ナイトクラブのパンフレットをもってきてくれ。Gの印がついた包みに入っている。それは三十分後にほしいんだが、それまでは部屋には入らないでくれ。ところで、ヴァンダムさん、あなたの案は、非常に有望だと思うんですが、報告書を見てからでないと、なんとも最終的なご返事ができかねるのです。報告書は明日の午後、手もとに届くはずですから、そしたら即刻お電話いたしましょう。いまのところでは、はっきりしたことが言えなくて恐縮です」

ヴァンダム氏は、これを婉曲《えんきょく》な拒絶と受けとったらしい様子で、断られたということに、ある皮肉を感じていることは、その黄色い陰気な顔つきから察せられた。

「それでは失礼しましょう」

「ご訪問いただき恐縮です。ヴァンダムさん」と丁重にウィンドが言う――「すぐに片づけてしまわねばならぬ仕事があるので、お送りできませんが、あしからず」次に秘書に向かって「ヴァンダムさんを車までお送りしてくれ。そして、三十分してからここへ戻ってきてくれ。一人きりですませたい仕事があるんだ。それが終わったら、きみの手が必要なんだ」と命じた。

三人は揃って廊下に出て、戸を閉めた。大男の下僕ウィルソンは、この階の受付がいる方向に廊下を歩きはじめ、他の二人は、エレベーターのある反対の方向に動きだした。ウィンドの部屋は十四階にあったのである。閉めたばかりの扉から一ヤードも行かぬうちに、二人は、ところ狭しとばかり堂々と歩いてくる大きな人影に気づいた。その人物は非常なのっぽで肩幅が広く、白か白に見える薄ねずみ色の服を着ているために、全身がますます目だち、頭には非常に幅の広い白のパナマ帽をのせ、それに劣らず広く白い後光のような髪の毛を生やしていた。この後光を背にした顔は、きりりとした美しさで、ローマの皇帝を思わせたが、その明るい目つきやにこやかな微笑には、どこかあどけない、子どもっぽいところさえあった。

「ウォレン・ウィンドさんはおられますかな」とその男は、元気のいい声で訊いた。

「ウォレン・ウィンド様は仕事中です。わたしはウィンド様の秘書ですが、おことづけがおありでしたら伝えておきましょう」と秘書のフェンナーが言う。

「ウォレン・ウィンド氏は、法王が来ようと国王がお出ましだろうと、面会謝絶だとさ」とヴァンダム石油王が辛辣《しんらつ》な皮肉をこめて言う。「ウォレン・ウィンドはえらくやかましいんだ。ある条件で二万ドルのはした金を寄付してやろうと思って、わざわざ奴の部屋まで出向いてやったのに、奴は人をまるで門番《コール・ボーイ》扱いにして、また来てくれだとさ」

「ボーイになるのは結構なことだし」と見知らぬ男が言う――「ましてや、使命《コール》をもつのはなおすばらしいですな――そこで、あの人にどうしても聞いてもらいたい使命《コール》があるんですよ。あんた方がみんな高いびきをかいているあいだにほんとうのアメリカが築かれつつある西部の大宝庫からの『呼びかけ《コール》』なんです。いいから、オクラホマのアート・アルボインがウォレンを改宗させるためにやってきたと伝えてくれたまえ」

「面会は一切謝絶です」と赤毛の秘書がきっぱり言った。「三十分間は誰もなかにいれるなというご命令です」

「東部の連中ときたら面会ぎらいばかり揃っているんだな」と元気の良いアルボイン氏は言う――「だが、いまにあんたたちをまごつかせる大きな嵐が西部で高まりつつあるんですぞ。ウォレンは、あちこちのかびの生えた古臭い宗教にいくらの金を寄付したらいいかと計算しているんだが、このテキサスやオクラホマで高まっている大精神運動をのけものにするような計画は、未来の宗教を捨てて顧みぬも同然だ」

「ふん、わしもこの類の未来宗教とやらを調べてみたが、歯櫛《はぐし》でもってなでまわした結果は、なんとどれもこれも疥癬《かいせん》かきの犬みたいに不潔だった」と軽蔑《けいべつ》した口調で言ったのは、百万長者だった。「たとえば、ソフィアと自称していた女がいたが、あれなんか、サファイラとでも言ったほうがぴったりするただの高級いかさま降霊術師だ。テーブルやタンバリンには全部ひもがついていたんだからな。それから、自由に姿を消すことができると称していた見えざる生命教の一派さ。いやまったく、奴らは実際に姿を消したんだ——奴らといっしょにわしの十万ドルもかき消えたというわけさ。わしはまた、あのジュピター・ジーザズともデンヴァーで知りあっていたことがある。何週間も続けて奴の様子を目《ま》のあたりにしたんだが、奴もただのありふれたいかさま師さ。パタゴニアの予言者にしても同じことだ——今頃あいつはパタゴニアにでもずらかっているにちがいないのさ。いやまったく、この種のいかさまはもうたくさんだ。これからは自分の目で見たものしか信用せんことにする。こういうのを無神論者というんだろう」

「どうやらわたしを誤解なさっているようですね」とオクラホマ男が熱心な口調で言う。「わたしだってあなたと同様の無神論者です。わたしらの運動には超自然的な迷信じみた子どもだましはありません——ありふれた科学常識あるのみです。真に正しい科学は健康をおいてほかになく、真に正しい健康とは、正しい呼吸法以外のなにものでもありません。平原の大気を肺いっぱい吸いこむのです——そうすれば、東部の古ぼけた都会なんぞ全部吹き飛ばすことができるんです。郷里で言う新運動と称する奴はそれなんです。呼吸をするんです。祈禱《きとう》なんかやりません——大気を吸うんです」

「当然でしょうね」と秘書が物ぐさそうに言った。その鋭い知的な顔は、内心の物憂《ものう》さを隠すことができなかった。しかし秘書は、二人のモノローグをあっぱれな忍耐をもって礼義正しく聞いていたのである。（短気と不遜で有名な）アメリカ人でも、こういうモノローグを聞かせられるときには、辛抱強さと丁重さを示すのである。

「超自然じみたところは全然ないんです」とアルボインの話が続く――「あらゆる超自然的な空想の背後にある偉大な自然的事実、ただそれのみです。かのユダヤ人たちが神に求めたことは、人間の鼻に生命の息を吹きこんでくれということ以外のなんでしたでしょうか？　わたしらは、かの地オクラホマにあって、自力で鼻に空気を吸いこみます。精神という言葉自体、どんな意味があるのでしょうか？　それはギリシア語で呼吸法という意味です。生命、進化、予言、すべてこれ呼吸であります」

「人によっては、風だと言う者もいる」とヴァンダム氏――「が、ともかくあんたが神がかったトリックにおさらばしたということはうれしい」

　秘書の鋭い顔は、赤毛との対比でやや青ざめていたが、ひそかに感じている苦々しさを暗示するかのような奇妙な表情がちらりと浮かんだ。

「わたしはうれしくなんかありません」と秘書は言う――「ただ確信があるだけです。あなた方は無神論者であることをうれしがっていられるようですが、だとすると結局、あなた方は信じたいと思うものを信じているにすぎぬのでしょう。ところがわたしは、神が存在してくれることを神に願いながら、神は存在しないのです。わたしは運が悪いのです」

　音もたてず、身動きもしなかったが、この瞬間に一同は、ウィンドの部屋の戸の前に立っている人数が音もなく三人から四人に増えていることに気味悪く感づいた。その四人目の人物がどれほど前からそこに立っていたのか、議論に熱中していた三人にはわからなかったが、その男にはなにか緊急の用件をきりだす機会を、うやうやしく、おずおずせんばかりに待っているらしい様子がありありと見えていた。ところが、三人の神経質な感覚には、この男がきのこのように音もなくひょっこりと現われたとしか感じられなかった。いや、まったく、この男の様子ときたら、大きな黒きのこにかなり近いものであった。背は低く、小柄でずんぐりした身体は大きな黒い僧帽にすっぽり隠れてしまいそうなのだ。そこで、もし蝙蝠傘《こうもり》をもち運ぶ習性がきのこにあったとしたならば、（その傘がいかに見すぼらしく、体裁の悪いものだとしても）この神父ときのこの類似性は一段と完全になっていたであろう。

秘書のフェンナーは、神父の姿を認めたときに、自分だけの特別な、そして異常な驚きを余分に感じたのであるが、それでも、神父が丸い帽子の下に隠れた丸顔をあげて、ウォレン・ウィンド氏に会いたい旨を告げると、前よりもなおそっけない口調で、いまはだめですよとお定まりの返事をした。しかし、神父は譲らなかった。

「どうしてもウィンド氏にお目にかかりたい」と言うのである。「おかしなことだが、わたしの目的はまさにそれなのです。ウィンド氏に会って話をしたいというのではない。お目にかかりたいというだけなのですよ。ただあの人がいらっしゃるのかどうか、それを確かめたくてな」

「それならば、ウィンド様はなかにおられます、だからお目にかかることはできません――とこうお答えいたしましょう」とフェンナーはしだいに当惑の色を深めながら言った。「ただいるかどうか、それを確かめたいとおっしゃいましたが、それはどういう意味でしょうか？　もちろん、あの方はいらっしゃいます。五分前にわたしたちはウィンド様をあそこに残して出てきて、それからずっとこうして戸口の前に立っているのですから」

「あの人に異状がないかどうか確かめたいんですよ」と神父。

「なぜです？」

「ただごとでない理由――いや、厳粛《げんしゆく》なとさえ言っていい理由があればこそ」と神父は荘重な声で言った――「あの人に異状があったのではないかと案ずるのです」

「なんということった！」とヴァンダムが激昂《げきこう》した様子で叫んだ――「迷信はもうたくさんだ」

「わけをお話ししなければならぬようですな」とちびの神父はおごそかに言う――「すっかりわけをお聞かせしないことには、鍵穴からのぞきこむこともお許し願えんらしいですな」

　ここで神父は一瞬、考えこんだように口をつぐんでから、周囲のいぶかる顔を気にもとめずに話を続けた。

「柱廊の前を歩いていると、この建物のはずれの角を曲がって夢中でかけてくるえらく見すぼらしい男が見えたのですよ。舗道をわたしのほうに突進してきたその男は、大きなごつごつした身体つきで、その顔には見覚えがあった。前にわたしがちょっと面倒をみてやったことのある乱暴なアイルランド人の顔なのです。男の名前を言うのは控えますが、ともかく奴は、わたしの顔を見ると、よろめくように足をとめ、わたしの名を呼び、こう言うのです――『これはなんと、ブラウン神父じゃありませんか。きょう会ってどきっとするのは、神父ぐらいのもんですよ』となっ。この言葉でわたしは、これはなにか乱暴をしたなとわかったのですが、奴がわたしの顔を見てそれほどびくっとしたとは考えられない――奴はすぐにその話をしてくれましたからな。それがまた、ひどく奇妙な話なのです。奴はウォレン・ウィンドを知っているかと尋ねたものです。このアパートのてっぺん近くに住んでいる人物だとは知っているが、本人とは面識がないと答えると、奴はこう言う――『あいつは聖者きどりでいやがるが、もしおれがあいつのことをどんなふうに言っているか知ったら、奴は首吊り自殺せにゃならんだろう』そしてヒステリックな声で『そうなんだ、首吊り自殺だ』と同じことを繰り返すのです。そこでわたしは奴にウィンドに対してなにか悪いことをしたのかと尋ねてみましたが、その答えが、また変わっている――『おれはピストルを出して、それに鉄砲弾の代わりに呪いをこめたんだ』と言うのです。わたしにわかったかぎりでは、奴はただ、空包をしこんだ旧式のピストルを手にして、この建物と大倉庫の中間にある細い路地に入り、まるで空包でも建物がくずれ落ちるだろうと言わんばかりに、壁に向かって一発ぶっぱなしただけの話なのです。『だが、そのときおれは大いなる呪いをあいつにかけたんだ』と、奴は言う――『神のさばきがあいつの髪の毛をとらえ、地獄の復讐鬼《ふくしゅうき》があいつの足をつかみ、あいつはユダみたいにひき裂かれ、この世のものでなくなってしまえ、とおれは呪いをかけた』とな。この狂った哀れな男に、わたしがどんなことを言ったか、それはいま問題ではありません――ともかく奴がすこし気をしずめて去ったあと、わたしは建物の裏手に回って調べてみた。すると、話に違《たが》わず、横町に面したこの建物の壁の根元に、さびついた旧式のピストルが転がっていました。ピストルのことを全然知らぬわけでもないわたしは、このピストルには少量の火薬しかこめられてなかったことを見てとった。火薬と煙の黒い跡が壁についており、銃口の跡さえ見えたが、弾の当たったきずはない。奴は破壊の跡をなに一つ残していなかった——これらの黒い跡と、奴が天に向かって放った黒い呪い以外には、なんの痕跡もないのです」

秘書のフェンナーが笑いだした。「この問題は間もなく解決してみせましょう。ウィンド様が安泰《あんたい》であることはまちがいありません——ほんの数分前に、机で書き物をしていらっしゃるのを置いて出てきたのですから。ご自分の部屋に一人きりだし、部屋は往来から離れること百フィートの高さにあって、たとえあなたの言う悪漢が放ったのが空包でなくとも、とうていあの方に弾丸が届かぬような位置にあります。部屋にはこれ以外の入口はありませんし、わたしたちは最初からずっとここに立っていたのです」

「そうはいっても」とブラウン神父は荘重な口調で言う——「やはりなかをのぞいてみたい」

「無理な相談です」と秘書はやり返す。「いやはや、まさにその呪いの話を本気にしていらっしゃるんじゃないでしょうね」

「聖職者の仕事は、祝福と呪いだという事実をお忘れですな」と百万長者。「そこで神父さん、もしあの方が呪われて地獄に堕ちたのなら、どうしてあなたは祝福の力でその命をよみがえらせてあげぬのです。アイルランド生まれのごろつきの呪いにも勝てぬような祝福だったら、犬にでもくれてやったほうがいいでしょう」

「いまでもそんなことを信じている人間がいるんでしょうかね?」と西部の男が異議を挟んだ。

「ブラウン神父ならいろいろなことを信じていなさるはずだ」と言ったのはヴァンダムであるが、彼はウィンドに冷遇されたことと、目下の口論とで気が苛立っていたのである。「ある隠《いん》遁者《とんしゃ》がどこからともなく呼び寄せた鰐《わに》の背に乗って河を渡り、そのあとで鰐に『死ね』と命じたら、そのとおりになったということを、ブラウン神父は信じておられる。また、どこかの聖者様が亡くなられたところが、その死体が三つの死体に変じて、ここそ聖者の出生地だと互いに主張していた三つの教区に公平に納まった、という話も信じていなさる。それにまた、ある聖者がマントを太陽にひっかけたとか、それとは別の聖者が、やはりマントを大西洋横断のボート代わりに使ったとか、聖なる驢馬《ろば》には足が六本あるとか、ロレートーの聖家（聖マリアの家で、十三世紀に天使によってイタリアに運ばれたと言われる）は空中飛行をやったとかも信じておられる。何百もの石の処女像が一日中目をぱちくりさせて泣いているということも信じて疑わない。ましてや、一人の人間が鍵穴から抜けだすとか、戸を閉めきった部屋から姿を消したとか信ずるのは、神父さんにとってはなんでもないことさ。自然の法則というものを大して重視なさらぬお方のはずですからな」

「とにかくわたしはウォレン・ウィンドの法則を重んじなくてはならぬのです」と秘書が物憂げに言った――「ウィンド様がそう命じた以上は、部屋に一人きりにしておかねばならぬ、これがウォレン・ウィンドの法則です。ウィルソンにしたって、わたしと同じことを言うに決まっています」こう言ったのは、パンフレットを取りにやらされた大柄の下僕ウィルソンが、いましも廊下を静々と歩いてきたからであった。彼は手にパンフレットをもっていたが、自若《じじゃく》として戸口の前を通過した。「ウィルソンはあのまま戸口を通りすぎて、受付の横にあるベンチに腰掛けて、時間が来るまで親指をいじくりながら待つのです。それまでは決してなかに入りません。わたしだってそうです。わたしたち二人は、余計なことをして自分の立場を危うくするほどとんまではありません。ブラウン神父のお信じになる聖者や天使が、よほど大勢かかってこないかぎり、わたしたちに自分の利害を忘れさせることはできません」

「聖者や天使ということなら……」と神父が言いだすと、フェンナーが、

「そんなのは全部たわごとです」と食いさがった。「なにもお気にさわるようなことを言うつもりはないのですが、そんなことは墓穴や修道院や、その他のあらゆる現実離れした場所にこそ向いているかもしれませんが、いくら幽霊でもアメリカのホテルのなかで締まった扉を通り抜けることはできません」

「とはいえ、たとえアメリカのホテルのなかだろうと、人間が扉を開けることはできましょう」とブラウン神父は辛抱強く答えた。「なにが簡単と言っても、扉を開けるほど簡単なことはないでしょう」

「簡単すぎて、わたしの首がすっ飛ぶことになりかねません」と秘書が応酬する――「ウォレン・ウィンド様は、自分の秘書がそんな単純なまねをするのを歓迎しません。あなたが信じていなさるらしいお伽噺《とぎばなし》の類を信じるほど、単純な人間をあの方は好まぬのです」

「なるほど」と神父は荘重に言った――「あなた方がおそらくは信じていない多くのことを、わたしが信じているということはほんとうでしょう。だが、わたしが信じていることをすっかりご説明し、それを信じているこの自分こそ正しいのだとわたしが考える理由をすべてお話し

申しあげるには、かなり時間を要しましょう。それにひきかえ、あの扉を開けて、わたしの勘が当たってないことを証明するには、三秒とかからぬはず」

この言葉には、なにか西部男の奔放《ほんぽう》で落ち着かぬ精神を喜ばすものがあったらしい。

「ひとつ、あんたがまちがっているのを証明してみたくなりましたな」とアルボインは言いながら、三人のわきをつかつかと進み出た――「ひとつ、やってみましょう」

そして、問題の扉をさっと開け、なかをのぞいた。最初の一瞥《いちべつ》では、ウォレン・ウィンドの椅子が空っぽであることがわかり、さらによくうかがえば、部屋全体がもぬけの殻であることが判明した。

こんどはフェンナーが電気に撃たれたようにびりっとなって、アルボインのわきをかけ抜けて、部屋におどりこんだ。

「寝室にいるんだ」と口早にフェンナーが言った――「そうにちがいない」

彼が奥の部屋に消えたと時を同じくして、他の三人は、もぬけの殻となった手前の部屋に立ってあたりを見まわした。前から人目をひいていた部屋の調度品の簡素なことが、どうだと言わんばかりの生硬さで、あらためて一同の心を圧した。この部屋には、人間はおろか、鼠一匹さえ隠す場所はなかった。カーテン一枚あるわけでなく、アメリカの部屋としてはまれなことだが、食器棚さえもないのだ。机にしても、浅い引き出しと傾斜した蓋がついた簡素なテーブルにすぎない。椅子も、高い背のついたかたいもので、骸骨を思わせた。一分もしないうちに、奥の二室をさがしおえた秘書が奥の扉に現われた。その目には、「いない」という否定の色が浮かんでいる。そして、この否定とは無関係にしゃべっていると言わんばかりの機械的な口の動かし方で、語気も鋭く言った――「あの人、ここから出てきませんでしたか？」

出てこなかったかというこの否定の質問に対し、出てこなかったと否定で答える必要があるとは、他の三人は考えてみもしなかった。三人の心は、反対側の窓に見える倉庫のあののっぺりとした壁にも似た障害に突き当たっていたのである。おりしも倉庫の壁は、午後が深まり、しだいに夕暮れがたれこめるにつれて、白から灰色に変わりつつあった。ヴァンダムは、自分が三十分前にもたれていた窓に歩みより、開け放たれた窓から外を見た。下の細い路地に垂直に落ちこむ壁には、雨どいも非常階段もなく、足場となりそうなものはなに一つなかった。さらに何階か上に伸びている壁を見あげても、同じことだった。路地の向かい側はといえば、こちら側よりも変化がなく、まっ白に塗りたくられた壁が単調に続いているだけである。ヴァンダムは、消えた慈善事業家の自殺死体が路上に転がっているだろうと予期しているかのように、下を見て目をこらした。が、小さな黒い物体が一つ見えるきりだった。離れているので、小さくしか見えないが、それは神父が見つけた例のピストルにまずまちがいはない。その間、フェンナーは別の窓に歩いていった。この窓も、他の窓と同様、のっぺりとして登りようのない外壁にあいていたが、見おろしているのは、路地ではなく、凝った小庭園だった。そこには、小さな森があって、地面を蔽《おお》い隠している。といっても、この巨大な人工の断崖のずっと低い部分までしか木のこずえは達していなかった。やがて二人は、部屋のなかほどに戻り、しだいに深まるたそがれのなかで面と向かいあった。机やテーブルのつやつやした表面に、まさに消えさらんとする直前の銀色の日の光が映えていたが、それもみるみる灰色に変わってゆく。その夕闇までがしゃくの種だと言わんばかりに、フェンナーは邪険にスイッチに手を触れた。一瞬にして場面は、電灯の光のなかにありありと浮かびあがった。

「さっきあなたが言ったことだが」とヴァンダムがにこりともせずに言った――「下から撃ったどんな弾丸もウィンドに当たるわけがない――たとえ問題のピストルに実弾がこめられていたとしてもです。だが、それよりも、万が一ウィンドが弾丸に当たったと仮定しても、泡のように消えてなくなってしまう道理がない」

さっきとは打って変わって顔の青ざめた秘書が、百万長者の仏頂面を苛立たしげにちらっと見やって、

「いったい、どんな理由でそんな病的な考えを抱くのです？　誰が実弾だの泡だのと言ってますか？　あの人が死んでいるとはかぎらないでしょう？」

「ごもっともですな」ヴァンダムが口調もなめらかに答える――「あの男がどこにいるかを教えてくださったら、どうやって奴がそこまで行き着いたか教えて進ぜよう」

ちょっと、間を置いて、秘書がややぶすっとした表情でつぶやいた――「どうやらあなたの言うとおりです。わたしたちは、さっき議論していたばかりのあの問題に直面しているんだ。もしあなたかわたしかが、呪いの力もまんざらばかにできないと考えるようになったとしたら、ずいぶんおかしなことですね。しかしです、ここに閉じこもっていたウィンド様に、いったい誰が悪さを働くことができたでしょう？」

オクラホマのアルボイン氏は、部屋の中央に股を開いて立っていたが、そのまん丸い目ばかりか、白髪の後光までが驚愕を放射させていた。話がここまで発展したとき、ぽかんとした様子のこの御仁《ごじん》は、「怖るべき子ども《アンファン・テリーブル》」そっくりの場所違いの生意気さで、

「あんたはウィンドさんをあまりお好きではなかったようですね、ヴァンダムさん」と言ったのである。

　ヴァンダム氏の黄色い細面は、険悪な表情になるにつれていよいよ細長くなるかに見受けられたが、氏は微笑を浮かべて、穏やかな返事をした。

「こういう偶然の一致を問題にするとすれば、きみこそ、西部からの颪は東部の大立物をアザミも同然に吹き飛ばすだろうと言ったご当人のはずだが」

「それは言いましたが」と西部の男は率直に認める――「それにしても、そんなことは不可能でしょう」

　これに続いた沈黙を破って、狂暴といえるくらいだしぬけにしゃべりはじめたのはフェンナーであった。

「この事件について言いうることは一つしかありません。事件は起こりはしなかったのです。起こりうる道理がありません」

「いや違う」と部屋の隅からブラウン神父が言った――「ちゃんと起こっていますよ」

　一同はとびあがった。何のことはない、最初に扉を開けるのを勧めたこのぱっとしないおちびさんの存在を忘れていたのだ。記憶の回復と同時に、気分の大逆転が行われて、みなが迷信

深い夢想家と片づけてしまった男の予言したことが、現に目の前で起こったのだということが、奔流のように頭に戻ってきた。

「なんたることだ！」と血気盛んな西部男は言った。自分を抑えることができぬうちに、言葉が口をついてでてしまうといった様子だった。「結局は呪いもまんざらばかにできんということになったら、どうする！」

「白状しますが」とフェンナーがしかめ面《つら》をしてテーブルを眺めながら言った——「神父さんの予想はどうやら的中したようです。まだほかにも聞かせてもらうことがあるかどうかは知りませんが」

「ひとつ聞かせてもらいたいものですな」とヴァンダムが皮肉をこめて言った——「いったい、わたしらはどうしたらいいのでしょう？」

ちびの神父は、この中心人物としての位置を、つつましく——だが実務的に受けいれる様子だった。「わたしに考えられることといえば、このホテルの責任者に知らせて、ピストルを放った例の男が残していった痕跡が、もっとないかどうか調べてもらうことぐらいです。奴はこの建物の角を曲がって、あの小庭園のほうに見えなくなった。あそこには腰掛けがあって、浮浪者にはおあつらえの場所ですな」

ホテルの首脳部と直接対面しての相談は、それに続いた警察当局との間接的な協議とともに、一同をかなり長いこと釘づけにした。そんなわけで、一同が、長い古典的な曲線を描く柱廊のもとに出てきたときには、すでに夕闇がたれこめていた。三日月《クレサント》状の建物も、その名の元である月に劣らず寒々とし、うつろであった。本物の月はといえば、一行が小庭園の傍らの角を曲がってみると、黒々とした木のこずえのかげに明るく――だが妖しくのぼっていた。この辺の単に都会的で人工的な面は、夜のとばりがおおかた蔽い隠していた。木の影に溶けこむようにして森に入っていくと、一同は奇妙な気持ちに襲われ、いきなり故郷から数千マイルも離れたところにやってきたように感じた。しばらくは無言の行進が続いたが、突然、どこかあどけないところのあるアルボインが叫んだ。

「あきらめた。降参します。わたしは、こんな事件に出くわすことは決してあるまいと思っていました。しかし、事件のほうから出向いてきた場合には、どうなるのです？　ブラウン神父、あなたとあなたのお伽噺に関するかぎり、わたしは匙を投げます。今後わたしはお伽噺の信者になります。ヴァンダムさん、あなただって言ったじゃありませんか――自分は無神論者で、この目で見たことしか信じないと。さあ、きょうあんたが見たものはなんでしたか？　というより、見えなかったものはなんでしたか？」

「わかっている」と言いながら、ヴァンダムは憂鬱《ゆううつ》そうにうなずいた。

「いやなに、ある程度は、この月や森のせいで神経がおかしくなっているということもあるんでしょう」とフェンナーが強情を張る。「木というやつは、月の光に照らされると、枝がくねって見えて怪奇味を帯びるものですからね。ごらんなさい、あの……」

「なるほど」とブラウン神父は、立ちどまって、もつれた枝の合間に見え隠れする月を見つめている――「あそこにあるのは、ずいぶんとおかしな枝ですな」

しばらく間を置いて、神父はまた口を開いたが、ただこう言ったきりだった。

「折れた枝かと思った」

しかし、この際の神父の声は、咳こんでいて、なにかひっかかるものがあり、わけもなく聞く者の肝《きも》を冷やした。そう思って見れば、月を背に黒々と浮かびあがった木から、枯れ枝に似てなくもないなにものかが、だらりとたれさがっているではないか。しかし、それは折れた枯れ枝ではない。正体を見きわめようと一同がそばに寄ったときだった。フェンナーが割れるような大声で呪詛《じゅそ》の叫びを発し、うしろにとびのいた。が、すぐまたかけ寄って、白髪のだらりとたれさがった薄ぎたない小さな人体の首からロープをほどきにかかった。なんとかそれを木からおろす前に、なんとなくフェンナーはこれが死体であるのを知っていた。非常に長いロープが枝々に幾重にも巻きつけられ、問題の枝の分岐している個所からは、同じロープの比較的短い部分がたれさがって死体に達している。いかにも自殺者の足元からけとばされた椅子といった恰好で、庭木用の大きな鉢が足元から一ヤード内外のところに転がっている。

「おお、神よ」とアルボインが言ったが、それは、神様濫用の呪詛とも祈りともつかぬ叫びだった。「例の男がウィンドについて言った言葉はなんでしたっけ？　『あいつが知ったら、奴は首吊り自殺するだろう』とか、そんなことを言ったのじゃなかったですか、ブラウン神父？」

「そのとおり」とブラウン神父。

「さてさて」とヴァンダムがうつろな声で言う――「まさかこんなことを目撃したり、自分から言いだしたりするだろうとは夢にも思わなかったが、これはあの呪いがかなったのだという以外には、なんとも言いようがありませんな」

フェンナーは両手で顔を蔽って立ちすくんでいた。その腕に神父は自分の手を置いて、穏やかに言う——「あの人がお好きだったのかね？」

秘書が両手をおろすと、その白い顔が月光に照らしだされて、すさまじく見えた。

「あんな奴は大嫌いでした」というのが答えだった——「もし呪いで殺されたのなら、それはわたしの呪いだったかもしれません」

腕を押さえている神父の手にぐいと力がこもる。神父は、これまでに示したことのないような熱のこもった口調で言った。

「あんたの呪いではありませんよ——安心なさい」

この地区の警察は、事件の関係者であるこれら四人の証人の取り扱いに相当てこずった。四人ともれっきとした人物で、普通の意味では信頼に足る人物ですらあり、そのうちの一人は、相当の権力をもった重要人物、石油トラストのサイラス・ヴァンダムにほかならなかったからだ。ヴァンダムの証言に疑いを示そうとした捜査員は、たちまち、この石油王の鋼鉄のような心に火花を発せさせた。

「事実から外れてはならんなどと言わんでもらいたい」とやり返す百万長者の口調は辛辣を極めた。「わしは、きみが生まれる前から多くの事実にへばりついてきたんだ。そして、そのうちのいくらかの事実はわしにへばりついてくれたのだ。もし、事実を正しく記録するだけの才覚がきみにあるのなら、わしはちゃんと事実を述べて進ぜよう」

この捜査員は、若い下級の署員だっただけに、相手の百万長者を普通の市民として扱うには問題が政治的すぎるということをおぼろげながら直感して、ヴァンダムの一行を自分よりも無神経な上司コリンズ警部に回してしまった。

警部は白髪交りの男で、その話しぶりは不気味なまでに愛想がよく、いかにも、表面は温和だが、たわごとは容赦せんぞといった様子があった。

「さてさて」と警部は、面前の三人の顔をきらりと光る目で見つめながら言った――「こんどの事件は、実に奇妙きてれつな話らしいですね」

ブラウン神父はこのときすでに毎日の仕事に出かけていたが、サイラス・ヴァンダムは、あのただならぬ体験を証言するために、あえて取引市場の大仕事をすら一時間近くにわたって中断しているのである。秘書としてのフェンナーの仕事は、ある意味では雇傭主《こようぬし》の死とともに終了したわけであり、かの大アート・アルボインにしても、生命の息もしくは大精神教の伝道以外には、ここニューヨークにせよ、他のどこの地にせよ、これといった仕事がなかったので、目前のことがらから離れねばならぬ理由はなにもなかった。こうして三人は、警部室のなかに一列に立ち並んで、たがいの証言を確証しあおうと待ちかまえていたのだ。

「まず最初に断っておきたいのですが」と警部は陽気に言う――「わたしのところに神がかった作り話をもちこんでも無駄ですよ。わたしは現実家であり、おまけに警察官なのですし、第一そんな迷信は、僧侶や坊主向きの問題です。あんた方といっしょだった坊さんは、どうやらみなさんをまんまと丸めこんで、ある一篇の、怖るべき死と裁きの物語にすっかり夢中にさせてしまったらしいが、わたしは、この事件から坊主も坊主の宗教も完全に切り離すつもりです。苟《いやしく》もウィンドがあの部屋から出ている以上、誰かあの人を出したものがいるのです。また、あの木で首を吊ってぶらさがっているところを発見されたからには、そこに被害者を吊りあげた犯人がいるに決まっています」

「ごもっともです」とフェンナーが言った――「ところが、わたしどもの目撃したところでは、誰も彼を出した者はいないのですから、そうなると問題は、彼を木に吊りあげるなんてことがどうして可能であるか、ということになります」

「人間の顔に鼻がある、そんなことどうして可能なのでしょうか？」と警部がやり返す。「ウィンドの顔には鼻がついており、その首にはロープが巻きついていた。これは事実なのです。そして、くどいようですが、わたしは現実家でして、事実によって調べを進めます。あれは奇跡によって起こったなんて考えられない――とすれば、人間の手によって行われたに相違ありません」

アルボインはややうしろにさがって立っていた。いやまったく、横に広いその図体《ずうたい》は、前にいるもっと細長くて活発な連中に対して自然の背景を形づくっているかのようだった。その白髪頭は、なにかぼんやりした様子で下を向いていたが、警部が最後の言葉を発したそのとき、獅子《しし》のように白髪をふるわせながら、呆然としてはいるが、それでも、目がさめたぞというような顔つきで、頭をあげた。そして、前に進みでて、一同の中央に割りこんだ。なんとなく、一同はこの男が前にも増して大きくなったような気持ちがした。いままで他の連中には、この男をばか者かいかさま師と考えたがる傾向がたぶんにあった。しかし、自分の体内には深い肺臓と生命とがあり、それは、あたかも力をたくわえつつある西風のごとく、いつかは重みのない物を吹き飛ばすであろう、と言ったというのも、あながち嘘ではなかったのである。

「なるほど、現実家だとおっしゃるんですね――コリンズさん」とアルボインは、物柔らかくて重厚な声で言った。「この短時間の会話のなかで、あんたが自分は現実家だと言われたのは、これでもう二度目か三度目です。ですから、これはわたしの誤解ではないと存じます。で、あんたの伝記や書翰《しょかん》や座談を書いて、それに五歳のときの肖像画やおばあさんの銀板写真や故郷の町の景色を添える伝記作者にとっては、これはまたとない興味ある事実です。あんたの伝記作者は、あんたがにきびのできた獅子鼻をもち、ほとんど歩けないくらいの肥大漢だったという事実とともに、決してこの事実を見のがすことはありますまい。そこで、現実家であられるあんたは、あくまでも現実的にことを運んで、ついにはウォレン・ウィンドをよみがえらせ、いかにして一人の現実家が松材でできたドアを突き抜けることができるかを訊きだすことでしょう。しかし、わたしが思うに、あんたは見当違いをしておられる。あんたは《現実家《プラクティカル・マン》》ではない。《悪ふざけ《プラクティカル・ジョーク》》なのです――まさにそれなんだ。全能なる神があんたを造ることを思い立ったとき、神は人間に対してちょっとした悪ふざけをしていたのです」

度肝を抜かれた警部がなんとも返答できぬ間に、いかにもふさわしい劇的な感覚で、アルボインはすべるように扉のほうに動きだしていた。こうなれば、遅まきのしっぺ返しをいくら浴びせたところで、アルボインから勝利者の貫禄を奪いさることはできなかった。

「あなたの言ったことはまったくそのとおりですよ」とフェンナーが言う――「こんな連中が現実家だというのなら、坊主のほうがまだましだ」

この事件に対する公式筋の解釈を決定しようと、あらたな努力がなされているうちに、捜査当局は、この神がかった話を支持している連中が誰であるか、その話にはどんな意味が含蓄されているかを完全に了解した。はやくもこの話は、もっともセンセーショナルで破廉恥《はれんち》ですらある心霊的色彩を帯びて新聞紙上に登場していた。奇跡的な体験談を語るヴァンダムのインタヴュー記事や、ブラウン神父とその神秘的な直感とに関する報道がやたらに掲載された結果、公衆の指導者をもって自任している人々は、もっと賢明な線に沿って公衆を導かねばならぬとすぐさま考えはじめる始末だった。二回目のときには、手に負えぬ証人たちは、前より遙かに間接的かつ巧妙な仕方で扱われた。ほとんど浮薄と言っていい口調で一同に述べられたことは、このヴェア教授さんはこうした異常体験に興味をもっており、とりわけこの驚くべき事件には深い興味を感じておられる方です、ということであった。ヴェア教授は非常に有名な心理学者で、犯罪学に公正な興味を有していることはすでに周知であったが、この心理学者が、いかなる形においてにせよ、警察と関係がある人物だということが一同にわかったのは、しばらく経ってからだった。

ヴェア教授は礼儀正しい紳士で、薄ねずみ色の服を着、芸術的なネクタイを締めた地味ないでたちで、金髪の尖った髭《ひげ》をたくわえていた。ある特殊なタイプの教授と知りあっていない人の目には、この男はむしろ風景画家に見える。そして、いかにも礼儀の正しそうな様子ばかりか、率直な人物らしいように見えた。

「わかってます、わかってます」と教授は微笑を浮かべていった――「みなさんのご経験については、おおよその察しがつきます。心霊的な事件の調査となると、警察はあまりぱっとしないでしょう？　もちろん、あのコリンズさんは、事実だけにしか用がないといわれたでしょう。なんとまぬけなへまをやらかしたことか！　この種の事件では、必要なのは断じて事実だけではありません。幻想を調べることも、事実を究明する以上に必要なのです」

「とおっしゃると」ヴァンダムがただならぬ口調で質問する――「我々が事実と呼んでいるものが、実は幻想にすぎぬというのですか？」

「そんなことはありません」と教授――「わたしが言いたいことはただ、こういう問題において心理的な要素を度外視してもいいと考えている警察はまぬけだということです。もちろん、心理的要素こそあらゆる問題においてもっとも重要な要素なのです――ただし、これはいまようやく理解されはじめたばかりのことですが。まず手はじめに、人格と称されている要素を考えてみましょう。わたしはこのブラウンという神父さんのことを前に聞いたことがありますが、あの方は当代きっての人物の一人です。こういう有名人は、言わばその身辺にある種の雰囲気を漂わせており、それに触れる人は誰でも、自分の神経や感覚までが、それからどんな影響を一時的に受けているのか、自分でもわからなくなる始末です。つまり、催眠状態に陥っているわけです――なんとなれば、催眠状態というのは、他のすべてのことと同様、程度問題だからです。それは、かすかながらすべての日常会話に忍びいっております。なにも公会堂の壇上で夜会服を着た専門家によって行われるとはかぎりません。ブラウン神父の属する宗教は、つねに雰囲気の心理学を理解し、あらゆる感覚に同時に訴える術《すべ》を承知しております——たとえば、嗅覚《きゅうかく》に訴えかけることとさえ知っていたのです。音楽が動物や人間に及ぼす効果にも気づいており、さらに……」

「やめてください」とフェンナーが抗議する——「まさかあなたは、神父が教会オルガンを運びながら、廊下を歩いていたとお考えになるんじゃないでしょうね？」

「神父はそんなまねをするほどとんまではありません」とヴェア教授は笑い声で言った。「こういった霊的な音や光景のエッセンス、さてはにおいのエッセンスをさえ、神父はわずかな身ぶりで集中的に発散させたのです。神父は、ただみなさんのそばにいるだけで、みなさんの心を超自然的なものに集中させることができ、そのために自然的な現象は、気づかれることなくみなさんの心から右へ左へと散逸したのです。これでおわかりでしょうが」ここのところで、また陽気な良識をみせて話を続けた——「この点を極めれば極めるほど、ますます人間の感覚というものがおかしくなってきます。事物を真に観察している人は、まず二十人に一人とおりません。真の正確さをもって観察している人となると、百人に一人もいないでしょう。ましてや、まず観察し、次に思い出し、最後に表現することのできる人は、百人中皆無です。何回も繰り返し行われた科学実験によりますと、緊張した状態にある人間は、開いているドアを閉まっていると考え、閉まっているドアを開いていると考える、という結果が出ております。面前の同じ壁にある窓や扉の数についてさえ、人によってまちまちの答えをする有様です。白昼のさなかに目の錯覚にかかっているのです。人格が及ぼす催眠的な影響のない場合でさえ、こういうことが起こるのです。ところが、目下の場合では、あなた方の心にある一つの画面だけを焼きつけようとやっきになっている、非常に強力かつ説得力旺盛な人格が登場しております。その一つの画面というのは、ピストルを空に向かって振りまわし、空包の一連射を放っているあのアイルランド出の反逆児の姿です――そして、そのピストルの銃声は天の雷鳴なのです」

「ヴェア先生」とフェンナーが叫んだ――「わたしは臨終の床にあっても、あの扉が開かなかったことを断言します」

「最近の実験の結果では」と教授は穏やかに続ける――「人間の意識は連続的でなく、映画のように印象が高速でつながっているということが暗示されております。そこで、人間なり物体なりが、言わばこれらの場面の間隙《かんげき》を縫って忍びこんだり抜けでたりすることがありうるわけです。幕がおりている瞬間にだけ動きまわるのです。おそらくは、魔術師の呪文も、手品師の手先の早業《はやわざ》も、瞬間的な映像と映像のあいだに存在するなにも見えぬ暗黒の瞬間とも言うべきものがあってこそ、初めて可能なのでしょう。さてそこで、超越の観念に取りつかれているあの神父兼説教者は、あなた方の心を超越のイメージでいっぱいにしたのです。呪いによって塔を揺り動かす巨人《タイタン》そこのけのケルト人の姿を植えつけたのです。おそらく神父は、さりげないが強制力のある身ぶりをこれと同時に行って、下にいる未知の破壊者の方向にあなた方の目と心とを向けさせたのでしょう。それとも、もっとほかになにかあったのか、ほかに誰かそばを通り過ぎた人があったのかしれませんが」

に思う」

「下僕のウィルソンだが」とアルボインが唸るように言った――「彼はベンチに腰掛けるために、廊下をまっすぐ歩いていったが、あの男はわたしたちの注意を大してそらせなかったように思う」

「大してとおっしゃいますが、その程度はわかったものではないのです」とヴェアが答える――「事件の鍵はウィルソンにあるのかもしれませんが、それよりも可能性が強いのは、神父が例の魔法の物語を語っているあいだに、みなさんの目が神父のある身ぶりにつりこまれてしまったのではないかということです。こうして意識が暗黒となった瞬間に、ウォレン・ウィンド氏は戸口から抜けだして、死への道をたどったのでしょう。これがいちばん可能性の強い説明です。心理学上の新発見に基づく解明です。心は決して連続した線でなく、むしろ点線なのであります」

「ぽつぽつだらけですよ」とフェンナーがかすかに言った――「ふらふらとまでは言わないが」

「まさかあなたは」とヴェアが訊く――「ご主人が箱みたいな密室に閉じこもっていたと思いこんでいるのではないでしょうね?」

「そう思いこむほうが、クッション張りの独房みたいな部屋にわたしを閉じこめねばならんと思いこむよりはましですよ」とフェンナーがやり返す。「あなたのお説で気にくわないのはこの点です。どんな人間にも事実を信ずる権利があるんだということを否定するくらいなら、わたしはむしろ、奇跡を信ずる神父を信じたい。神父の言に従えば、人間は神――といっても、わたしは神についてなにも知りませんが――とにかく神に訴えかけることによって、これもわたしにはわからない、ある高次の裁きの掟によって自分の復讐を代行してもらえるそうじゃありませんか。この問題についてはわたしはまったく無知であるという以外には、なにも言う資格はありません。しかし、すくなくともあのアイルランド人の祈りとピストルの銃声とが高次の世界に届いたとしたら、その高次の世界は、人間の目には奇妙としか映らない方法で手をくだされないとはかぎらないでしょう。しかも、あなたは、わたしの五感に感じられるこの世界の事実を否定しろとおっしゃる。あなたのお話だと、わたしたちが立ち話をしているあいだに、わたしたちの心の盲点をとび石づたいに伝っていけば、喇叭銃《らっぱじゅう》をかついだアイルランド兵の一隊でも、ぞろぞろとこの部屋を通り抜けることさえできた、というわけですね。あなたの話に較べれば、坊さんの言う奇跡——たとえば、どこからともなく鰐を呼び寄せたとか、お天道様に外套をかけたとかいった奇跡さえがまったく正気に見えてきます」

「わかりました」とヴェア教授は、ややぶっきらぼうに言う——「あの神父さんを信じ、例の奇跡がかったアイルランド人の話を鵜呑みにしようとご決心されているのなら、もはや言うべきことはありません。どうやらあなたは、心理学を勉強する機会をおもちになられなかったようですな」

「おっしゃるとおりです」というフェンナーの口調は冷淡だった——「それでも、心理学者を考察する機会にはありつけました」

こう言うと、丁寧に一礼して、一同の先に立って部屋を出た。往来に出るまでは無言を押しとおしたが、外に出ると、他の二人に向かって、かなり憤激した語気で話しかけた。

「たわごとを並べ立てる気違い連中めが！」とフェンナーは癇癪《かんしゃく》を爆発させた。「もし、ある一つのものを見たのか見なかったのかということが人間にはわからぬとしたら、この世界はどういうことになるとあの連中は考えているのだろう？　できることなら、わたしは奴のとんまな頭を空包で吹き飛ばしておいて、それは意識にのぼらない瞬間にやったことさと説明してやりたいくらいだ。ブラウン神父の奇跡は、はたして本物の奇跡かどうか知りませんが、神父はそれが起こることを予言し、現にそれは起こった。あのいまいましい変人どもときたら、あることが起こるのを見ていながら、それは起こらなかったと言いはるよりほかに能がないんだ。さて、そこで、当然わたしたちはあの神父さんのために、あの人の証言を確認してあげるべきだと思います。わたしたちはみんな揃って、かつてなにものも信じたことのない正気でしっかりした人間です。酒に酔ってもいなければ、宗教に酔っていたわけでもありません。あの事件はひとりでに起こったのです――神父の予言どおりに」

「同感だな」と百万長者。「これは、心霊の方面でのなにか大きな発展のきっかけとなるかもしれない。ともかく、この事件では、みずから心霊の部門にたずさわっているブラウン神父のほうに軍配があがったわけだな」

数日後、ブラウン神父は、サイラス・T・ヴァンダムと署名された、とても丁重な書面を受けとったが、それには、例の奇跡的な事件の証拠固めを行いたいから、失踪現場である部屋に定時刻にお越し願えないでしょうかという旨が記されてあった。事件そのものは、はやくも新聞紙上を賑わしはじめ、神秘主義の熱狂的信者によって至るところでもてはやされていた。ブラウン神父がムーン・クレサントめざして歩き、エレベーターに行く途中の階段を登っていた際にも、「空中に消えた男、自殺す」とか、「男の呪い、慈善事業家を絞首す」と書かれたけばけばしいポスターが目についたほどだった。さて、部屋に集まっていた一群の人々は、前のときと同じ顔ぶれで、ヴァンダムとアルボインと秘書が勢揃いしていたが、神父に対する三人の語調にはまったく新しい尊敬がこめられ、うやうやしくさえあった。一枚の大きな紙と筆記用具がのっているウィンドの机のわきに立っていた三人は、くるりと向き直って神父にあいさつした。

「神父さん」と一同の代弁者が言った。代弁者を務めているのは白髪の西部男だったが、さすがに責任感からいくぶん冷静にならざるをえなかった――「あなたをここにお呼びしたのは、なによりもまず、わたしどものお詫びと感謝の意をお伝えしたかったからです。最初から霊の出現を見ぬいておられたのはあなただったということをわたしどもは認めます。わたしどもは三人が三人とも、頑《かたく》なな懐疑主義者でした。しかし、いまにしてわたしどもは知ったのです――人間はこの頑なな殻を突き破って、この現象界のかげにひそむ大いなる実相に触れねばならぬ、と悟ったのです。あなたはこういう実相の味方であり、こういう超自然的な世界観の側に立っておられるのですから、手柄はすべてあなたのものです。第二に、この文書は、あなたの署名がないと完全とは言えぬのです。わたしどもは本事件の正確な事実を心霊研究協会に知らせたいと思っているのです――新聞の記事は決して正確とは申せませんので。往来で呪いが発せられたときの模様、被害者がこの部屋に箱詰めにされたように閉じこもっていたこと、呪いのために人間がたちまち空中に消滅し、次に、想像を絶した方法によって首吊り自殺死体となって出現したこと、それを全部書いておきました。この事件に関してわたしどもが言えることはこれだけですが、これはすべてわたしどもが知っていることであり、全部、自分の目で見た事実なのです。そこで、この奇跡を信じられた最初の人であるあなたから、まず署名をしていただくのが妥当かと思いまして」

「いや、それはなりません」と神父は当惑の体《てい》で言った――「どうもそいつはごめんこうむりたいですな」

「いちばん先に署名するのは気が進まぬとおっしゃるのですか?」

「最初だろうとビリだろうと、ともかく署名はごめんだと申しておるのです」ブラウン神父の口調は謙譲そのものだった。「わたしのような立場にある者が奇跡を茶化すのは、どうもうまくありませんのでな」

「でも、この事件は奇跡だと言ったのはあなたじゃなかったですか?」目を丸く瞠《みは》ってアルボインが言った。

「お気の毒だが」とブラウン神父――「なにか勘違いなさっておられるんじゃないですか。わたしは奇跡だなどと言った覚えはありません。わたしはただ、あのことが起こらぬともかぎらないと言ったまでのことです。それに対してあなた方は、そんなことは起こりうる道理がない――起こったとしたら奇跡だ、とおっしゃった。ところが、そのとおりのことが起こった。そこであなた方はこれこそ奇跡だと言いだした。しかし、わたしのほうは、最初からおしまいで、奇跡だの魔術だのとは一言も言ってはおりません」

「しかし、あなたは奇跡を信じていらっしゃるはずですが」と秘書が食いさがる。

「そのとおり」とブラウン神父――「わたしは奇跡を信じておる――たしかに、人を食う虎の存在を信じてはいます。が、だからといって、その虎が世界至るところをかけまわっているのを見ることはない。奇跡がほしければ、どこにさがしにいったらよいか、それをわたしは承知しております」

「あなたがそんな態度を取るなんて、理解できませんな、ブラウン神父」と言うヴァンダムは熱中した様子だった――「そんな態度は非常に偏狭だと思うのだが、あなたは、教区の神父さんにしては、それほど偏狭な人間だとはどうしても見えませんな。こういう奇跡によって、あらゆる唯物主義が一瞬にして崩壊してしまうことがあなたにはおわかりにならんのかな？　霊の力は作用することができ、現に作用しているということを全世界へ高らかに示すものが、こんどの奇跡なんだ。かつてどんな教区の神父も行ったことのない仕方で、あなたは宗教に尽くすことになるというのに」

　神父はやや身体をこわばらせたが、そのずんぐりした図体にもかかわらず、意識的でも個人的でもないある不思議な尊厳が神父の全身を蔽っているかに見えた。

「よろしいか」と神父は言う――「まさかあなたは、わたしがこの奇跡を嘘と承知した上で、この奇跡によって神に仕えるよう勧めているのじゃありますまいな？　あなたのおっしゃった言葉の意味がわたしにはよくつかめないし、率直に言わせてもらえば、あなた自身もつかんではおられぬのでしょうな。嘘をつくことは、宗教に仕えることにはなるかもしれぬが、神に仕えることには断じてなりませぬ。そこで、あなたは先ほどからわたしの信じているものはなにかとうるさくお尋ねでしたから、わたしの信仰がどんなものであるかをお知りになったほうがよくはありませんか？」

「どうもわけがわからない」と百万長者は首をかしげて言う。

「わかったらどうかしています」さりげなくブラウン神父が言う。「あなた方は、この事件が霊的な力によって行われたとおっしゃるが、それはいかなる霊の力でしょう？　まさか聖なる天使がウィンド氏をかっさらって庭の木に吊るしたとはお考えでないでしょうね？　では、邪《よこしま》なる天使、悪魔の仕業《しわざ》でしょうか？　断じて否《いな》です。この事件の犯人たちは、邪なことをしでかした——が、それでも、彼ら自身の邪性をこえるようなまねはしなかった。つまり霊の力をもちだすほど邪ではなかったのですよ。わたしは悪魔性《セイタニズム》というものをすこしは知ってます——これもなにかの罰だろうが、いやでも知るようになってしまったのでな。悪魔性とはどんなものであるか、実際問題として、それがいつも決まってどんな性質を表わすかを承知しております。それは傲慢《ごうまん》で狡猾《こうかつ》ですよ。人の上に立つことを好み、なにか神秘がかったことで無垢《むく》な人々をふるえあがらせ、子どもたちの肌をぞっとさせるのが趣味なのです。だからこそ、それは神秘とか奥義の伝授とか秘密結社とか、そういった類のものすべてをこの上なく愛好しておる。その目は内に向けられており、いかにその外貌が壮大で厳粛に見えようとも、内心にはつねにかすかな狂人の微笑を秘めています」と、神父の身体は、突然、氷のように冷たい空気のなかに閉じこめられたかのようにぶるっとふるえた。「犯人のほうは心配ご無用。犯人たちは、悪魔とはなんの関係もござらぬ。わたしが話したあの狂暴なアイルランド人――最初わたしの顔を見たとき、思わず秘密の半分までをぶちまけてしまい、さらにそれ以上白状するのを怖れて逃げ去ったあの男に、悪魔がなにか秘密を打ち明けたなどと考えられるでしょうか？あの男が陰謀に加わっていた――自分よりも性質《たち》の悪い他の二人と共謀しておったということは否定しません。だが、それにしても、横町を突っ走って、ピストルと呪いを放ったときの奴は、ただ永遠の怒りを感じていたにすぎぬのですよ」

「しかし、これはいったいどういうことなんだ？」とヴァンダムが訊く。「玩具《おもちゃ》のピストルと安っぽい呪いを発しただけであんなことが起こるとは、奇跡でもないかぎり不可能だ。そんなことでウィンドが妖精のように消えてしまうなんて考えられないし、そんなことで同じウィンドの首吊り死体が四分の一マイルも離れたところにひょっこり現われることができるなんて考えられん」

「ごもっともです」とブラウン神父は語気も鋭く言う――「しかし、たったそれだけの原因でも、どんなことが起こりうるでしょうか？」

「まだ、あなたの言うことがのみこめん」と百万長者が重々しい口調で言う。

「どんなことが起こりうるでしょうか？」神父は、ここで初めて、癇癪に近い活気を示して同じことを繰り返した。「あなたはしきりに、空包のピストルを撃ったところでこんなことは起こらん、あんなことになるはずがない、あれだけのことで殺人や奇跡が起こる道理がない、と言われたが、あれだけのことでも、どんな結果が起こりうるかということは考えてみようとなさらぬようですな。もし、一人の狂人があなたの部屋の窓の真下で、わけのわからぬ発砲をしたとすれば、あなたはどうなさいますか？　まず最初にどうするでしょう？」

ヴァンダムは分別顔になって、「窓から表を見るだろうな」と答えた。

「ずばりです」とブラウン神父――「窓から表をごらんになる。それでこの事件は解決です。悲しい事件ではありますが、もはやすんでしまったこと。それに、情状酌量の余地もありますからな」

「窓から表を見ただけで、どうしてあんな目に遭ったのです？」と訊いたのは、アルボインである。「墜落したのではないし――墜落したのなら、下の道路に死体があったはずですからね」

「さよう」と神父は低い声で言う――「墜落したのではない――昇天したのです」

神父の声には、呻《うめ》くような銅鑼《どら》の響きを思わせる運命の調べがこもっていたが、依然、着実な口調で神父は話を続ける。

「まさしく昇天した――といっても、翼に乗ってではない。あの人を乗せたのは、聖なる天使の翼でも、悪魔の翼でもなかった。みなさんが庭で見たあの死んだ姿とまったく同じ恰好で、ロープの先端にぶらさがって昇天したのです。窓から首を突きだした瞬間に、輪型になったロープが落ちてきて、すっぽり頭にはまったというわけです。思い出しませんか、あのウィルソンという大男の下僕を？　ウィンドが並はずれたちびだったのにひきかえ、あの男はえらい強力の持ち主でしたな。そのウィルソンが、ロープで縛られた荷物がぎっしり詰まっているこの一階上の部屋にパンフレットを取りにいったのではなかったのですか？　あの日以来、ウィルソンの姿を見かけましたか？　答えは否でしょう」

「すると」秘書が言う——「ウィルソンが、ウィンドの身体を釣り針にかかったますみたいに、自室の窓から吊りあげたというのですね？」

「さよう」と神父は言う——「そうして次に、別の窓からウィンドを公園のなかに吊りおろし、下で待っていた第三の共犯者がそれを木にひっかけた。あの路地がいつも人通りがないという事実、向かい側の壁がのっぺらとしていて窓がないこと、あのアイルランド人がピストルで合図をしてから、五分以内にすべてが終わっていたこと、この三つを思い出してごらんなさい。むろん、犯人は全部で三人ですが、さてみなさんに犯人の目星がつくかどうか」

　三人が三人ともまばたき一つせずに、簡素な四角い窓と、その向こうに見えるのっぺりとした白い壁とを見つめているきりで、誰も返事をしない。

「話は別だが」とブラウン神父は話を進めた——「あなた方が、これは超自然的な事件だという結論にとびつかれたことを、わたしは決して非難しているわけではない。その理由は実に簡単です。あなた方は三人とも、自分は殻の厚いがんこな唯物論者であると断言されたが、実際問題として、あなた方は信仰の一歩手前のところで危うく均衡を保っていた——つまり、なんでもかんでも見さかいなく信じてしまう寸前の状態だったわけです。昨今では、こういう際どい一点で均衡を保っている人が無数におります。しかし、この一点は、落ち着くにはあまりにけわしく居心地の悪い断崖のはずれにある。なにものかを信じてしまうまでは、不安の状態が続く。ヴァンダムさんが虱《しらみ》つぶしに新興宗教をやっつけたのも、アルボインさんがご自分の呼吸教のために聖書を引用なさるのも、フェンナーさんが、否定していなさるはずの神に不満をぶちまけるのも、みなそのためです。まさしくこの点で、あなた方は意見を異《こと》にしておられる。超自然を信じるのは自然なことで、自然なものだけを信じることは自然とは感じられぬものです。しかし、あとほんの一歩であなた方がこういった問題に対して超自然主義者となってしまうところだったとはいえ、こういった問題は単に自然なことにすぎなかったのですな。自然だったばかりか、不自然なほど単純でした。これほど単純な事件がほかにあったとは思えませんな」

フェンナーは笑ったが、すぐに不審そうな面持ちになって、「一つわからない点があるんです」と言った。「ウィルソンが犯人だとしたらですね、ウィンドはまたどうしてそんな男とこんな親しい間柄になったのでしょうか？　なぜ、何年間も毎日のように顔を突きあわせていた男におめおめ殺されたのでしょう？　ウィンドは他人の性格を見ぬくことで有名だったはずです」

ブラウン神父は、めったに見せない断固とした様子で蝙蝠傘の先で床を叩いた。

「そこだ」という神父の声はすさまじいほどだった。「それだからこそ、殺されるようなはめになったのです。殺された原因はそこにある。人格を見ぬくのが得意だったからこそ殺されたのだ」

一同は驚きの目を瞠って神父を見つめたが、本人はいっこうに無頓着な様子で話を続けた。

「どんな人間であろうと、他人をさばくようなまねをしてかまわぬものでしょうか？　問題の三人組というのは、かつてウィンド氏の前に立ち並び、即座に、おまえはこっち、きみはあっちという具合に別々の場所に送りこまれたあの浮浪者だったのです。儀礼的な体裁も、いくつもの段階を経てしだいに深まる親しさも、自由意志による交友も、こんな連中には不必要だと言わんばかりに、あっさり片づけられたあの仲間たちだったのです。ウィンド氏がひと目で三人を見ぬいてしまったその瞬間に、底知れぬ侮辱を受けた三人が抱くに至った忿懣《ふんまん》は、それから二十年の歳月を経たいまでも、まだ消えてはいなかったというわけです」

「なるほど」と言ったのは秘書である――「これでわかりました……同時に、あなたがどういう仕方であらゆる種類のことを理解なさるのかもわかりました」

「だが、わたしにはわからんな」と威勢のいい西部の男がやかましく言った。「そのウィルソンにしてもアイルランド人にしても、どう見たって恩人を殺した凶悪な殺人犯にすぎないんだ。わたしの道徳観から言うと、そんな悪辣《あくらつ》な殺人鬼にはなんの用もない――わたしの道徳が宗教的であろうとなかろうと、そんなことは別の問題だ」

「悪辣な殺人鬼だったということはたしかです」とフェンナーが静かに言う。「わたしはなにも犯人を弁護しているのじゃありません――ただ、ブラウン神父さんの本職は、すべての人間のために祈ることですから、たとえこんな凶悪犯でも……」

「そのとおり」とブラウン神父は相槌《あいづち》をうつ――「すべての人間のために――さよう、ウォレン・ウィンドのような人間のためにも、祈ってあげるのがわたしの仕事でしてな」

金の十字架の呪い

六人の人が小さなテーブルを囲んですわっていた。その取りあわせのちぐはぐでいいかげんなことときたら、まるでこの一人ひとりが一隻の船で、それが小さな無人島のまわりで別々に座礁《ざしょう》しているようなものだった。この比喩《ひゆ》はそんなにでたらめではない。すくなくとも海が六人を取り囲み、このテーブルの孤島はもっと大きな、あの『ガリヴァー旅行記』のラピュタ島のような飛行島のなかに収まっていたからである。この小卓は、ほかでもない、巨大船モラヴィヤ号の食堂に点在する無数の小テーブルの一つであり、いまこの動く島は大西洋の荒漠《こうばく》とした洋上を夜の闇をついて疾駆しているところだった。この小人数の一団の全員に共通する点といえば、誰もがアメリカからイギリスへ向かう途中だということぐらいしかない。六人のうち二人はすくなくとも名士と呼んでいい人物だが、それ以外はまあぱっとしないとでも言っていい普通の人で、なかにはちょっといかがわしいといえるのも一、二まじっていた。

第一の人物はスミール教授といって、後期ビザンチン帝国についての考古学研究の大家だった。アメリカの某大学で開かれている同教授の講座は、ヨーロッパ一の権威ある学府からも最高の権威をもつものと認められていた。この人の著作は、ヨーロッパの過去に対する共感の甘美な空想にすっかり染まっていたので、この作者がヤンキー訛《なま》りでしゃべるのを聞いた初対面の人は、たいがい度肝《どぎも》を抜かれたものである。それでもこの人なりに大いにアメリカ的だった。大きな四角い額からなであげた長い金髪、長くて直線的な顔のつくり。そして一つことに専心していながらも一種のゆとりをもっていつでも機敏に動きだせるというような、まるで次の獲物にとびかかろうと無心に画策しているライオンみたいなところがあった。

この一団中に婦人はたった一人いるきりだったが、それがまた（新聞記者連の言い種《ぐさ》ではないが）一人でいながら多数で、つまり、あちらのテーブル、こちらのテーブルで女帝《エンプレス》とまではいかぬが女司会者《ホーステス》の役をいつでも演じることのできる人物だった。ダイアナ・ウェールズというこのご婦人は、熱帯地方などをめぐり歩いた女流旅行家として有名なのに、この夕食の席上では、どことっていってけわしいところや男性的なところが見えなかった。旅行地ばかりか当人自身も熱帯的な美人で、燃えるような赤い髪がふさふさとして、記者たちに言わせると大胆なものだったが、容貌は知的で、生き生きとしてひいでた目は、政治集会で質問を出すご婦人連のあの目にちがいなかった。

ほかの四人は、初め見たところ、この光かがやく名士の面前では影の存在かと思えたが、近づいてよく見ると、結構個人差のあることがわかってきた。一人は、この船の船客名簿にポール・T・タラントと記入された青年で、いかにもアメリカ的なタイプだが、同時に、アメリカ的な反タイプと呼んだほうがもっと正しい人物だった。どこの国にも反典型というものがいる。つまりこれは一種の極端な例外であって、それが国全体の通則を証明しているわけなのである。

アメリカ人は心から仕事を尊《とうと》ぶ——そのさまはヨーロッパ人が戦争を尊ぶのにほぼ等しい。この仕事尊重にはヒロイズムの雰囲気があり、仕事から尻ごみする男は男一匹とは数えられない。反典型は、その数が極めてすくないということで歴然と目だつ。この種族はしゃれ者か気どりやであり、無数のアメリカ小説に弱虫な敵役として登場する金持ちのろくでなしである。このポール・タラント氏も御多分にもれず、服を着替えるほかになにもすることがないと見え、日に六回も取っかえるのだった。上品なライト・グレーの上着だけでも、ときには柔らかいトーンのを、またときには強い色調のをといった具合に、まさに夕空の銀色が刻々と微妙に変化するのにそっくりだった。一般のアメリカ人とは違って、ちぢれた短い顎鬚《あごひげ》を丹精してたくわえていたが、そのほかにもう一つ、この男以外のしゃれ者とも違って、派手好きというよりむしろ陰気な感じだった。この男の沈黙と憂愁にはおそらくバイロン的と言っていいところがあるのだろう。

次の二人の旅行者は当然ひとからげにしてよいだろう。二人ともイギリス人で、目下アメリカの講演旅行を終えての帰路だったからである。片方はレナード・スミスといって、二流の詩人であるが、新聞記者もやっていて、こっちのほうは一流だった。頭が長く、髪の毛がふんわりとして、服装は一点の非のうちどころもなく、身のこなしからなにまで一分《いちぶ》のすきもなかった。それに対する一方の御仁《ごじん》は、滑稽《こっけい》なくらい正反対で、背が低い上に幅が広く、顎鬚のかわりにまっ黒な長い口髭《くちひげ》を生やし、レナードがおしゃべりなのに反して無口だった。それにもかかわらず、自分の経営する巡回動物園でルーマニアの王女様をアメリカ豹から救ってほめられ、と同時に王女に盗みを働いたかどで起訴され、こうして世間の耳目をひいた裁判の中心人物となったことがあるので、この男の宗教観や、進歩に対する考え方、若いころの回顧談、英米関係の将来への見とおしなどが、ミネアポリスやオマハに住むアメリカ人には大いに興味と価値をもったというしだいである。さて、六番目の人物であるが、これがいちばん取り柄のなさそうな、ブラウンという名の小柄なイギリスの神父さんで、一同の会話にうやうやしく聞き耳をたてていたが、ちょうどこのとき、話がどうもおかしな具合になってきているような気がしはじめた。

「先生、あなたのビザンチン研究ですがね」とレナード・スミスが訊いていた――「その研究のおかげで、ブライトン近くの海岸で発見された墓穴の謎がいくらかでも解けるんじゃないでしょうか。そりゃブライトンはビザンチンから遠く隔《へだ》たってはいますよ。ですが、あの墓の死体の埋葬の仕方だとか、防腐油の塗り方なんかがビザンチンの流儀だというような話を読みましたよ」

「ビザンチン研究はまだまだこれから先がたいへんです」と教授はそっけなく答えた。「世間の人はよく専門家がどうの、専攻がどうのと言います。しかし、わたしが思うに、この世の中でなにかを専門にやることほど難しいことはないのです。この場合にしても、ビザンチンについて知るのには、ビザンチンの前にあったローマとそのあとにきたイスラムについてあらゆることを知っていねばならないのです。アラブ芸術の大半はビザンチン芸術です。たとえば代数学にしたところで……」

「代数はごめんです」とダイアナ夫人が叫んだ。「代数なんか一度も取ったことはないし、これからだってやる気はしません。でも、死体の防腐にはとても興味があります。ガットンがバビロンの古墳を発掘したことがあったでしょう。そのときあたしも立ちあっていたんですが、それからというもの、ミイラだとか保存死体がおもしろくてたまらないんです。どうなんです、こんどのは?」

「ガットンはおもしろい男でしたな」と教授が言った。「一家揃っておもしろい人たちでした。お兄さんは議会に入った人ですが、並みの政治家じゃなかったですね。あの人がイタリアについて演説するのを聞いて初めてわたしはファシストというものがわかりましたよ」

「でも、この船はイタリアに行くんじゃありませんわ」とダイアナ夫人も負けてはいない。「あなたの行く先は、そう、その墓が発見されたなんとかというところなんでしょう、サセックス州にある?」

「サセックスといっても広いですからね」と教授。「あの土地をぶらぶら見てまわるにはだいぶ時間がかかりそうですな。いや、たしかにぶらつくにはよいところだ。低いと見えた丘が、登ってみると、とても大きいんですから、そのときの気持ちといったら」

ここで不意に、なんということもなく話が途切れた。夫人が「ちょっと甲板へ出てみます」と言って席を立つと、男たちもそれに従って立ちあがった。が、教授はぐずぐずしてあとに残り、小さな神父は最後までテーブルを離れなかったので、この二人だけが取り残された恰好になった。このとき教授がだしぬけに声をかけた。

「さっきの話のポイントはなんだったかおわかりになりますか?」

「そうですな」と神父は笑顔で言った――「そう訊かれたからにはお答えしますが、ちょっと愉快な話でしたね。これは思い違いかもしれないが、どうやらみなさんは三回までもあのサセックスのミイラの話をあんたから聞きだそうとしたようですね。それに対してあんたが丁重この上なくもちだした話題が、第一に代数、第二にファシスト、最後にイギリス南部の丘陵地帯でしたよ」

「つまり」と教授は答えた――「あの問題にふれずにすむなら、他のどんな話題でもわたしは歓迎したというわけですね。ご明察です」

教授はしばらく口をつぐんで、テーブルクロスに目を落としていたが、ライオンがおどりかかるように急に目をあげて口を開いた。

「そこでなんですが、ブラウン神父」と教授は言った。「わたしとしては、あなたほど賢くて汚れのない人はないと思っております」

ブラウン神父はえらくイギリス的な人間だった。アメリカふうにいきなり面と向かって真剣な賛辞を呈せられると、イギリス人としては当然なことに、返す言葉に窮してしまうのだった。神父はなにか意味をなさぬことをぼそぼそ言うばかりなのに、教授は歯ぎれのよい熱心な口調で続けた。

「出だしはごく簡単な話なのです。暗黒時代のあるキリスト教徒、どうも司教かと思われる、その墓とおぼしいものがサセックス海岸はダラムの小さな教会の地下で発見されました。たまたまそこの牧師さんが立派な考古学者だったので、いまわたしにわかっているよりも多くの事実を発見することができました。死体は、ギリシアやエジプト独特の防腐策が施《ほどこ》されているという噂です。これは西欧では、しかも特にその時代には、知られていなかった方法なのです。そんなところから、この牧師のウォルターズさんはビザンチンの影響を受けたものにちがいないと考えているのです。が、このほかにもまだウォルターズさんの報告があるのでして、こっちのほうがわたし個人としては興味があるのです」

教授のいかめしい細面《ほそづら》がなおも細長く、いかめしくなるように見えた。顔をしかめて、テーブルクロスに目を落としているのである。これも細長い手の指はクロスの模様をなぞっていたが、それはちょうど滅亡した都市や寺院や墓地の図面を丹念に調べているようだった。

「あやふやな人たちの前でこの件についてしゃべることは用心しなくてはいけないわけを、ここであなただけにお話しいたしましょう。また、相手がこれを話題にしようと熱心になればなるほど、こちらとしては慎重に構えなくてはならない、そのわけもお聞かせしましょう。報告のなかにこんなことが書いてあったのです。棺のなかに鎖のついた十字架があった。一見ごく平凡なものだが、裏側に秘密のしるしがあり、これがそれ以外には世界でたった一つの十字架にしか見られないものなのです。ごく初期の教会の秘密礼拝所から出たもので、聖ペテロがローマへ来る前にアンチオケに教区を設置したという事実を告示するものだと考えられています。とにかく、その同類は一つしかないはずで、それがわたしの手にあるのです。呪いがついているという噂も耳にしていますが、そんなことはわたしは平気です。しかし、呪いはいざ知らず、これには陰謀がたくらまれているということはまちがいないのです——もっとも、この陰謀を実行しているのは一人きりなんですが」

「一人きりとね」とブラウン神父は機械的に繰り返した。

「それがまた狂人らしいのです」とスメール教授。「話せば長くなりますし、ずいぶんばかげた点のある話なのです」

ここで教授はまたひと息ついて、なにか建築物の設計図のようなものをクロスに指で描いていたが、やがて、

「それでも、初めからお話しいたしましょう。わたしには無意味だと思われるこまかな点までもう一度あなたに考えていただくためには、そのほうがいいでしょう。ことの起こりは、わたしが自費でクレタ島やギリシアの島々の遺跡調査をやっていたもう何年も前のことです。わたしはこれをほとんど文字どおり自力でやっていたのです。むろん、土地の住民から臨時に応援を得たこともありますが、まるっきり一人でやっていたことも多かった。そういう一人きりのあるとき、わたしは迷宮のようにいりくんだ地下の通路を発見したのです。その迷路をたどってどんづまりにつくと、廃物が山と積まれ、壊れた装飾品や宝石が散乱していました。埋没した祭壇ででもあったのでしょうが、そのなかに一つ妙な金の十字架が見つかったのです。ひっくり返すと、そこにはイクトゥスという魚のしるしが描いてあった。この魚じるしは、初期キリスト教徒のしるしだったものですが、よく発見されるものとは形も様式もずいぶん違っていました。わたしの見たところでは、普通のものより写実的に描かれ、おそらくこの古代の図案

家はありふれたかこみや後光だけでは気がすまず、本物の魚にすこしでも近づけようとしたのでしょう。一端にかけてだんだん平たくなっていくのが、ただ幾何学的な装飾であるばかりか、どうも粗雑な、未開人の動物観を示しているように思えました。

なぜこの発見物をわたしが重視したか、そのわけをてっとりばやく説明するのには、このときの発掘の要点をお話しする必要があります。まず、これは発掘のそのまた発掘というような性質をもっていました。わたしたちは古代の跡ばかりか古代の考古学者の跡も探っていたのです。こういう地下の通路というのは、怪物ミノタウロスの迷宮の跡にちがいないと鑑定されているあの有名な通路を筆頭に、大部分がクレタ時代のものですが、それがミノタウロスから現代の探検家に至る長い時代を通じてずっと見失われ、そのままに放置されてきたのだとはかぎらない、そう思えるふしがあるのです。すくなくとも一部の者はそう思っていました。こういう地下の場所、地底の町や村とさえ言ってもいいような場所は、現在に至るまでのあいだに、なんらかの動機に促された人たちがすでに入っていた。そうわたしたちは信じていました。

その動機については説がばらばらです。皇帝たちがただ科学的な興味から公式の探検を命じたのだとする者、後期ローマ帝国で怪しいアジア的な邪教がはやったころ、その一つのマニ教かなにかの信者が秘密の会合か乱痴気騒ぎをこういう洞窟のなかでやったのだと主張する派など、いろいろですが、わたしは、これらの洞窟《カタコンベ》は地下礼拝所の代用として使われたのだと信じる一派に属していました。つまり、ローマの帝国全体に火のように迫害が広がったころ、キリスト教徒はこういう古代異教の石の迷宮に隠れ場を求めたのだ——とこう信じていたのですから、問題の金の十字架を見つけて拾いあげたときには、雷に打たれたようにどきりとしました。けれども、それよりもうれしい驚きだったのは、もう一度表の光の世界へ出ようとして振り返ったとき、地下の廊下に沿って無限に伸びる露出した岩膚《いわはだ》を見あげると、そこに輪郭こそ粗雑だが、それだけにまぎれもない魚の形が刻まれているのが見えたことでした。

じっと見ていると、どこかそれは凍った海に永久に閉じこめられた魚か、なにか原初の有機体の化石に見えてきました。この類似は、特にこれといってこの石に彫りつけられた絵と結びつく点はなにもなかったので、どうにも分析できなかったのですが、そのうちにふとこんなことに気がつきました。つまりわたしは、人間の足元遙かの地の底に落ちて薄明かりと無音の世界で動きまわっていた初期のキリスト教徒たちは、やはり闇に近い沈黙の海底に口を開かぬ暮らしをしている魚そっくりだったにちがいないと潜在意識のなかで考えていたのです。

石の通路を歩いている人なら誰でも、足音のまぼろしに追いかけられるのがどんな気持ちか知っているでしょう。ぱたぱたと、あるいはとんとんと、こだまが前からも後からも迫ってくる。一人きりなのに、どうしてもほかに誰かいるとしか思われない。そういうこだまにもわたしは慣れていたので、それまでずいぶん長いあいだ気に留めずにいたのですが、さっきお話しした岩に描きなぐられた図形を見て立ちどまったときです。わたしは心臓がとまったような気がしました。わたしは足をとめたのに、こだまは歩みつづけているではありませんか。

わたしは駆けだしました。途端に、その亡霊の足音みたいなものも走りだしたようですが、それもわたしの足音とはちょっとずれていて、どうも反響とは思えない。もう一度わたしは立ちどまってみました。たしかにその足音もすぐにやんだのですが、断言いたします、それは一瞬おくれてとまりました。わたしは声をだして問いかけた。それには返事がありました。が、その声はわたしの声ではなかったのです。

声は、わたしの眼前の岩の角のかげから響いてきたのです。この薄気味の悪い鬼ごっこが続くうちに、わたしは気がつきました――相手が立ちどまって呼びかけるのは、いつもそういう岩の角のところだということに。わたしの目の前の狭い空間は、手にしていた小型の懐中電灯で照らしだせるのですが、そこはいつもがらんとして人の影一つ見えない。こんな状態でわたしは得体の知れない相手といつはてるともない話をかわして、やっと日の光がほのかにさしこむところまでたどりついたのですが、そこでもまた、相手はどのようにして白日のなかに消えていったのか見さだめることができませんでした。しかし、迷路の出口付近にはすきまや深い割れ目がたくさんあったので、その曲者は簡単に踵《きびす》を返してもう一度洞窟の奥深く消えてしまうこともできたのでしょう。わたしにわかったことはただ、自分が大理石のテラスのような中腹の階段に出てきたということだけでした。この荒涼とした大理石のテラスは、古代ギリシアの荒廃につけこんでオリエント人が侵攻してきたように、緑の植物が唯一の変化を添えていて、それがまた岩ばかりのところよりも熱帯を感じさせるのでした。わたしは目にしみるほど青々とした海を見わたしました。太陽はこの無人のひっそりとした世界に輝き、草木はそよとも動かず、逃げていく人の気配も、影法師のような曲者のその影さえもありませんでした。

地下での対話は怖ろしいものでした。とても親しい者どうしのあいだのような、とても個人的で、ある意味ではさりげない話でした。身体も見えず、顔も名前もわからぬそのなにものかは、なんとも親しげにわたしの名を呼んで、わたしたちがいわば生き埋めになっていたあの地下の密路のなかで、まるでクラブでゆったり腰を掛けて話しあっているように平然として、凄味などきかせずに淡々としゃべるのでした。ところが話の内容は、魚のしるしのついた十字架を手にいれた者は誰であろうと殺さずにはおかないという脅迫もあったのです。弾の入った拳銃をおもちのようだからここで危険を冒すようなことはしないが、忘れないでもらいたい——ちょうど中国の職人やインドの刺繡師《ししゅうし》が一生をかけて作る工芸品のように完璧に、どんなこまかい点にも気をくばって危険という危険を予防した上で、まんまと貴殿を殺して進ぜようと、こんな調子でした。けれども、この男はどうもオリエントの人間ではなく、白人にちがいありません。わたしと同国人じゃないかという気がするのです。

それからというもの、再々符号やら図形やら妙なお告げのような通信文が舞いこんできたのですが、わたしはそれから判断して、相手が狂人だとすれば、それは偏執狂にちがいないと確信しました。いつも奴は、はっきりしない超然とした手紙で、貴殿を亡きものにして埋葬する準備が着々と進んでいると、飽きずに知らせてくるのです。おまけに、この計画がみごと功を奏するのを防ぐには、ただ一手あるのみ、貴殿が手にいれた遺物、あの洞窟で見つけた二つとない十字架を手ばなすことがそれだと言うのです。この十字架について相手は別に宗教的な情熱だとか迷信といったものをもっているわけではなさそうで、ただこの世にまれな珍品を収集したいというだけのマニアらしいのです。それだから、これは西洋人であって東洋人ではあるまいと考えられるのです。とにかく、この物へのひたむきな好奇心が高じたあまり、頭がおかしくなってしまった男なのでしょう。

そのうちに、サセックスの墓地で香料を施した死体から、これと瓜二《うりふた》つの遺品が発見されたという報告が届いたのです。これはまだ確認されておりませんが、もし問題の人物が前々から頭がおかしかったのだとすれば、このニュースで奴はとびあがり、七つの悪魔に取りつかれた完全な狂人になりはててしまったことでしょう。十字架の一つが他人の手に渡ってしまったというだけでもがまんがならぬのに、それがもう一つあって、それまでも自分のものにならないとなると、もうどうにもいても立ってもいられぬ仕儀となり、それでわたしのもとへ狂気の通信が矢継ぎ早に雨あられと送られてくるようになりました。その一通ごとにますます自信たっぷりに奴は、貴殿が身分不相応にもあの墓の十字架にちょっとでも手を差しのべたら最後、たちどころに死神がお見舞い申すだろうと書きよこしてくるのです。

《貴殿には拙者が誰かわかろうはずがない》手紙にはこうありました。《拙者の名前がわかる道理もない。拙者の顔を見ることさえないだろう。死んでも、誰の手にかかったかわかるものではない。貴殿の周囲にいるどの一人に拙者は化けているかもしれぬのだ。しかし、それは貴殿が見おとしている者であるだろう》

以上の脅迫から推し量ると、曲者がこの旅行でわたしをつけていて、遺物を盗みとるとか、いやがらせになにか悪さをするとかいうことが大いにありうるわけです。ところが、こっちはまだ一度も相手の顔を見たことがないので、わたしがいつも会っている人たちのどの一人がそいつであるのかわからない。論理的には、食卓で給仕をするウェーターの一人かもしれませんし、そこでいっしょに席につく客の一人かもしれないのです」

「このわたしでないともかぎらない」とブラウン神父。

「あなた以外の誰もが怪しいのです」とスメールは真剣に言った。「そうでなければ、いまのような話はしなかったでしょう。あなたこそわたしの敵でないと確信できるただ一人の人なのです」

ブラウン神父はまた当惑の表情を浮かべた。そうして、にっこり笑って――「いや、どうも妙なことですが、仰せのとおりあなたの敵ではありません。ここでじっくり腰を落ち着けて考えたいのですが、その曲者がほんとうにここにいるかどうかをどうやって確かめることができるんですかな――それも手遅れになってしまったのではしようがない」

「それには一つだけチャンスがあります」と教授はぐっと唇をひきしめて言った。「サザンプトンへついたら、わたしはすぐに海岸沿いに車で出発します。あなたにご同行ねがえればありがたいのですが。もちろん、普通の意味では、このわたしたちの船客グループは解散ということになります。だから、もしそのうちの誰かがサセックス海岸のあの小さな教会墓地でふたたび姿を現わしたならば、それで曲者の正体見たりということになるでしょう」

教授の計画は支障なく運ばれて、すくなくともブラウン神父を相客として自動車に乗るところまでこぎつけた。一方の側には海を、反対側にはハンプシャーとサセックスの丘陵を望みつつ、車は岸沿いに進んだ。追っ手は影も見えなかった。ダラムの村へ近づいてから、たった一人だが、問題の件と関係のある人物と出くわした。それは、いましがた教会を訪れて、そこの牧師に新発掘の礼拝室を案内してもらったばかりの新聞記者だった。けれども、その話の内容や口っぷりからして、これはどうやら本物の新聞記者らしかった。ところがスメール教授はちょっとばかり妄想にふけっていたものの、この男の物腰や容貌にどこか奇妙でたのもしくないところがあるのを見すごさなかった。背が高く貧相な男、鉤鼻《かぎばな》で目はくぼみ、口髭が力なくたれさがっている。珍しい見物をしてきたばかりだというのに、ちっとも浮きうきしたところがなく、むしろその名物から一刻も早く遠ざかろうとしているようだった。そのとき教授たちがこの男を呼びとめて質問をしたのである。

「みんな呪いの話でもち切りですよ」と男は言ったのだった。「この地に取りつける呪いありというのが案内書の説明でもあり、牧師さんの言うところでもあり、また土地の人の話でもあるのですが、なるほど、たしかにそんな気のしてくる場所ですよ。呪いの有無はとにかく、ぼくとしちゃ出てきてほっとしましたよ」

「呪いというものを信じておいでなのですか?」とスメールが不審そうに訊いた。

「信じているものなどなにもありませんよ。これでも新聞記者です」とこの憂鬱《ゆううつ》氏は答えた。「デーリー・ワイヤ新聞のブーンと申します。とにかく、あの地下礼拝室はなにかぞっとしますね。正直のところ、我ながら身の毛がよだちましたよ」記者氏は前よりも足早に駅のほうへ歩き去った。

「鴉《からす》みたいな男ですね」とスメールは二人が墓地のほうへ歩きかけたとき言った。「不吉の鳥がどうのこうのとよく世間が言うじゃありませんか」

二人はゆっくりと墓地へ足を踏みいれた。アメリカの考古学者の目はしばらくむさぼるように墓地門の屋根にそそがれ、真昼間の日光をものともせぬイチイの黒い茂みに向けられた。その小道は芝生の斜面をゆったり登ってゆく恰好になっていて、墓石は芝生の上でちょうど緑の海に石のいかだが浮いているようにあちらへ、こちらへと傾いていたが、いちばん高いはずれまで来ると、その先には、まさしく本物の海が鉄の帯のように伸びて、ところどころ鋼鉄のような青白い光がきらめいていた。すぐ足元では、まず粘り強い雑草が、続いてひと群れのからかさ花が、そして最後には黄灰色の砂が見られた。そのからかさ花から二フィートと離れてないところに、鋼鉄色の海を背に黒い人影が立っていた。あまり動かないので、それがもしダーク・グレーの服を着ていなければ、銅像かなんぞに見えただろう。しかし、ブラウン神父が最初の一瞥《いちべつ》で気づいたのは、男の上品だが猫背になった身体つきと、短い顎鬚がいささか無愛想に突きでているのが、どこかで見おぼえがあったということだった。

「おや」と考古学の教授は叫んだ。「あの男はタラントじゃないか。神父さん、船であのお話をしたときに、まさかこんなに早くわたしの疑問に対する解答が出るだろうとは夢にも思いませんでしたよ」

「わたしは、その解答は定員以上に出るんじゃないかと思っていましたよ」

「いったいそれはどういう意味で?」と教授は肩越しに振り返って鋭く神父を見た。

「つまりですな」と神父は穏やかに言った——「あのイチイの木のかげで人声がしていたよう

ですよ。タラントさんはああしてしょんぼりしているが、それほど一人ぼっちではなさそうです。あの人は一人ぼっちと見せたがっているのかもしれませんよ」

こう言っているまにタラントがにこりともしないでおもむろに向きを変えたが、そこで神父の説はたちまち確認された。誰か別の人の声、調子が高くて、やや固苦しいが、それでも女性にはちがいない声が、もの慣れたひやかし口調でこう言っていたからである。

「あの人がここに来ているなんて、どうしてわたしにわかったでしょう」

教授は、この派手な言葉が自分に向けられたものでないのに気づき、そこで疑問の余地ない結論として、ほかにもまだ一人いるにちがいないと考えた。ダイアナ・ウェールズ夫人がイチイのかげから常と変わらぬ晴々しさと不屈さをもって現われたとき、教授の目に留まったのは、夫人にも生き身の影法師が一つついているという あまり愉快でない事実だった。どこかなよなよとした文学者レナード・スミスの敏捷《びんしょう》そうな痩身《そうしん》が夫人のはなやかな姿のすぐ後に現われて、犬のように頭をすこしかしげて笑顔になった。

「お手あげだ」とスメールはぼやいた。「みんな来ていやがる。長い顎鬚をたらした小男の見世物師だけは別らしいが」

教授の耳に、傍らの神父のもの柔らかな笑い声が聞こえてきた。なるほど、この場の状勢はまったくのお笑い種《ぐさ》となっていた。なにもかもがパントマイムの芸当のように上下がさかさまになって、くるくる宙がえりをしているようだった。なんのことはない、教授があの顎鬚の男だけは別らしいと言ったか言わぬうちに、黒々とした三日月形のグロテスクな髭を生やした丸頭がひょっこり地面の穴とおぼしきところから現われたのだから、これは妙なことだった。その穴は実のところ非常に大きなもので、地底深くに達しているはしごがそこにかかっているという、つまりは一行の目的地である洞窟への入口にほかならなかった。そして、この小男は、いの一番に穴を見つけて、もう一段か二段ほどはしごをおりかけたが、そこでまた頭を穴から突きだして一行に呼びかけようとしているところだったのであるが、その恰好は、どう見ても《滑稽版ハムレット》のとりわけ常軌を逸した墓掘り人だった。濃い口髭に隠れた口から、だみ声で「この下ですよ」と言ったきりだったが、それを聞いて一同は思わずはっとして一つのことに気づいた。この男とは食事の席で一週間も向かいあっていながら、その声を聞いた者はこれまで一人もいなかったのである。しかもこの男はイギリスの講演家というふれこみなのに、どこか得体の知れない外国ふうの訛りがあるのだ。

「まあ、お聞きくださいよ」とダイアナ夫人は陽気ながら容赦なく教授にくいついた。「先生が重視しているこのビザンチン式ミイラですけど、あんまりおもしろそうなので見のがす気にはなれませんでしたの。いても立ってもいられなくって、見物しにやってきたんですけど、ほかのみなさんも同じだと思いますわ。さあ、こんどはもうすっかりお話をしていただきたいものですわ」

「すっかりわかっているわけじゃないのです」と教授は仏頂面とはいわぬが、いかめしい顔で答えた。「いったいこれはなんの騒ぎなのかわからないと思えるような点もある。だいたい、わたしたちがこうも早くまた顔をあわせるなんて、普通のことじゃないと思うのですが、まあ、現代人のものを知りたがる欲にはきりがないのでしょう。それはとにかく、ここでみんな揃って墓地を見学するというのなら、責任のある行動を取らなければいけませんし、差し出がましいかもしれませんが、責任のある指揮のもとに行わなくてはなりません。ここの発掘の責任者にいちおう断っておきたいと思うのです。すくなくとも名簿にそれぞれお名前を記入してもらわなくてはなりません」

ここで夫人の性急さと、考古学者の疑念が衝突して、口論みたいなことになり、しばらくあだ、こうだともみあっていたが、とどのつまりは、ここの牧師と調査団の公式の権利を認めよという考古学者の主張が勝った。口髭の小男はまた渋々と穴から出て、そんなにあわてずにもっと慎重に入ろうという意見に無言で同意した。そこへ運よく牧師その人が姿を現わした。同じく白髪頭の、風采《ふうさい》のよい紳士だが、猫背で二重眼鏡がいっそうそれをひき立たせている。同じく考古学にうちこんでいる人だけに教授とはすぐに親しくなったが、他の多彩な顔ぶれには別に敵意を感じた様子もなく、ただおかしがっているらしかった。

「みなさんのうちどなたも迷信家でなければいいんですが」と牧師は愉快そうに言った。「初めにこんな話があるのです――このことに熱中する人間の頭の上にはあらゆる不吉なきざしや呪いがまといつくのだという。いまもわたしは礼拝堂の入口に書き刻まれたラテン語の銘を判読していたところですが、それによると、ここの呪いはすくなくとも三種類をくだらないことになっています。封印された部屋へ入ることの呪い一つ。棺を開けることの呪い一つ。そして棺のなかで発見された金の聖遺物にふれることの呪い一つ、これがなかでもいちばん怖ろしいのだそうです。第一と第二の呪いをわたしはもう受けました」と牧師はにこやかに言いたした。「ところで、あなた方だってなかに一歩でもお入りになる以上は、第一のいちばん軽いやつぐらいはかかってくるものと覚悟しなくてはなりませんよ。これらの呪いは長い間を置いて、ずっとのちのちまでも降りかかってくるのだそうです。こんな話をお聞きになったのでは、おちおち過ごしていられないかもしれませんね」ウォルターズ師はここで、あの弱々しく、寛大な微笑をもう一度浮かべた。

「それは」とスメール教授が言った――「いったいどういう言い伝えなのですか？」

「地方の伝説がみんなそうであるように、これもずいぶん長いお話で、いろいろと異説もあるんですが」牧師は答えた――「でも、墓ができたのと同時に生まれた話に相違ありません。その梗概《こうがい》はさきほど申したラテン語の銘文から読みとれるのですが、次のような経緯になっているのです。十三世紀の初め、この荘園の領主ギー・ド・ギソールが、ジェノヴァから参った使節のもっておりました美しい黒馬に心をひかれました。ところが実務肌で商人根性のその使節は途方もない値段をふっかけた。ギーは欲に目がくらんで、神殿を荒らして盗みを働くという罪を犯し、あまつさえ、そこに住んでいた司教を殺す暴挙に出たらしいのです。そのとき司教の発した呪いが、問題の金の十字架を墓の安置所へ返さずに所有している者、あるいはそれが返却されてから再度手をふれた者の上に災いあれということでした。ところで、領主のギーは、金の聖遺物を町の金細工師に売りはらって、馬を購《あがな》うに必要な金を作りました。いよいよ宿望の黒馬に初めてまたがる日、領主をのせた馬は教会のポーチの前へ来ると、いきなり後脚で立ちあがり、乗り手を振りおとし、その首の骨を折ってしまうという始末。

いっぽう、それまでは商売繁盛で裕福だった金細工師は、説明のつかぬ事故の相次ぐうちに破産して、同じ領地に住んでいた金貸しのユダヤ人に頭があがらなくなり、あとはもう飢え死にを待つばかりという身の上になって、りんごの木で首をくくってしまいました。そのときには件《くだん》の金の十字架は、細工師の屋敷や仕事場や道具類など一切合切のものといっしょに、もうとうに金貸しの手に渡っていました。ところで領主の跡取り息子は、神を冒瀆した父親にくだった天の裁きに仰天して、当時の暗黒と峻厳《しゅんげん》の精神を信じる熱心な宗教家になってしまい、領地民の異端や不信仰を片っぱしから迫害するのをおのが任務と心得るようになりました。こうして例のユダヤ人にも報いの番がめぐってきて、先代の領主には寛大な扱いを受けていたのが皮肉にも、その子の命によって無残にも火あぶりに処せられてしまったのです。この金貸しもまた、聖遺物をもっていたために難にあったわけですが、こうして三回の裁きがあったのちに、それは司教の墓に返され、以来今日《こんにち》までそれに目をそそいだ者も、手をふれた者もないというしだいです」

ダイアナ・ウェールズ夫人は、まさかこの女がこれほどまでにと思うほど感心したらしかった。

「考えてもぞっとするじゃありませんか」と夫人は言った——「牧師さんのほかは、わたしたちがこのなかへ入る最初の見物人だなんて」

大きな髭と破格《ブロークン》の英語が特徴のあの先駆者氏は、結局のところ、お気にいりのはしごを伝って降りることにはならなかった。それは発掘に従事した労働者たちの使った昇降路にすぎず、牧師は一同を案内して、百ヤードも離れた、ずっと大きくて通りやすい入口へ連れていったのである。牧師もいましがたこの口から地下の調べを終えて出てきたばかりだった。さて、ここからの通路は、かなりゆったりとした傾斜だけに、あたりが徐々に暗くなるほかには、別に支障はなかった。一同は一列になってまっ暗闇のトンネルをくだっていった。かなりの時間が経って初めて前方に一条の光が見えた。この無言の行進のあいだに一度、はっと息をのんだような音がしたが、誰の声であるかはわかろうはずがなかった。それからもう一つ、罵言《ばげん》がにぶい爆発のように響いたが、これはどこか未知の国の言葉だった。

丸いアーチに囲まれた、バシリカふうの円形の部屋に一行は出た。この礼拝堂は、ゴチックの尖ったアーチが西洋の文明社会に槍のように屹立《きつりつ》した時代よりも前に作られたものなのだ。一ヶ所、柱と柱のあいだから緑色がかった光がもれている、そのあたりには地上界へ出る別の口があるのだが、これがあたりを海底のような趣《おもむき》にしていた。いや、ほかにもいくつか、偶然の、おそらくは空想の産物にすぎぬ、類似点がこの錯覚を強めていた。どのアーチの縁《ふち》にも、ノルマン様式の犬牙《けんが》模様がかすかにその跡をとどめていて、洞窟内の暗さにもかかわらずアーチは巨怪な鮫の口かとも見まがうばかり。そしてまた、中央には、墓の本体が黒々と大きく、石の蓋を開けているその姿は、かの海獣リヴァイアサンの大口そっくりだった。

そのほうがこの場所にふさわしいと思ったからか、それとも現代式の用具にこと欠いていたためか、古物研究家の牧師は礼拝堂の照明として床に立つ木の大燭台《だいしょくだい》に四本の長い蠟燭《ろうそく》を用意していただけだった。一同が入ったときには、その一本だけが燃えていて、たくましい建築の諸形にほのかな明かりを投げかけていた。みんなが揃うと、牧師はほかの三本に火をつけだした。途端に大きな石棺が、その外形も中身もはっきりと目に映じてきた。

全部の目がまっ先に死者の顔に向けられた。この島国の単純な墓場のあずかり知らぬ、古代の異教時代からの継承と言われるオリエントの秘法によって生きているままの形をくずさず、これまでの幾世紀かのあいだ保存されてきたのがこの顔なのだ。教授は感嘆の叫びをこらえ切れぬほどだった。それは、顔色こそ蠟の面のように青白かったが、それを除けば、まさにいましがた目を閉じたばかりの眠れる人だった。骨相が高くひいでた禁欲主義者の顔。あるいは狂信家の部類に属するのかもしれない。その身体を包んでいるのは、金色のマントと華麗な祭服、そして胸のずっと上、咽喉《のど》に近く、短い金の鎖がついて首飾りのようにきらめいているものこそ、あの名高い金の十字架だった。石の棺は、頭部の蓋がもちあげられて、頑丈な木を二本つっかえ棒にして大きく開いていていた。それは二本とも亡骸《なきがら》の頭のあたりに立てられていたので、その下半身はあまりよく見えなかったが、顔には蠟燭の光がいっぱいに照りつけていた。光沢のない象牙《ぞうげ》のようなその顔色にひきかえ、ゆらめく金の十字架の光は火のようだった。

スメール教授は、牧師が呪いの伝説を物語ってからというもの、思いに沈んだのか、心を悩ませているのか、その大きな額に一筋の皺《しわ》をいつまでも浮かべていた。ところが、女性の直観は多少なりと女性のヒステリーを加味されると、教授がじっと考えこんでいる意味を、同行の男たちよりも敏感に察したものと見える。蠟燭に照らされた洞窟の森閑《しんかん》とした静けさのなかで

ダイアナ夫人は急に大声で、

「あぶない、さわらないで」と言ったのである。

が、時すでに遅し、教授はこのときにはもう死体の上に身をかがめて、あの独特のライオンのような早業《はやわざ》でことを始めていた。次の瞬間、一同は前にとびでる者も、うしろにとびのく者も、まるで天空が落下してきたかのように首をすくめて観念した。

教授が金の十字架に指をあてたそのとき、石の蓋をささえる、かすかにしなった木の棒がはねあがってぴんと伸びたように見えた。同時に石板のへりがつっかえ棒からはずれ……見る者の頭と胃をたちまち断崖から投げとばされたときのようなめまいが襲った。スメールはすばやく頭をひっこめたが、もう遅かった。そのまま気を失って、棺の横に倒れた――頭の皮か体内から出た血の海のなかへ。古《いにしえ》の石棺はふたたび蓋を閉じていた――もう何世紀も閉じられていたように。ただ、すきまに挟まった二本の棒切れというより木片が、人食い鬼のかみくだいた骨を思わせるばかりだった。海獣リヴァイアサンがその石の顎をぴたと閉じたのだ。

ダイアナ夫人は、電光のように爛々とした狂人のような目で教授の変わりはてた姿を見やった。赤い毛が、緑がかった薄明のなかで夫人の青ざめた顔に映って紅に見えた。スミスは、このときにも頭を犬のようにかしげて夫人を見ていたが、それは主人の悲劇を一部分しか理解せずに主人を見あげている犬の表情だった。タラントと、もう一人あの外国人はむすっとしているいつもの態度をさらにこわばらせただけだったが、顔色は二人とも土色だった。牧師はどうかといえば、これは気が遠くなってしまったらしい。ブラウン神父は、倒れた男の傍らにひざまずいて容体を見ていた。

いささか一同があっけに取られたのは、あのバイロン的なのらくらポール・タラントが前に出て神父に手を貸そうとしたことだった。

「表へ運んだほうがいいでしょう」とタラント。「生きるか死ぬかの瀬戸際ですよ、これはきっと」

「死んではおりません」とブラウン神父は低い声で言った――「が、相当の重傷だ。あんたはもしや医者ではありませんか?」

「いいえ。ですが、必要あっていろんなことを習いおぼえました」とタラントは答えた。「でも、いまはぼくのことなぞ問題じゃありません。ぼくのほんとの職業をお聞きになれば、びっくりなさるでしょうね」

「いや、別に驚きませんぞ」と神父は薄笑いを浮かべて答えた。「大西洋の半分はそのことを考えて暮らしていたんですよ。何者かを尾行している探偵でしょう。とにかく、これで十字架は盗人から安全に守れたわけです」

この話が続いているうちにも、タラントは倒れた男のひ弱な身体を軽々と敏捷にもちあげて、もう慎重に出口のほうへ運びかけていた。タラントはここで自分の肩越しに「ええ、十字架はたしかに安全です」と答えたものである。

「つまり、人間は安全じゃないという意味か」とブラウン神父。「あんたまであの呪いが頭にあるのか?」

ブラウン神父は、このあと二時間ほど、この不慮の出来事のショックも顔まけする厄介なこどもを処理するのに骨を折った。まず、教会の裏の小さな宿屋に被害者を運ぶのを手伝ってから医者に会い、怪我は命にかかわるほどではないが、重傷で安心はできないと聞いて、この報告を宿屋の談話室でテーブルを囲んでいた一行に伝えた。ところが、どこへ行っても神秘の雲が蔽《おお》いかぶさってきて、それが神父が思いをこらせばこらすほど謎めかしくなってゆくようだった。中心の謎がいよいよ深まるばかりなのだが、それはもっとささいな謎が心のうちで晴れあがってゆくのと比例して、暗黒にとざされるのだから妙だった。この雑然とした一団の個個の人間の素姓が明らかにされるのにつれて、発生した出来事はいよいよ説明が難しくなってゆく。レナード・スミスがここへやってきたのは、ダイアナ夫人のあとをつけてきたからにすぎない。ダイアナ夫人はと言えば、ただ来たかったから来ただけの話だ。この二人は、なかば知的であるだけになおさらばかばかしい、あの浮《うわ》ついた社交界の恋愛遊戯にうつつを抜かしているのだが、夫人のロマンチックな感情には迷信ぶかい一面もあって、自分の冒険の結果がこんなに怖ろしいことになったのにしょげ返ってもいた。次にポール・タラントであるが、これはどうも以上の恋愛遊戯を見張るために夫か妻に雇われた私立探偵と見うけられた。いや、この人が尾行しているのは、いかにも好ましからぬ異国人といった風采《ふうさい》の、あの口髭の講演家であるのかもしれない。だが、この男にしろ、ほかの何者であれ、あの十字架を盗むつもりでいたのだとすれば、その計画はここに至ってくじかれてしまったのだ。それも、普通ではとても信じられない偶然の一致か、さもなければ大昔のあの呪いがそれを阻止したのか、そのどちらかとしか考えられなかった。

神父が宿屋と教会のあいだの村通りのまんなかで常になく途方にくれていると、近頃、見なれてはいるがいまここではまったく意外な人物が近づいてくるのを見て、軽い驚きをおぼえた。新聞記者ブーンは日向《ひなた》でことさらに憔悴《しょうすい》して見えた。深くくぼんだ黒い目（長くたれさがった鼻の両側におたがいにくっつきすぎるほど近くについている）をじっと神父にそそいでいたが、その見すぼらしい服装は明るい日ざしにかかしの衣のように見えた。神父は二度も見直して初めて気がついたのであるが、男の濃い口髭のかげには嘲笑《ちょうしょう》か、すくなくとも苦笑が隠されていた。

「さっきお会いしたとき、てっきりお帰りになるところかと思いましたが」とブラウン神父はやや鋭く訊いた。「二時間前の列車でお発ちじゃなかったんですか」

「ごらんのとおりです」とブーン。

「なぜまたお戻りになられたのかな？」神父の質問にはきびしさがあった。

「田舎といってもここは特別で、新聞記者もさっさと帰るわけにはいかんのです。なにしろ、つづけざまに事件が起きるんで、ロンドンみたいな退屈なところへ帰るのはばかばかしくなります。だいたい、この事件から、つまり二番目の事件からぼくを締めだすなんて、そんなことはさせませんよ。死体を見つけたのは、このぼくなんですから。すくなくとも、ぼくがあの服を見つけたんだ。どうもうさん臭い奴だとお思いでしょうな。あの人の服を着てみたかったのだろうなんて思われているんじゃないのかな。さぞかし、たいそうな牧師さんになりすましたことでしょうな。それ」

このやせた鼻長の男は四つ辻のどまんなかで大袈裟な身ぶりで腕を伸ばし、黒い手袋をした両手を広げて祝福のまねをしながら声高《こわだか》に――「おお、わが兄弟姉妹よ、我は汝らすべてを抱きしめれば……」とやった。

「なんの話をしているんです?」とブラウン神父は叫んで、ずんぐりした蝙蝠傘《こうもり》で敷石を軽く叩いた。神父がこんなに――といっても大したことはないのだが――いらいらしているのは珍しい。

「なに、宿屋にいるあなたの遊山《ゆさん》仲間に訊けば全部わかりますよ」とブーンは見くだすように言った。「あのタラントとかいう男は、服を見つけたのがぼくだからというので、ぼくを疑っているんですが、そう言う彼自身、あと一分も早く来ていれば、それを自分で見つけたんですからね。それはとにかく、この事件はまったく謎だらけだ。大きな口髭を生やしたあの男ですが、彼だって正体はどんなか知れたものじゃありません。そういえば、あなたにしたところで、あのかわいそうな御仁を殺した犯人じゃないとは断言できませんな」

ブラウン神父は、仲間に訊いてみろという勧めには別段こまった様子もなかったが、神父犯人説にはこの上なくとまどったらしかった。

「とおっしゃると」神父は開き直った――「スメール教授を、わたしが殺したというわけで?」

「それは見当違いでして」とブーンは気前よく譲歩をして進ぜると言わんばかりに片手を振って答えた。「死人が大勢いて、どれでもよりどり見どりというわけですか。スメール教授だけじゃないんですよ。ほかにも一人被害者が出て、それがスメール教授よりも完全にのびてしまったということを、神父さん、あなたはご存じないなんて……あなたがこっそりと片づけたということも大いにありうることですな。宗教上の仲違いで……それ、キリスト教の内部争いという嘆かわしい現象……イギリス国内の教区を取り戻したがっていたんじゃないのですか、あなた方は？」

「宿屋へ帰ることにしよう」と神父はおとなしく言った——「あんたのその歯に衣をきせぬ話をみんなは知っているそうだから、あの人たちなら、はっきり教えてくれるかもしれませんな」

はたせるかな、神父の個人的な困惑は、たちまちにして新しい惨事の知らせによって一時たなあげとなった。ほかの連中が集まっている小さな談話室に一歩入った瞬間、神父は一同の青ざめた顔から察した——みんなは墓場のなかでの事故よりもっと新しい出来事にふるえあがっているのだと。神父が入っていくと、レナード・スミスがこんなことを言っていた。

「これはいったいどこまで続くんだ？」

「永久に続くのよ」とダイアナ夫人。その目はうつろで、宙をにらんでいる。「あたしたちがみんな息の根をとめられてしまうまで永久に。一人また一人と次々にあたしたちは呪いに倒されてゆくのよ。きっとそれも、牧師さんの言ったようにじわじわとやってくるんだわ。それにしたって、結局みんな牧師さんがやられたみたいにお陀仏になってしまうんだわ」

「いったいどうしたというんです？」とブラウン神父は訊いた。

しばらくの沈黙があってから、タラントがうつろに響く声で言った。

「牧師のウォルターズさんが自殺したんです。あのショックが頭に来たんでしょう。とにかく、自殺したことはもうまちがいないようです。海岸から突きでている岩の上にあの黒い僧帽と法衣が置いてあるのを、たったいまみつけたんです。海へ飛びこんだんでしょう。どうもおかしいと思ってましたよ、あの事件ですっかり頭がおかしくなっていたようでしたからね。みんなで注意してればよかったんですが、ほかに心をつかうことが多すぎたんでどうも……」

「どうせ、手も足も出なかったでしょうよ」と夫人。「これは呪いがちゃんと順序どおりに実現されているんだわ。教授は十字架にさわったものだから、いの一番に血祭りにあげられた。牧師さんはあのお墓をあばいた人だから二番目。あたしたちはなかに入っただけだから……」

「もう結構」と神父はめったに出さない鋭い声で言った。「もういいかげんに終わりにしなくては」

神父はまだ無意識のうちに渋面をつくっていたが、目からはもう謎にとざされた曇りは消えて、恐怖に近い理解の光がそれに代わっていた。

「なんてまぬけなのだろう、わたしという人間は！」とつぶやく神父。「とっくにわかっていたことなのに。あの呪いの伝説でぴんとくるべきだったのだ」

「つまり」とタラントがつめよった――「十三世紀の大昔に起こったことのために二十世紀のわたしたちが殺されるなんてことがほんとうにあるというわけで？」

ブラウン神父は頭《かぶり》を振って、静かに、だが力をこめて答えた。

「十三世紀の故事のために殺されることが可能かどうか、その議論はいたすまい。が、十三世紀にも起こらなかったことで殺されるようなことは絶対にないと、わたしは信じております」

「ほう」とタラント――「超自然の出来事にこんなにまで懐疑的なお坊さんにお目にかかれるとは、気分がせいせいしますね」

「それはちと違う」と神父は眉毛一つ動かさずに答えた――「わたしが疑っているのは超自然的な部分じゃない。その自然の部分なのですよ。不可能なことは信じられるが、ありそうもないことは信じられぬと言った人がありますが、まさにわたしもそれですな」

「いわゆる逆説というやつですね?」と相手。

「わたしに言わせると常識です、正しく理解しさえすれば」と神父は答えた。「わたしどもにはわからないことが出てくる超自然の物語を信じるほうが、わたしどもの知っているところと矛盾《むじゅん》するような自然の話を信じるよりも、実のところ自然なのです。偉大なグラッドストーンが死に際にアイルランド国粋党首パーネルの死霊に取りつかれたという話を聞いたら、わたしはこれについては不可知論者になって、そんなこともありうるのかと思う。だが、グラッドストーンがヴィクトリア女王に拝謁《はいえつ》したとき、帽子も脱がずに女王の背中をなれなれしく叩いて葉巻を差しだしたというお話になると、とても不可知論者になってはいられない。これはたしかに不可能な出来事じゃない。が、とても信じられない話です。パーネルの亡霊が出たという話のほうがまだ信用できる。なぜと言って、これはわたしの理解しているこの世の中の法則を破っているのだからね。同じことが呪いの物語についても言えるのです。わたしの信用しないのはあの伝説じゃない、歴史なのです」

トロイの滅亡を予言した王女カサンドラそこのけの神がかりの状態からやや立ち直ったダイアナ夫人は、新しい事物への不断の好奇心をふたたびその生き生きとした目にのぞかせて言った。

「おかしな方。どうしてその歴史をお信じにならないの?」

「それを信じないのは、それが歴史ではないからです」とブラウン神父。「たまたま中世のことを多少なりと知っていた人間にとっては、あの話全体は、グラッドストーンがヴィクトリア女王に葉巻を出したという話そこのけの眉唾《まゆつば》ものに聞こえたことでしょう。が、中世のことをちょっとでも知っている者がここにおいでですかな。ギルドとはなにか? サルヴォ・マナギオ・スオというラテン語を聞いたかたはおいでかな? セルヴィ・レギスとはどういう人たちを言うのかご存じかな?」

「知りませんわ、もちろん」と夫人はちょっと不機嫌に言った。「ラテン語の羅列じゃありませんか」

「ご存じないのも無理はない」とブラウン神父は言った。「もしこれが世界の裏側のツタンカーメンだとか、アフリカ人のミイラだとかいうのなら……つまりこれがバビロンとか中国のことなら、あるいはまた月に住む人といったような遥かな神秘の種族だったならば、新聞はたちまち、いちばんあとに発見された歯ブラシやカラーボタンに至るまでことこまかに報道してくれたでしょうよ。ところが、わたしどもの教会を建立《こんりゆう》した人々、わたしどもの町や、職業や、毎日のようにその上を歩いている道路などに名前をつけた人々、それがどういう人間だったか知りたいなどという気を起こしたことは一度だってないでしょう。そういうわたし自身、大して知ってはいないのですが、あの話が徹頭徹尾いかさまだぐらいはわかります。それ、金貸しが人の店や商売道具を差し押えたという話があったでしょう。が、そんなことは法律が許していなかった。そんなに破産に瀕《ひん》していた者を同業組合が見殺しにするはずがなかったのです。ましてユダヤ人が敵となればなおさらです。当時の人間はたしかにあの時代特有の悪徳や悲劇に染まっていた。拷問《ごうもん》もあったし、火あぶりもあった。だが、この世の中にあって、神も希望ももたぬ人間がのたうちまわって死んでゆくのを誰も気にかけずにほうっておいたなどとは、いくらなんでも中世人には考えられないことです。こういう考えは、現代の経済学と、経済発展とが生んだ思想です。ユダヤ人は封建領主の臣民ではなかったはずです。国王の下僕という特別の地位を占めていたのが普通です。とりわけ、ユダヤ人が宗教問題で焚刑《ふんけい》にあったなんてことは不可能なのです」

「逆説がどんどん増えていきますな」とタラントがひやかした。「しかし、中世でユダヤ人が迫害されていたことは否定できないでしょう?」

「いや」と神父――「中世で迫害を受けなかったのはユダヤ人だけだったというほうが真実に近いのでしょう。中世の流儀を諷刺《ふうし》したいのなら、次のように言えば充分なのです。キリストと神とは同体なりという説についてあやまちを犯したキリスト教徒が哀れにもその生き身を焼かれかねぬというのに、いっぽうでは金持ちのユダヤ人が往来を闊歩《かっぽ》しながらキリストや聖母を大っぴらに嘲笑してはばかるところがなかったのではないか、とね。呪いの物語はちょうどこんな調子だった。それは中世の真実を語った物語ではなかった。中世についての伝説ですらもなかった。小説や新聞からアイデアを得た人のでっちあげだったのです、それもたぶんは即席のね」

居並ぶ一同は、この歴史問題への脱線にいくらかぼうっとなっていたが、神父がその点を全体の謎の重要部分として強調しているのはなぜかと不審がってもいた。しかし、タラントは、もつれた脱線話から事実の網目をつまみだすのが商売だっただけに、ここいらで急に緊張してきた。鬚を生やした顎をいっそう突きだし、陰気そうな目を大きく見開いている。

「ほう」とタラントは言った――「即席にでっちあげたんだとね」

「それはちょっと大げさだったかもしれない」と神父はあわてずに認めて――「すくなくともこうは言えると思う――筋書きのほかの部分はずばぬけて慎重に作られていたのに、それに較べると、ここだけは行きあたりばったりで軽率なできになっている。しかし、筋書きを作った男は、まさか中世史のこまかな点が問題になるだろうとは夢にも思わなかった。たしかにこの計算は、たいていほかの計算がうまくいったように、九分《くぶ》どおりまで正しかったのですよ」

「計算したのは、いったい誰なんです？　誰がうまく計算したんです」と夫人は不意にせっかちに訊いた。「誰のことをお話しになっているんですの？　筋書きを作った男がどうの、あれがどうのと、そんなぼんやりした話であたしたちをいらいらさせて……もうたくさんですわ」

「殺人犯のことをしゃべっているんですよ」とブラウン神父。

「どの殺人事件の？」と夫人は鋭く訊いた。「まさか教授はお気の毒に、殺されたのだとでも？」

「殺されたかどうかはわかりませんよ。教授は死んだか、生きているか、どっちともわからないんですからね」とぐりぐり目のタラントが顎鬚のなかからむすっと言った。

「犯人はほかの人を殺した。スメール教授でない誰かを」と神父は重々しく言った。

「まだほかにもいるんですの？」と夫人。

「ダラムの教区牧師ジョン・ウォルターズさんです」と神父は精密なる返答をした。「犯人が殺したがっていたのはこの二人だけでした。その二人が同じ型の貴重な十字架をもっていたからです。この点、犯人は一種の偏執狂でした」

「どうも話はおかしすぎますよ」とタラントがつぶやいた。「だいたい、牧師さんがほんとに死んだかどうか、まだ確証がない。誰もまだ死体を見ちゃいないんですからね」

「いいや、見ていますとも」と神父。

銅鑼《どら》の音が響きわたったように突然、一座はしんとなった。その沈黙のなかで夫人は、女性の潜在意識が正確かつ活発に働いて、ふと思いあたり、危うく悲鳴をあげるところだった。

「まさしくみなさんがごらんになっているのです」と神父は語を継いだ。「牧師さんの死体を目《ま》のあたりにしたのです。生き身の牧師さんにはほんとうはお目にかからなかった。が、死体になった牧師さんは見ているのです。四本の大きな蠟燭の光で、目をさらのようにして眺めまわしたのですよ。死体は、身投げのはてに海中に漂っていたのではなく、十字軍以前に建てられた神殿のなかで、キリスト教会の王者のように盛装をこらして横たわっていたのです」

「てっとりばやく言えば」とタラントが言った――「あの香を塗った屍《しかばね》が実は被害者の死体だったという。そんなことが信じられますか」

ブラウン神父はしばらくおし黙っていた。が、やがて、どこ吹く風とばかりに、

「死体でまずわたしの目に留まったのは、あの十字架でした。というより、その十字架を吊りさげていた紐でした。みなさんには、数珠《じゅず》玉をつないだただの紐としか見えなかったでしょう。が、これもまた当然ながら、わたしの商売と縁が深かった。おぼえていなさるでしょう、あれは首飾りとしては非常に短いみたいで、顎のすぐそばに来ていて、数珠玉は数えるほどしか見えていませんでした。だが、見えていた数珠玉は特別な並べ方で、まず一つ、それから三つという具合でした。ひと目でわたしにはこれがロザリオ――端っこに十字架をつけた並みのロザリオ――であるのがわかったのですが、ロザリオには十個一組の玉が五組はあるもので、いくつか余分の玉がそれについているのに、これはいったいどうしたのか、ほかの玉はどこにあるのだろうと不審に思ったのです。老人の首に巻けばたっぷりひと巻き以上はあるはずです。このときにはさっぱりわけがわからなかった。その足りない分がどこへ行ったのかは、あとになって思いあたりました。それは、棺の隅に立てかけて蓋をささえていた木のつっかえ棒の根元に巻きつけてあった。かわいそうにスメールが十字架にちょっと手をふれただけで、たちまち棒がはずれ、棺の蓋が石の棍棒《こんぼう》よろしく脳天にうちかかってきたという仕組みなのです」

「これはたまげた！」とタラント。「ここまで聞けば、あなたのお話にも一理あるという気がしますな。それが事実だとしたら、ずいぶん妙な話ですね」

「このことに気づくと、すぐにほかのことも大よそ見当がついた。第一に頭にいれておいてもらいたいのは、責任ある考古学の権威者なら調査以外には手を出さないはずだということ。気の毒なウォルターズ老人は正直な古代研究家で、墓を開いて、防腐死体があるという伝説の真偽を確かめようとしていました。それ以外のことはみんな噂話で、こういう発見につきまとう予測やら誇張談にすぎなかったのです。実際、ウォルターズさんが棺を開けてみると、死体は防腐されておらず、もうとっくにちりと化していたではありませんか。ただ、あの地の底の礼拝堂で、蠟燭の火一つを頼りに調べまわっているうちに、その光が投げた影が二つあった。その一つは自分の影ではなかったのです」

「まあ!」とダイアナ夫人は首を絞められたような叫び声をあげた。「これで、あたしにもやっとわかりました。結局、あたしたちは下手人と会って、いっしょにお話をしたり冗談を言ったりしたあげく、夢物語を聞かせられ、さあどうぞと言わんばかりに逃がしてやったと言うんですね」

「仮装の牧師服を岩の上に置いて逃げていきおった」とブラウン神父は相槌《あいづち》をうった。「いたって簡単ですな。曲者は、たぶん教授があの悲しい顔の新聞記者と話をしているすきに、一足先に礼拝所についた。そこの空っぽの棺のそばで老牧師と出くわし、これを殺して黒衣をはぎ、自分がそれを着た。死体は、棺にあった古い法衣で包んでから棺に収め、さっき説明したようにロザリオと木の棒で細工をした。こうして第二の目標に罠をかけてから、曲者は表に出て、いかにも田舎の僧らしくお愛想たっぷりに、丁寧なあいさつをしたという順序ですな」

「えらく危険を冒していたわけですね」とタラントが異議を唱えた。「誰かウォルターズさんの顔を知っている者がいたら、どうする気だったんです?」

「半分気が狂っていたんですからね」と神父はうなずいた。「それに、あれだけの危険を冒すかいがあったということは、あんただって認めるでしょう。なんと言っても、奴は逃げおおせたんですからね」

「そりゃ、運はたしかによかったですよ」とタラントは不満そうに言った。「で、そいつはいったい何者です?」

「おっしゃるとおりですよ、あの男の運のいいことは」とブラウン神父は答えた。「まさしくいまのご質問の点についても謎の男はうまくやっているんです。その素姓《すじょう》はわたしどもにはわかるはずがないのです」

神父は顔をしかめてテーブルに目を落とした。「あの男は長年まといついて脅迫を続けてきた。しかし、一つだけ念には念をいれていたのは、自分の正体を隠しておくことでした。その秘密はいまだって破られてはいません。しかし、もしスメール先生がわたしの望みどおりに回復してくれたなら、この点について、もっと詳しいことが聞けるものと思ってよいでしょう」

「ところでスメール教授はどうするつもりなんでしょう?」とダイアナ夫人。

「まず探偵を雇って、犬のように殺人鬼の行方を追わせるでしょうな」とタラントが言った。

「ぼく自身そうしたいくらいだ」

「それで」と神父はさきほどからの困りきった渋面を不意に笑顔にくずして言った――「教授

がまずなすべきことはなにかということなら、わたしにわかるような気がします」

「と申しますと？」ダイアナ夫人が上品なうちにも力をこめて訊いた。

「教授はまず、みなさん全部に謝罪すべきです」とブラウン神父は言った。

しかし、問題の大考古学者がやっと回復しかかった時分に、神父がその病床近くにすわってしゃべっていたのは、この問題ではなかった。それどころか、おもに口をきいたのも神父ではなかったのである。面談による刺激を避けるため短時間に制限されていたが、教授はこの時間を全部、神父との会談にあてたのだった。ブラウン神父はなにもしゃべらずにいて人を元気づけるという才能をもっていたので、スメールはせきを切ったように、人には言いにくい珍しいことをしゃべりまくった。

気を失ったときに必ず見る夢だとか、回復途上の病的な状態だとか、そんなことにまで話が及んだ。頭部に受けたひどい打撲傷が徐々にいえてゆくのは、往々にして不安定な過程であり、それがまたスメール教授のような特異な頭脳の場合には、その錯乱や歪曲《わいきょく》までもが結構独創的でおもしろいことがよくある。教授の見た夢は、専門の研究対象であるたくましいがこわばった古代芸術にも似て、不鮮明な線画というよりは骨太で巨大な模様と言うべきものだった。四角あるいは三角の後光をせおった見慣れぬ聖者、高々と突きでた金冠をいただき、光輪をめぐらした平たい顔、東方産の鷲《わし》、女のように頭髪を結んで顎鬚を生やした男、そのそそり立つような頭飾り。そういったもののなかでたった一つ、ずっと単純ですっきりしたものの形が教授の空想をほしいままにする記憶のうちに絶えずよみがえっていた。こういったビザンチンふうの模様は薄れた金地の上の炎のように刻みつけられているのだが、それは幾度も幾度も、その金のように薄れては消えてゆく……あとにはなにも残らない。が、例外が一つあって、それは黒々としたあらわな岩壁で、そこに魚の鱗光《りんこう》にひたした指で描きつけたような魚の絵が一つ、ぎらぎらと輝いているのだ。それは、あの地底の廊下で、とある角のかげから初めて曲者の声を聞いたときに、教授が見あげていた図形にほかならなかった。

「こうしてやっとのことで」と教授は言うのだった――「あの絵と、あの声の意味がわかってきたような気がします。このことは前にはさっぱり理解できなかったのです。いったいわたしは、なんだって心配する必要があるんだ――百万人もの正気な人間が形づくる社会のなかで、それに敵対するたった一人の狂人がわたしを迫害するとか、死ぬまで追いまわすとかほざく気になったからといって、なにも心を悩ますことはないじゃないか――そう思ったのです。あの暗い地下の礼拝所でキリストの秘密のしるしを岩に描きつけた人は、もっと違った形で迫害されていたのです。その人は孤独な狂人でした。正気の社会が総がかりでその人を助けるのではなく抹殺してしまおうとしていたのです。

わたしもよくいらいらと気をもんでは、わたしを苦しめているのはあいつだろうか、いや、こいつだろうかと頭をひねったものです。タラントじゃないだろうか、それともレナード・スミスか、あのグループのうちの誰がそうだかわかったもんじゃない。いや、連中は全部ぐるかもしれないぞ。もしあの船に乗っていた全部の人間、同じ汽車に乗ったすべての人、この村に住むあらゆる人がそうだとしたら……とにかく、わたしに関するかぎりこの人たちがみんな殺人鬼だとしたならば、いったいどうしよう。わたしはこんなふうに考えていました——時も時、地の底深く闇のなかを這うように歩いているそのときに、わたしを片づけてしまおうという男が現われたのだから、こっちはびっくり仰天して警戒を厳にするのも無理からぬことだ。もしその曲者がすでに日光のなかに現われでて、地上のすべてを我がものにし、あらゆる軍隊と群衆を支配しているとすれば、どういうことになるだろう。奴がもし出口という出口をふさぎ、あるいは煙でわたしを穴からいぶりだし、あるいはまたわたしが表に頭を出した途端にばっさりと……そういう大規模な殺人計画にはもうどうしようもないんじゃないか。だいたい世界はこういうことを忘れております、つい最近まで戦争を忘れていたくらいですから」

「そうでした」とブラウン神父は言った——「そして戦争のほうは忘れずにやってきた。あの魚もご同様で、一度は地下に追いやられるかもしれないが、いつかそれはまた日なかに出てくるのです。パドアの聖アントニオもユーモラスにこう言ってますよ——ノアの洪水に生きのこれるのは魚だけ、とね」

翼ある剣

ブラウン神父はあるとき、帽子掛けに帽子を掛けるたびに軽い身ぶるいに襲われるということが続いた。この珍しい癖の起こりはごくささいなことだったが、それはもっと遙かにこみいった事件の一部だった。けれども、忙しい生活を送っている神父にこの事件全体を思い出させるきっかけとして残っているのは、このどうでもいいようなことだけらしいのだ。そもそもの起こりは、十二月のとりわけ霜の激しい朝、警察医のボイン博士が神父を呼びよせざるをえなかった事情のうちに見いだされるようだ。

ボイン博士は黒髪の大男で、アイルランド人である。博士のようなアイルランド人は、世界のどこででもお目にかかれる類で、科学的懐疑主義やら、唯物論やら、シニシズムやらを大っぴらにこまかくしゃべり立てながら、宗教上の儀式ということになると、生まれ故郷の先祖伝来の宗教に話をもってゆく以外にはどうしようもないご連中なのである。こういうアイルランド人の信仰がはたしてごく表面的なお体裁にすぎぬのか、それとも本質的な基層をなしているのか、それは明白ではないのだが、おそらくそれは表面的であると同時に根本的でもあるというわけで、そのあいだに唯物主義の中間層がぎっしり詰まっているのだろう。とにかく、ボイン博士がブラウン神父のお越しを願ったのは、いま言ったような苦手の問題がからまっていると思ったからなのだが、かといって、こういう問題はあまりありがたくないという気持ちを隠しはしなかった。

「どうも、あなたの力を借りていいものかどうか、はっきりしないんですがね」というごあいさつ。「なに一つとしてたしかなことがないんでしてね。これはいったい医者向きの事件か、警察が手を出すべき事件か、それとも坊さんの出る幕なのか、なにがなんだか皆目わからんのです」

「そうかな」とブラウン神父は笑顔で言ったものである――「あんたは警察官でもあり医者でもあるんですから、わたしのほうが少数派ということになりそうですな」

「少数派にしても、蘊蓄《うんちく》のある少数派というところでしょう、政治家連の言葉で言うと。つまり、あなたはご自分の専門のほかに我々のほうにもかかわりあいがあるというわけです。ところが、こんどの事件は、あなたの縄張りか、我々の仕事か、それとも精神科のお医者方の領域か、なんとも決めがたいのですよ。実は、この近所に住んでいるある男が――その家は、そら、丘の上のあの白い家です――その男から依頼状が届いて、血なまぐさい迫害から保護してくれと言うのです。事実はもうできるかぎり調べあげました。ここでそれを現実に起こったと思われるままに初めから筋道立ててお話ししたらよいでしょう。

イングランド西部に住む金持ちの地主エールマーという男が、かなり遅く結婚して、妻とのあいだにフィリップ、スティーヴン、アーノルドという三人の息子をもうけました。しかし、まだ独身だったころには相続人の見込みがなかったので、頭のいい、将来性のありそうな男の子を養子にしてあった。その名はジョン・ストレークといって、生まれはあまりはっきりせず、捨て子だったという噂もあるくらいで、ジプシーだったという人もあります。ジプシー説が出てきたのも一つには、エールマーが老境に入ってからあれやこれやの神秘主義に頭を突っこんで、手相見や星占いにまで凝ったという事実との混同からのようですが、三人の息子たちに言わせると、父親が神がかったのもみんなストレークが吹きこんだからだということです。三人はこれ以外にもずいぶんいろいろなことを吹聴《ふいちょう》しているのです。ストレークはものすごい悪党で、とりわけ嘘にかけては天才といってよく、即席に嘘をでっちあげて、警察官でもだましてしまうほどの腕前だ、とか。ですが、いろいろ事情を考えあわせてみると、こういう偏見をもたれるのも無理はないと言えないこともないのです。どういう成り行きになっていたかということは、あなたにもおわかりでしょう。老人は財産をそっくりこの養子に遺して逝《い》ったのです。老人が死ぬと、三人の実子は遺言状に異議を唱えました。父親は脅迫に負けて、あけすけに言うと、あほうのようにたわごとを並べ立てたのだ、ストレークは世にも不思議な方法で、看護婦や家族がつき添っている臨終間近の養父を脅迫したのだ——そう言いはったのです。結局、死んだ父親の精神状態についてなにか証明されたらしく、裁判所は判決を無効にし、三人の息子が遺産を相続しました。ストレークは形相もすさまじくわめき立て、三人とも順ぐりに殺してやる、この復讐《ふくしゅう》からは絶対に逃《のが》れることができないのだと言ったそうです。警察に保護を求めているのは、この兄弟の末っ子のアーノルド・エールマーなのです」

「末っ子ですって」と神父はいかめしく相手を見て言った。

「ええ」とボイン。「ほかの二人は死んでしまったのです」

しばらく間をおいてからボインは先を続けた。「そもそもこれからして怪しいのです。兄が二人とも殺されたのだという証拠はないのですが、その疑いは大いにあります。父親の跡を継いで地主になった長男は庭で自殺したそうですし、工場主になっていた次男は工場で機械に頭を打たれた――足を踏みはずして倒れただけかもしれませんが。しかし、これがもし両方ともストレークの仕業《しわざ》だとしたら、その手口も逃げ方も巧妙極まるものです。逆に、この事件全体が、陰謀を心配するあまり頭がおかしくなって、単なる偶然の一致を犯罪だと妄想したものにすぎないのかもしれません。さて、そこでお願いというのはほかでもありませんで、警察官ではない、分別のある方がアーノルド・エールマーさんを訪れて話し、相手がどういう状態にあるか見届けてきてほしいのです。妄想をほしいままにしている人間がどんなふうに見えるか、逆に真実を語っている人間がどんなであるか、それはあなたならよくご存じのはずです。我々警察が乗りだす前にひとつ様子を探ってきていただきたいのですが」

「どうも妙ですな」と神父はここで言った。「あんた方がこれまで事件に手をつけなかったというのはどうもおかしい。もしこの事件に怪しいところがあるとすれば、その怪はもうだいぶ前から続いていたわけでしょう。アーノルドはなぜいまになって初めて頼みに来たのか、なにか特別の理由でもあるのですか?」

「わたしだってそれは考えてみましたよ」とボイン博士は答えた。「アーノルドはなるほどその理由をはっきり語ってくれましたが、正直なところ、それを聞いていると、この話がそっくり薄ばかの変わり者の気まぐれにすぎないんじゃないかと、思われてくるのです。こう言うんですよ、雇い人がみんな急にストライキを起こして出てしまったから、警察に家事万端を見てもらわなくてはならぬ。よくよく聞いてみると、あの丘の上の家から雇い人がほとんど出てしまったというのは事実です。むろん町の人たちは例によってまことしやかな噂をたてていますが、それはごく一方的な見解なんでしょう。雇い人たちの報告だと、主人はそわそわしたり、びくびくしたりするのが高じて、無理難題をふっかけるようになった。番兵みたいに家の護衛をやらせたり、病院の夜勤看護婦そこのけの不寝番を言いつけたり、主人を一人きりにしてはいけないので雇い人は自分一人になることができないという不便があったり、そういうわけで雇い人一同は主人が常人ではないことを声高らかに宣言して退去したのです。むろん、これだけじゃアルバートが狂人であるという証拠にはなりません。ですが、それにしても、いまどき自分の執事や女中に武器をもたせて護衛をさせようなんて、ただごとじゃありませんよ」

「なるほど」と神父は笑顔で言った――「そこでエールマーさんは、女中が警官の役目を果してくれないから警官に女中をやらせたいというわけなんですね」

「ずいぶん人をくった話です」と医者は相槌《あいづち》をうった。「それでも、いちおう妥協策をためしてみるまでは、すげなく断るのも危険だと思ったのです。あなたがその妥協策というわけです」

「よろしい」と神父は簡略に言った。「よかったらいますぐ出かけて会ってみましょう」

小さな町のまわりは起伏の多い土地で、霜で凍りつき、空は鋼鉄のように冷たく澄んでいたけれども、北東の天には燃えるようなすさまじい後光を背負った雲がのぼりはじめていた。この暗い不気味な雲を背景に、丘の上の家とその短い柱廊の青白い柱が輝いていた。それは曲がりくねった道が丘の起伏を横切ってそこへ達し、黒い茂みのなかに消えていた。茂みに入る直前、空気はみるみる冷えていって、氷室か北極に近づいたときのようだった。だがブラウン神父は、こういう空想は空想としか考えない非常な現実家だった。で、その家のうしろから這いあがってくるような大きな鉛色の雲に一瞥《いちべつ》を投げて、愉快そうにただ一言、

「どうも雪になるらしい」

イタリア式の低い装飾的な鉄の門を通って神父は庭に入った。秩序あるものが雑然としているときによく感じる、あの一抹《いちまつ》のわびしさがそこにあった。深緑の草木が霜をかすかにまぶされて灰色になり、大きな雑草が花壇の色あせた模様をぎざぎざの額縁のように囲っていた。家そのものは、灌木《かんぼく》とやぶの発育不全の茂みのなかに腰まで隠して立っていた。この屋敷の植物は大部分が常緑樹か、寒さに強い植物だった。そのせいで、いかにもうっそうとして重厚に茂っているのに、北国の感じが強すぎて豪華とは言えなかった。北極圏の密林とでも言ったらよかろうか。ある意味では家自体もそうだった。柱廊と古典的な前面《ファサード》の様子が、いかにも地中海を見わたしていてよさそうなものなのに、事実は北海の風に色あせてちぢこまっているようだった。ここかしこの古典的な装飾がこの対比をなおいっそう強めていて、女の柱像や悲劇喜劇の仮面の彫刻が建物の隅々から小道がいりくんだ灰色の庭を見おろしていたが、その像の顔ときたら、霜やけでただれたようになっていた。柱頭の渦巻き形装飾《ヴォルユート》は寒さでちぢこまってい

るもののようだった。

　ブラウン神父は、大きな柱が両側に並ぶ正方形のポーチへと草深い段々をあがって、そこのドアをノックした。四分ほど経ってからもう一度ノックし、それからドアに背を向けて根気よく静かに待って、たそがれるあたりの景色を眺めていた。あたりは、北の方からやってきたあの大きな雲の影になってみるみる暗さを増していった。その薄くらがりのなかで頭の上に黒々と大きく見えるポーチの柱の列のかなた上空に目を移した折も折、ちょうどその暗雲が屋根の上にかかって天蓋《てんがい》のようにポーチの上へたれこめてきて、そのゆっくりと動く乳白色の縁《ふち》が見えた。かすかに色づいた縁のあるこの灰色の天蓋は、向こうの庭に静々と沈んでくるらしく、ついには、先刻までの澄みきった淡い青色の冬空が数本の銀の帯と千切れ雲の弱々しい日没となってしまった。ブラウン神父はまだ待っていたが、なかでは物音一つしなかった。

　神父はそこで段々をくだり、家のまわりを回って別の入口をさがした。やっとのことで、長く続いた壁に一つだけ脇手の入口があるのを見つけ、ここでもドアをしきりに叩き、やはりまたしばらく待ってみた。それから、ノブに手をやってみると、かんぬきがかかっているのか、あるいはなにかでしっかりおさえてあるらしいのがわかった。神父は家のこっちの側に沿って歩きながら、この現在の情況が意味しうる可能性の数々を考えた。変わり者のエールマー氏はこっちがいくら呼んでも聞こえないほど家の奥深く閉じこもっているのだろうか。それとも、誰であろうと自分に声をかける者があれば、それは復讐を狙うストレークの挑戦の叫びにちがいないと思って、いっそう奥にひっこんでしまうのか。この朝逃げだしてきた雇い人たちは、逃げだすときドアの錠を一つはずしただけで、それを主人がまたかけてしまったのかもしれない。しかし、あとで主人がどんなに注意したにしても、雇い人があの際それほど戸締まりに留意したとは思えない。神父はそのまま家のまわりを歩きつづけた。気どってはいるものの、あまり大きくはない家だったので、神父はまもなく、その一周をおえたことに気づいたが、それからすぐに、どこかにあるのではないかと考えていた当のものを見つけた。とある一室のフランス窓が、カーテンがひいてある上に蔦で蔽《おお》われてはいたが、誰かが忘れて開けっぱなしにしたと見え、かすかに開いていた。それを利用して神父は中央の部屋に入りこんだ。ここにはかなり古風の快い飾りがあって、片側に上へ行く階段があり、他の側にはどこかへ通じるドアがあった。正面には、近ごろの趣味にしてはちょっとけばけばしい、まっ赤なガラスをはめこんだドアがあり、なにか安っぽいステンドグラスに描かれた赤衣の人物を思わせた。右手の丸テーブルには水槽がのっていた。緑がかった水がいっぱいに入った大きな鉢で、魚やそれに類したものが大きなタンクのなかのように自由におよいでいた。そのまん前に、とても大きな緑の葉をつけたやしの一種が植わっていた。これはいかにも埃っぽく、ヴィクトリア時代初期の雰囲気を漂わせていたので、カーテンに仕切られた壁のくぼみに電話が見えたのはいささか意外だった。

「誰だ?」と一声、ステンドグラスのドアのかげから鋭い声がかかった。

「エールマーさんにお会いできましょうか?」と神父はいかにも申しわけなさそうに訊いた。

ドアが開き、孔雀緑《くじやくみどり》の部屋着を着た紳士が不審そうな表情で出てきた。ベッドから脱けでてきたばかりなのか、髪の毛が乱れていたが、目はただ覚めているというだけでなく油断のないところがあり、また怯《おび》えているようにも見えた。妄想や危険の幻に脅かされて憔悴《しょうすい》している男にはこういう矛盾《むじゅん》が見られることがあるのを神父は知っていた。横顔は堂々として鷲《わし》のような趣《おもむき》があったが、正面からだと、どこか締まりがなく、茶色のまばらな顎鬚《あごひげ》が荒れすさんでさえいるような第一印象だった。

「エールマーはわたしだが」と男は言った。「しかし、わたしは客を待つ習慣をやめにしている」

エールマー氏が不安そうな目つきをしていたので神父はただちに要点を切りだすことにした。たとえこの男の言う迫害が偏執狂の妄想にすぎぬとしても、神父としては別段それを憤慨《ふんがい》する理由もない。

「どうでしょうかな」と神父は穏やかに言った――「ほんとうに客を待つことが一度もないのでしょうか?」

「恐れいった」と主人はしっかりした口調で言った。「わたしはいつもある一人の客を待っている。それがわたしを尋ねる最後の男となるかもしれない」

「そうなっては困りますな」とブラウン神父――「しかし、思いますにこのわたしはあまりその男には似ていないらしいのが、せめてものしあわせです」

エールマー氏は身体をゆすって荒々しい笑い声をたてた。「まったく似ていないな」

「エールマーさん」とここで、神父は率直に呼びかけた。「無礼なまねをしたのはおゆるしください。実はある友人からあんたのご心痛の模様を聞かされて、なにかわたしでお役に立てることがあるかどうか見てきてくれという注文を受けたのです。ほんとうを申しますと、これでもわたしはこういうような事件に経験がなくもないのでして」

「こんな事件がほかにあるものか」とエールマー。

「つまり、あんたの不運なご家族が亡くなったのは普通の死に方じゃなかったのだというわけですね」

「あれは普通の殺人とも違うのだ」と主人は答えた。「わたしたち一家を死へ駆り立てている男は地獄犬《ヘル・ハウンド》で、その力は地獄から得ている」

「すべての悪は一つのところから出ています」と神父はいかめしく言った。「それにしても、どうしてあれがありきたりの殺人とは違うとわかったのですか」

エールマーは黙ったまま身ぶりで客に椅子をすすめた。そうして自分もおもむろに腰をおろし、膝に手を置いて顔をしかめた。けれども、もう一度目をあげたときにはずっと平静で思慮深そうな顔になって声も落ち着いていた。

「神父さん」と声をかける。「わたしをすこしでも頭のおかしい人間と考えてもらいたくありません。こういう結論に達したのはあくまでも理性の働きによるのです。不幸にして理性がその結論へ導いたのだからしかたがない。こういうことに関する本をずいぶん読みました。父はあまり人に知られていない方面の学者だったのですが、わたし一人がその血筋を受けついで、父の蔵書を遺産にもらいました。しかし、これからする話は、本で読んだことばかりでなく、現にこの目で見たことをも土台にしているのです」

ブラウン神父がうなずくと、主人はまるで一語一語を拾い集めるようにして続けた。

「上の兄の事件のときには最初は確信がもてなかった。射殺された現場にはなんのしるしも足跡もなく、ピストルは死体の傍らにそのままになっていました。しかし、たしかに兄はわたしたち兄弟の敵から来た脅迫状を受けとったばかりでした。手紙には翼の生えた短剣のようなしるしがついていましたからまちがいありません。これは奴のとんでもない神秘めかしたやり口なのです。それに召使いが言うのに、彼女は庭の塀《へい》に沿って薄くらがりのなかを猫にしては大きすぎるものが動くのを見たそうです。この話はただこれだけのことにしておきましょう。わたしに言えることはただ、もし殺人者がやってきたとしても、まんまと足跡一つ残さずに逃げのびたのにちがいないということです。ところが、下の兄のスティーヴンが死んだときには違っていました。わたしがすべてを悟ったのはそのときからです。工場の塔の下の足場で一台の機械が動いていました。わたしは兄が鉄のハンマーに打たれて倒れるとすぐそこへ登ってみました。そのハンマー以外のなにものも兄を打ったわけではないのですが、わたしはあるものをこの目でしかと見たのです。

工場の煙がもうもうと流れてきて、わたしと工場の塔をさえぎりました。しかし、煙のすきまから塔のてっぺんに黒いマントのようなものにくるまった人の姿が見えた。すぐにまた硫黄の色をした煙が塔とわたしのあいだに流れ、それが晴れあがってからもう一度かなたの煙突を見あげると、そこにはもうなにも見えなかった。わたしは理性人だ。けれども、その怪人物がいったいどういう具合にあの目のくらくらするような、誰にも登れないてっぺんに行って、そこから逃げだしたのか、この世のありとあらゆる理性人にお伺いをたててみたい」

ここでスフィンクスが挑戦するような目つきで神父を見つめ、しばらく黙りこくっていたが、いきなり、

「兄の頭は叩きつぶされていましたが、胴は大したことはなく、ポケットのなかから前日の消印と空飛ぶ剣のマークがある警告状が見つかりました。

どうもこの翼ある剣というのが単なる思いつきでも偶然でもないらしいのです。このいまいましい男には偶然性というものがない。あれは計画の権化《ごんげ》みたいな男です。とても陰険で複雑極まる計画ですが。奴の心を織りなしているのは精緻な計画だけじゃありません、あらゆる種類の秘密の言葉や符号や合図や絵模様がぎっしり詰まっているのです。奴は世界にかつて存在しなかった大悪人です。あれは邪《よこしま》な神秘家なのです。ところでこのしるしですが、わたしにはその意味が全部わかっているとは申しません。しかし、やはりこれは、わたしたち不幸な一家の周囲をうろついていたときの奴の行動で、なによりも注目すべき、ほとんど信じられないようなことと関係があるのにちがいないのです。翼を生やした武器ということと、フィリップが庭の芝生で打ちのめされていながら、あたりの地面や芝生には足跡一つなかったという謎とのあいだに、なにか関係がないだろうか？　翼ある矢のように空をゆく短剣と、あのぐらつきそうな塔のてっぺんにぶらさがっていた翼ならぬマントの姿と、そのあいだにはなんの関係もないのでしょうか」

「というと」神父は考えこむようにして言った――「その男はいつでも空中をふわふわ浮いているわけなんですか」

「新約に出てくる魔術師シモン・マグスがそうだった」とエールマー。「それに暗黒時代にもっともはやった予言の一つに、反キリストは飛ぶことができるだろうというのがあった。それはとにかく、あの手紙には空飛ぶ短剣が描いてあった。実際に飛ぶかどうかは別として、人を突き刺すことはたしかにできる道具です」

「それがどんな紙に描いてあったか気をつけてみましたか?」とブラウン神父は訊いた。「ありふれた紙でしたかな?」

スフィンクスのような顔がだしぬけに荒々しい笑いにくずれた。

「どういう紙だかごらんになればいい」とエールマーはとげとげしく言った。「わたしのところにもけさ一通やってきたんでね」

エールマーは椅子の背にもたれて、いくらか短すぎるグリーンの部屋着の下から長い足を突きだし、鬚の生えた顎を胸の上に休ませていた。そのままの姿勢をくずさないで、片手を部屋着のポケットに深く入れ、一枚の紙をこわばった胸の先にひらひらさせて差しだした。その様子はどこか中風病みのようで、こわばっていながらいまにも頽《くずお》れそうだった。しかし奇妙にも、神父の放った次の言葉でしゃんとなった。

ブラウン神父は差しだされた紙を例によって近眼らしく目をぱちくりさせて眺めていた。紙の質は珍しいもので、画家のスケッチブックから取ったのか、ざらざらしているがありふれた紙ではなかった。あのヘルメスの杖のように翼の飾りがついた短剣が赤インクで大胆に描かれ、次の文句が記されていた――「死は、おまえの兄たちの場合と同じく、この翌日に襲いきたらん」

ブラウン神父は紙片を床に落とすとすわったまま身体をすっくと伸ばした。

「こんなことで取り乱してはなりませんぞ」と神父はきっぱり言ったのである。「こういう悪魔のような連中はいつもわたしたちの希望をなくさせて骨抜きにしてしまうのです」

神父がいささか驚いたことに、ぐんにゃりしていた男の身体に覚醒の波がうったかと見るまに、夢から叩き起こされたもののようにがばと椅子から立ちあがった。

「そうだ、そのとおりだ」とエールマーは不気味なほど活気づいて叫んだ。「悪魔め、こっちはすこしも希望を失ってないし、骨抜きにもなっていないのを見るがいい。わたしにはきっとあなたの想像している以上に希望も力もあるのだ」両手をポケットにいれたままで、眉を寄せて神父を見おろしていたが、神父はこの一瞬の緊張した沈黙のあいだ、ふとこの男は長いこと危険に直面していたので頭が変になったのではないかといぶかった。しかし、またしゃべりだした男の様子はどう見ても正気だった。

「兄たちが不運にも負けてしまったのは、見当違いの武器を使っていたからだと思いますね。フィリップは拳銃を身につけていました。だからこそ死んだときに自殺だと言われたのです。スティーヴンは警察の保護を受けていましたが、自分を滑稽《こっけい》に見せたくないという気持ちが働いていていて、ほんのしばらくのあいだ足場に登ったときに、警官があとからついてくるのを許さなかった。二人とも父が老後に信奉したおかしな神秘主義に対する反動から懐疑的な冷笑家になっていたのです。けれどもわたしは、父だって兄たちが見くびっていたようなものじゃなかったことを知っています。そりゃ、たしかに父は魔術を研究したばかり、しまいには悪魔《ブラック》の魔術に倒されました。あの悪漢のストレークの魔術にかかったのです。けれども、兄たちはそれに対する解毒法を取り違えていた。悪魔の妖術に対する解毒剤は野蛮な唯物思想でも、世俗の知恵でもない。黒魔術を解毒するのは白魔術なのです」

「そうは言っても」とブラウン神父は言った――「いったいあんたはなにを白魔術というのか、それがわからなくてはどうしようもない」

「つまり銀の魔術ということですよ」と相手は秘密の啓示を教えてでもいるように低い声で言った。そして、しばらく黙っていてから「その銀の魔術という意味がわかりますか？　ちょっと失礼」

背を向けると、赤いガラスのはまった中央のドアを開けて廊下に出ていった。この家はブラウン神父が考えたほど奥行きがなく、そのドアは奥の各室へ通ずるものではなく、廊下は庭へ出る外側のドアで終わりになっていた。この廊下の片側にもドアがあったが、神父は、なるほどそこが主人の寝室で、さっきあの男はそこから部屋着のまま飛びだしてきたのにちがいないと考えた。このドアのある側には、ありふれた帽子掛けに古い帽子や外套《がいとう》が乱雑にかかっているきりだったが、反対側にはずっと興味をそそるものがあった。それは深い色の樫《かし》の食器戸棚で、銀器が少々ならべられ、その上には戦利品だか装飾品だか古風な武器がかかっていた。ちょうどそこのところでアーノルド・エールマーは歩をとめ、銃口が鐘の形をした長い旧式のピストルを見あげたのである。

つきあたりのドアがほんのわずか開いていて、このすきまから一条の白光がさしこんでいた。神父は、自然の事物に対する本能がすこぶる敏感だったので、この白い光が異常に明るかったことから外でなにごとがあったかをいち早く察した。それはまさしく神父がこの家に近づく途中で予言したことだった。やにわに神父は驚く主人を尻目にそのわきを通り、ドアを開け放った。外には空白《ブランク》とも光輝《ブレーズ》とも言えるものが広がっていた。ドアからもれていたのは、日光の消極的な白さだけではなく、雪の積極的な白さでもあったのだ。大きくうねるようにくだっている田園の斜面、そのあたり一面が霜ふりのようでも無垢《むく》の純白のようでもある淡い白の輝きで蔽われていた。

「これはたしかに白魔術ですな」とブラウン神父は浮きうきした声で言った。そして、玄関のなかに入ってくるとこんどは「銀の魔術とも言えるわけですな」とつぶやいた。なるほど、純白の輝きが銀器に照りはえ、だんだんかげってゆく古武器の鋼《はがね》の部分があちこちできらめいている。沈思するエールマーの乱れた髪のまわりには銀の後光がさしているようだ。エールマーはこのとき顔を影で暗くしたまま異国ふうのピストルを手にして振り返った。

「なぜこんな古めかしい喇叭銃《らっぱじゅう》を選ぶのか、おわかりになりますか」と尋ねる。「こういう弾をこめることができるからです」

食器棚から使徒の像のついたスプーンを取りだすと、がむしゃらに力をこめて、その先端の像をもぎとった。「さあ、さっきの部屋に戻りましょう」

「ダンディーの死についてなにか読んだことがおありですか？」とエールマーは二人がまた席に収まると訊いた（十七世紀スコットランドの子爵で、国民契約派などの非国教派をひどく弾圧した）。神父がそわそわしていたので一時は戸惑っていたが、もうその困惑も忘れたようだった。「クラバーズのグレアムのことですよ。国民契約派に迫害を加え、断崖をまっすぐにかけのぼる黒馬をもっていた。悪魔に身を売ったので、銀の弾でなければ撃ち殺せなかったんですよ。悪魔といえば、あなたがいてくれて心強いかぎりです。あなたはすくなくとも悪魔の存在は信じているんでしょう？」

「そう」とブラウン神父は答えた――「悪魔なら信じます。信じられないのはダンディーです。つまり、国民契約の伝説に出てくる、あの怖ろしい馬の持ち主としてのダンディーはどうしても信じられない。ジョン・グレアムは十七世紀の職業軍人にすぎず、そのなかで比較的にすぐれていたというだけのことでしょう。この男が暴れまわったのも、当人が龍騎兵だったからでして、決して龍だったからではありません。わたしの経験によると、悪魔に魂を売る者は、ダンディーみたいに肩で風を切って威張り歩きはしないのです。わたしが見てきた悪魔崇拝者はみんなそんなものではありませんでしたよ。社会に旋風を巻き起こしてはいけないのでいちいち名前はあげませんが、ダンディーと同じ時代の人間なら例にとってもいいでしょう。ステヤーのダルリンプルという人のことを聞いたことがありませんか？」

「ない」と相手は不機嫌に答えた。

「この男がやったことはお聞きでしょう。それがダンディーのやったどんなことよりもひどい。

それでいてこの男は忘れられたばかりに汚名を免れているのです。グレンコーの大虐殺をやったのはこの男なのですよ。学識が深く、頭の鋭い法律家で、政治家の道について極めて真剣で大きな考えをもった政治家でもあり、人柄はおとなしく、顔つきだって洗練されたインテリのそれだった。こういう男こそ悪魔におのれを売りわたすのですよ」

エールマーは椅子から腰を浮かし、大した熱のいれ方で相槌をうった。

「それだ、まさにそのとおりだ」と叫ぶ。「洗練されたインテリの顔！　ジョン・ストレークの顔がそれだ」

すっかり立ちあがってからは妙なまなざしでつくづく神父を見やった。「少々ここでお待ちになっていただければ」と頼む。「お見せしたいものがあるんです」

そして中央のドアから出て、うしろ手でぴたりと締めていった。さだめし、あの古めかしい食器棚か、寝室へでも行くのだろう。ブラウン神父はそんなことを考えながらぼんやりすわって絨毯《じゅうたん》を見つめていた。絨毯の上にはドアのガラスからほのかな赤い光がさしこんでいた。一度それはルビーのように明るくなったようだったが、荒れ模様の空をゆく雲から出た太陽がまた別の雲に隠されたためだろうか、すぐにまた暗くなった。薄暗い緑の鉢に水棲生物が泳ぎまわっているほかは、なに一つ動いてはいなかった。ブラウン神父はじっと考えこんでいた。二分も経ったころ、ふと立ちあがって静かに隅の電話のところへ行き、警察の友人ボイン博士を呼びだした。

「エールマーと、それから例の事件のことなんですけれど」と穏やかに説明する。「どうも妙な話なんですが、ぜんぜん根拠がないこともなさそうです。わたしがもしあんただったら、さっそくここへ何人かよこすところですがね。四人か五人でこの家を取りまく。なにごとか起こることになれば、とんだ脱走ぶりがごらんになれますよ」

神父は元の席へ戻って腰を掛けると、ドアのガラスからさしこむ光で血のように赤い光沢をだしている深い色の絨毯に見入った。その心は、ガラスをとおして入ってくる光のために思考の辺境地へとさまよい、世界が色づく前の白い曙光《しょこう》や、窓とかドアといった象徴物が隠したり見せたりするあらゆる神秘をそこで考えているのだった。

人間とは思えぬ咆哮《ほうこう》だが人間の声にはちがいない叫びが、閉じられたドアの向こうから、発砲の音と相前後して聞こえてきた。銃声のこだまがまだ消えぬうちにドアが荒々しく開き、主人がよろめきながら入ってきた。部屋着の肩のあたりが半分さけ、手にした長いピストルからはまだ煙が立ちのぼっていた。手も足もふるえがとまらぬようだったが、そのふるえは一つには不自然な笑いによるものでもあった。

「白い悪魔に栄えあれ」と叫ぶ。「銀の弾に栄えあれ。地獄犬も一度だけ狩りをやりすぎた。とうとう兄たちの仇《あだ》を討ったぞ」

椅子に身体を沈めると、手からピストルがすべりおちた。ブラウン神父はそのわきを矢のように走りぬけ、ガラスのドアから廊下へ突進した。途中で寝室のドアのノブに手をかけ、なかば身体をなかにいれるようにした。そして、なにかを調べるような恰好でちょっと身をかがめた。が、すぐにまた外側のドアに走りよってそれを開けた。

つい先刻までがらんとしていた雪野原に、なにか黒いものが横たわっていた。一見、巨大な蝙蝠《こうもり》かとも見えた。見直すと、それはやはり、人間だった。うつぶせに倒れたその身体の頭には、どこかラテン・アメリカの趣がある大きな黒帽子がかぶさっていた。黒い翼と思われたのは、ずばぬけて大きなまっ黒なマントのゆったりしたそでが、おそらくは偶然に、その長さいっぱいに両側に広がっていたのだった。両手とも隠れていたが、片方の手がどこにあるかは神父にわかった。その手のすぐ近く、マントの端の下に、なにか金属製の武器が光っていた。しかし、全体の印象は、奇妙なことながら、単純で豪華な紋章を見ているようだった。白地に描いた黒い鷲と言っていい。しかし、神父はそのまわりを歩き、帽子の下をのぞいて顔を一瞥した。その顔はまさしくアルバートが洗練されたインテリの顔と呼んだ――いや、懐疑的で峻厳《しゅんげん》だとさえ決めつけた顔にほかならなかった。ジョン・ストレークの顔。

「これはこれは」と神父はつぶやいた。「なるほどこれは鳥のように舞いおりてきたばかりでかい吸血鬼そっくりだ」

「それ以外にやってきようがないはずだ」と戸口から声がして、そっちを見ると、エールマーがまたそこに立っていた。

「歩いてくることはできなかったのかな?」とブラウン神父は質問をかわすような具合に言った。

エールマーは手を伸ばすと、雪の全景をなでるように動かした。

「雪をごらんなさい」と朗々としていながらもびくびくとしたような太い声で言った――「雪

には汚れ一つないじゃありませんか。あなた自身が白魔術と言ったくらい純白そのものです。何マイル行っても染み一つありゃしないでしょう、そこに落ちている醜い黒点のほかには。あなたとわたしのを除けば、足跡はどこにも見えない。この家には誰もどこからも近づいた形跡はないのです」

こう言って、しばらく奇妙な表情でまじまじと神父を見てから、

「もう一つ。こいつが飛ぶのに使うこのマントは歩くのには長すぎて邪魔になる。あんまり背が高いほうじゃないから、これは王様の裳裾《もすそ》みたいに長ったらしくうしろにひきずることになる。なんなら、マントを身体の上に広げてみてごらんなさい」

「いったいここでなにが起こったんですか?」だしぬけに神父が訊いた。

「あっというまの出来事でしたよ」とエールマーは答えた。「ドアからちょっと外を見て戻ろうとすると、渦巻くような風があたり一面に起こって、宙でくるくる回っている車輪に叩きのめされたようになった。とっさに振り向いてピストルをがむしゃらに撃った。そのとき見えたのは、いまあなたが見ているものだけだった。けれども、もし銃のなかに銀の弾をしこんでおかなかったら、それも見ることはできなかったにちがいない。雪の上には別の死体が倒れていることになったでしょう」

「ところで、死体はああやって雪のなかにほうっておいていいのですか?」と神父は訊いた。「それとも、あんたの部屋へ運びましょうか——廊下の途中にあるのはあんたの寝室なんでしょう?」

「いやいや」とエールマーはあわてて答えた――「警察が見にくるまでこのままにしておかなくちゃ。それに、こんなことはもう我慢ができなくなってきた。なにがなんでも、まず一杯ひっかけたいところです。そのあとでなら、わたしを絞首刑にしようと警察のかってだ」

中央の部屋に戻ると、棕櫚《しゅろ》の樹と魚の鉢のあいだでエールマーはよろけるようにして椅子に身体を落とした。入ってくるとき、よろめいて危うく鉢をひっくり返すところだったが、それでも戸棚の隅をあちこち手で探ってブランデーの瓶をなんとか見つけだしたのだった。この男はいつ見てもあまり手際のいいほうではなさそうだったが、それにしても、このときの取り乱し方は普通ではなかった。酒を一気に飲みほしてから、沈黙を埋めようとするかのように熱っぽい口調で語りはじめた。

「まだ本気になさらぬようですね。その目ではっきりと見ているのに。いいですか、ストレークの心霊とエールマー家の心霊との争いのかげにはこれ以上のことがあったんですよ。それに、あなたはこういうことを信じない人であっちゃいけないんだ。愚かな人たちが迷信と呼んでいるあらゆるものをあなたは守るべき立場にある。ばあさんたちがよく言う運だとかまじないだとかいったもの、銀の弾もその一つだけど、そういったお話もあながちでたらめだとはかぎらないのだと思いませんか。そういう言い伝えをカトリックとしてあなたはどう思います?」

「わたしは不可知論者なんですよ」と神父は笑顔で答えた。

「でたらめをおっしゃい」とエールマーはもどかしそうに言った。「いろんなことを信じるのがご商売でしょうに」

「そりゃ、あることはたしかに信じておる」と神父は一歩を譲ってから「当然そこで信じないこともあるというわけです」

エールマーは身をのりだし、催眠術師のような妙なすわった目つきで神父を見つめて、「あなたはこれを信じているんだな」と言った。「ありとあらゆることを信じている！　誰もみんなあらゆることを信じている——あらゆることを否定しているときでさえも。否定する者は信じている。不信者もまた信じている。こういう矛盾は実は矛盾してはいないのだと、あなたは心の奥底で感じてやしませんか。あらゆる矛盾を包含しつくす宇宙があるということが感じられませんか。魂は星の車にのってひとめぐりし、あらゆるものはまためぐりきたるのです。ストレークとわたしはいままでにきっといろんな姿で戦いつづけてきたのでしょう——獣《けもの》の姿には獣の姿で、鳥には鳥で。そして今後も二人は争いを続けるでしょう。しかし、二人がともに求めあい、必要としあっているからには、この永遠の憎悪とても永遠の愛にほかならぬのです。善も悪も唯一無二の車によって回転する。あなたは心の底で、あなたのあらゆる信仰の裏側で信じてはいないでしょうか——実在はただ一つあるのみで、わたしたちはその影にすぎぬのだということを。そして、森羅万象《しんらばんしょう》は唯一なるものの相であり、その中心にあっては人間は人類に、人類は神に化すのだということを」

「信じません」とブラウン神父は答えた。

表では夕闇がおりはじめ、こういう雪の宵の一時の現象として、空よりも地が明るく見えた。半分カーテンをひいた窓から正面玄関のポーチが見えたが、そこに屈強な男が立っているのをブラウン神父はかすかに認めることができた。そのまま目をさっき通りぬけてきたフランス窓になにげなく移すと、そこにも二つの人影がじっとたたずんでいるのがわかった。色ガラスつきの内側のドアはわずかに開いていて、向こうの短い廊下に二つの長細い影の先端が、横からさす夕べの光で誇張され、ゆがめられてはいたが、それでもいかにも人間の姿の灰色の戯画らしく見えていた。ボイン博士が早くも神父の電話による願いを果たしてくれたのだ。家は袋の鼠だった。

「いくら信じないと言ってもだめですよ」と主人は依然催眠術師のまなざしをして譲らない。「この永遠なるドラマの一部を我が目で見たばかりじゃありませんか。黒魔術でアーノルド・エールマーを殺すぞというジョン・ストレークの脅迫状をごらんになった。そしてアーノルド・エールマーが白魔術でジョン・ストレークを殺すのをごらんになった。いまは、そのエールマーがぴんぴんしてあなたに話しているのをごらんになっている。それでもかつあなたはこれをお信じにならない」

「さよう、信じませんな」と言うと、神父は辞去しようとするように立ちあがった。

「どうして信じない？」と相手。

神父はごくわずかに声をはりあげただけだったが、それは部屋の四隅に鐘の音のように響きわたった。

「なぜって、あんたはアーノルド・エールマーじゃないからですよ。正体はわかっている。あんたの名前はジョン・ストレークだ。あの兄弟の最後の一人を殺した。被害者は表で雪のなかに転がっている」

男の目の虹彩《こうさい》のまわりに白い輪が現われた。目玉をとびださんばかりにして相手を催眠術にかけ、支配してしまおうと最後の努力をしているらしかった。と、不意に横ざまに動いた。その瞬間、うしろのドアが開いて私服刑事の大男が彼の肩に静かに手を置いた。他の手はたれていたが、拳銃が握られている。あわてて四方を見まわすと、静かな部屋の隅という隅に私服刑事が立ちはだかっていた。

その晩、ブラウン神父はエールマー一家の悲劇についてもう一度ボイン博士と話しあった。こんどのほうが話は長く続いた。このころにはもう事件の中心をなす事実は明白となっていた。ジョン・ストレークが自分の本性を明かし、犯行まで自供したからだ。それでもやはり自分の勝利に鼻高々だったと言うべきだろう。エールマー家の最後の一人が死んで、ストレークの生涯をかけた仕事が完了したからには、もう自分の命も含めてこの世のいっさいがどうでもよいことに思えたのだ。

「あの男は一種の偏執狂でした」とブラウン神父は語った。「ほかのことにはまるで関心がなかった。ほかの人間を殺すことにも無関心でした。これはわたしにとって大いにありがたいことで、さっきから何度もこのことを考えてはほっとしているわけなのです。あんたもお気づきでしょうが、あんな空とぶ吸血鬼や銀の弾などという荒唐無稽《こうとうむけい》だが巧みな夢物語をでっちあげるかわりに、ありきたりの鉛の弾をわたしの身体に撃ちこんで退散すればそれですんだのですからね。あの最中にわたしは何度もこれを考えましたよ」

「どうしてそうしなかったのか?」とボイン。「わからない。いや、それだけじゃなくて、なにもかもわからない。いったいあなたはどうやって探りだしたんですか?」

「たいへん貴重な予備知識をあんたに授《さず》けていただきましたからね」と神父はつつましやかに答えた。「なかでも、ストレークが非常に創作力と想像力に富んだ嘘の名人で、しかも落ち着きはらってしゃあしゃあと嘘をつく男だということを聞いておいたのが、とても助けになりました。きょうの午後あの男には嘘が必要だった。そこで全力を尽くして嘘をつきまくった。その際、おそらくたった一つの誤りは、超自然の話を選んだことでしょう。あの男は、わたしが僧侶なのであらゆることを信じるにちがいないと思っていたのです。だいたい、この点についてはどの人も深く考えていないようですな」

「それよりも、わたしにはまださっぱりわけがわからない。話のほんとうの始まりから教えてください」

「そもそもの始まりは、あの部屋着でした」とブラウン神父はあっさり言った。「あれはわたしがこれまでに出くわした変装のなかでいちばん気がきいていた。家のなかで部屋着姿の男に会えば、これは自宅でくつろいでいるのだと誰だって考えてしまう。わたしもそう思いこんだ。ところが、しばらくすると、ささいなことだがいろいろ妙なことが、目に突きだした。あの男はピストルを取りだすと、腕をいっぱいに伸ばして引き金をひいてみたが、その恰好ときたら、初めて手にする武器が装填《そうてん》してあるかどうかをためしているみたいなへっぴり腰でした。自分の家の広間にあるピストルならば、装填してあるかどうかはわかっているはずです。ほかにも、ブランデーの瓶をあちこちさがしたり、魚の鉢にぶつかりそうになったりしたのも、どうもわたしの気にいらなかった。あんな壊れやすい物を自分の部屋に置いた人間は自然とそれを避けるような習慣になっているものです。しかし、そんなことはまあ気のせいだったかもしれない。ほんとうに重大なきっかけはこうなんです。あの男は二つのドアに挟まれた短い廊下から出てきた。その廊下には一つだけ別の部屋のドアがついていた。わたしはてっきりそれがこの男の出てきた寝室だと思っていたのですが、そのドアのノブに手をかけてみると、錠がかかっている。これはおかしいと思って鍵穴からのぞいてみると、がらんとした部屋で、人気《ひとけ》がないばかりか、ベッドもない空き部屋だった。とすると、男は部屋から出てきたのではなく、家の外からやってきたことになる。こう気がつくと、わたしはすべてがのみこめたように思った。

アーノルド・エールマーはたぶん二階で寝起きしていたのでしょう、部屋着のまま階段をおりてくると、赤ガラスのドアを通りぬけた。と、廊下のつきあたりに冬の日光を背に浮きあがった黒い姿、それはこの一家の宿敵だった。この縁広の黒い帽子をかぶった、背の高い、顎鬚の男は大きな黒マントをはためかせていた。この姿がエールマーのこの世での見おさめだった。ストレークがおどりかかって首を絞めるか、刺し殺すかしたのです。どっちの殺し方をしたかは検死がすむまで断定できません。とにかく、ストレークは狭い廊下の帽子掛けと古い食器棚のあいだに立って、勝ち誇った目で宿敵の最後の一人を眺めおろしていた。そのとき、思いがけぬ音がした。向こうの居間から足音が聞こえてくるではありませんか。それはわたしがフランス窓から侵入した音だったのです。

奴の変装ぶりはまさに即興の奇跡でした。いや、これには変装ばかりか夢物語も一役買ったのです。奴は大きな黒の帽子とマントを脱ぎすてると死人の部屋着に着がえた。そうしてから次に身の毛のよだつようなことをやってのけた。すくなくともわたしには、ほかのなによりもこのことがいちばん不気味に空想をそそるのです。なんと奴は死体を帽子掛けのくぎに外套みたいにぶらさげ、自分のマントでそれをすっぽり包んだ。マントは踵《かかと》の下までたれさがった。頭にはあの縁広の帽子をかぶせて見えなくした。空き部屋のドアに錠がおりているあの狭い廊下で死体を隠すには、それ以外に方法はなかったわけですが、それにしてもずいぶん頭のいい隠し方じゃありませんか。わたし自身その帽子掛けの前を通りながら、ただの帽子掛けだとばっかり思っていたのですから……なにも知らずにいたのだと思うと、いまでも寒気がしてきますよ。

死体はそのままかけっぱなしにしておいてもよかったのでしょう。けれども、わたしがいつそれを見つけないともかぎらない。見つけられれば、場所が場所だから、この死体はどういうわけのものだか説明をしなくてはならない。ここで奴はなおも大胆に、自分で死体を発見して自分でその説明をするという不敵な妙案を思いついた。

非凡でおそろしくも豊かな頭脳にひらめいたのは、代理を務めようという考えと、役柄を取りかえるという考えだった。もう自分はアーノルド・エールマーの役柄をひきうけてしまった。それなら、あの死んだ敵にジョン・ストレークの役を受け持たせていけないわけはない。このあべこべにするという考えには、あの暗い空想を好む男の心をひどくそそるものがあったのでしょう。言わば、怪奇の仮装舞踏会に不倶戴天《ふぐたいてん》の敵どうしが相手の姿に身をやつして乗りこんでゆくようなものだった。ただこの仮装舞踏会は死の舞踏となり、片方の踊り手は死人となるはずだった。奴はこんなふうに考えたのにちがいありませんな。これを考えながら、にやりと笑っているのが目に見えるようです」

ブラウン神父は大きな灰色の目で虚空《こくう》をにらんでいた。神父の顔のなかで際立っているのは、この目だけであり、それも、例のまばたきのトリックでぼやかされていないときにかぎるのだ。神父は淡々とまじめに語りつづけた。

「あらゆるものは神のお恵みです。とりわけ、理性や想像力など精神の偉大な能力ほど神のおかげなのです。こういったものはそれ自体としては善なるもので、たとえそれがゆがめられた場合にもその源を忘れてはならんのです。

ところで、問題の男ですが、あいつは心に極めて気高《けだか》い能力、物語を話す力をもっていたのですが、それがゆがめられてしまった。偉大な小説家だったのに、ただ、その話づくりの力を曲げて、実利的で邪な目的に向けてしまった。純粋な作り話ではなく、偽った事実で人をだますようになったのです。それはまず、念のいった言いわけやら、細かに組み立てた嘘やらでエールマー老人を欺《あざむ》くことで始まった。が、それにしたって、子どもがする大げさな話や出まかせと変わりなかったかもしれない。どうせ子どもという奴は、英国の王様を見たというのと妖精の王様を見たというのを同じと心得ているんですからな。これがだんだんあくどくなってきたのは、すべてこの悪徳を慢性化させるところの悪徳、すなわち高慢の心からです。自分がすばやく話を作りだし、独創的なやり方で仕あげてゆく巧妙な手腕をだんだん鼻にかけるようになった。エールマーの息子たちがストレークはいつも父親に魔法をかけていると言っていたのは、このことをさしていたので、これはまったく魔法と言ってよかった。『千一夜物語』のなかで物語作者が暴君をとりこにしたあの魔力と同じようなものだったのです。だから奴は最後まで詩人の誇りを抱き、大嘘つきらしく偽りの勇気を本物と信じこんで世界を闊歩《かっぽ》した。自分の首が危うくなったら、いつでも新しい『千一夜』を作りだしてみせるという意気ごみにあふれていたのです。それがきょう、危なくなった。

それでも、あの男はこれを単なる計略として実行していただけではない、夢幻劇《ファンタジー》として楽しんでもいたのです。奴はこうしてほんとうの話をさかさまにして語りだした。死んだ男を生きているかのようにし、生きている男を死んでしまった者として扱った。エールマーの部屋着は最初から着こんでいたが、そのうちにエールマーの身体も魂までも自分のものにしはじめた。あの死体を見たときの目つきも、ほんとうに自分の死体が雪のなかに冷たく転がっているのを見ているようだった。そうして死体を翼をひろげた鷲のような恰好にして、まるで肉食をする鳥が空から舞いおりてきた姿を思わせるようにしてから、自分のひらひらした長いマントでそれを包んだばかりか、ご丁寧に、銀の弾でなくては撃ち落とせない黒い鳥がどうのこうのという怪しいお伽噺《とぎばなし》でカムフラージュしたのです。奴のえらく芸術的な気質が白魔術と魔法よけに使う白銀というテーマを思いついたのは、食器棚の上で光っていた銀の飾りからか、それともドアの外で輝いていた雪からだったか、それはとにかくとして、彼はいかにも詩人らしくそれを自家薬籠中《じかやくろうちゅう》のものにした。しかも実務家の手際よさをもってそれをすばやくやってのけたのです。役柄をいれかえる偽装工作は、死体を雪の上に投げだして、ストレークの死体と見せかけることによって完成した。ストレークという男は空中のいたるところに出没する魔物で、迅速な翼と死の爪をもっているとおどかし、それで足跡が一つもついていないことなどを説明した。一つ、奴の芸術家的な大胆不敵さにはわたしも帽子を脱ぐことがあります。奴は自分の申し立の矛盾したところを逆に事実を証明する論拠に代えて、死体のマントが長すぎるのは普通の人間並みに地上を歩くものではないことを証明していると言ってのけたのです。しかし、そう言いながら奴はとても熱心にわたしを見つめた。そのとき、わたしはなんとなくこいつは大風呂敷を広げているんじゃないかと怪しんだのです」

　ボイン博士はなにか考えごとをしているようだった。「そのときにもう真相を見ぬいていたのですか?」博士は訊いた。「人間と人間がすりかわるなんていうことは、どうも妙ちきりんで、神経にこたえるんです。いったい、そういうことを遅かれ早かれ感づくということのほうがもっと不気味なんじゃないのですか。あなたはいつそれを怪しみだして、いつ確信されたのですか?」

「そう、ほんとうに怪しんだのは、あんたに電話をかけたときだったと思いますよ」と友人は答えた。「それもただ、締まっていたドアからさしこむ赤い光が絨毯の上で明滅していたからにすぎないのです。まるでひと吹きの血が復讐を叫びながら鮮やかな色になってくるように見えた。なぜこんな具合に変わるのだろうか?　太陽が出ていないことはわかっていました。どうしても外側の別の戸が庭に向かって開いたり閉じたりしているためだとしか考えられない。しかし、もし奴がこのときに表に出て敵を見たのなら、当然そこで驚きの声をあげたはずだ。ところが、騒ぎが起こったのはそれからしばらくたってからだったので、奴が外に出たのはなにか用があったから——つまり、なにか下準備をするためではなかったのかと疑いだしたのです。しかし、いつ確信を得たかということになると、これは別問題ですな。話も終わりに近づいたころ、奴がわたしに催眠術をかけ、護符のような視線と呪文のような声の魔術でわたしを牛耳《ぎゅうじ》ろうとしているのに気がついた。これはいつもエールマー老人に対して使っていた手にちがいない。しかし、それはあいつのしゃべり方ばかりじゃなくて、話の内容そのものについても言えることだった。彼の宗教と哲学もまた邪だったのです」

「どうもわたしは現実家なもんでして」と医者は不服そうに言った——「宗教や哲学についてはあまり頭を使ったことがないんです」

「それに頭を使わないうちは現実家にはなれませんて」とブラウン神父は言った。「よろしいですか、先生、あんたはわたしをかなりよく知っておいでだ。わたしが頑迷《がんめい》な迷信家じゃないことはご存じでしょう。あらゆる宗教にはあらゆる種類の人間がおるものです。悪い宗教にも善人がいるし、善い宗教にだって悪人もいる。しかし、ここに一つだけ、わたしが単なる現実家として学びとった事実があるのです。これはあくまでも経験から拾いとったもので、動物が曲芸を覚えたり、よいワインに商標がつけられたりするのと同じようなものです。さて、わたしがこれまでに出くわした悪党で哲学を論ずるような輩《やから》は必ずと言っていいくらい、東洋思想だとか再現説だとか化身説、運命の車輪だとか、おのがしっぽをかんでいる蛇だとか、そういった方向に哲学していたが、わたしはあくまでも実際の生活から、そういう蛇に仕えている連中には呪いがかかっているのに気がついた。腹ばいゆきてちりをくらうべしと旧約にあるとおりなのです。どんなごろつきや放蕩者《ほうとうもの》だってこのぐらいの精神的なことはしゃべることができるのです。むろん、こういう哲学だってその宗教的な根源においてはもっと違ったものであるのかもしれない。けれども、現にここにあるわたしらの実際の世界では、それはならず者の宗教なのです。わたしはだから、それを吹聴している人間がならず者であることがすぐにわかったのです」

「ほう」とボインは言った――「わたしはまた、ならず者なら手あたりしだいにどんな宗教でもうまく弁じ立てることができるんじゃないかと思いますがね」

「さよう、どんな宗教の信者にもなりすませるんです。見せかけであるからには、どんな宗教だって自分のものに見せかけることができるのです。無意識な偽善というだけのものならば、無意識な偽善家が充分やってのけられるのです。どんな顔にどんな仮面をつけたってかまわない。なにかお決まりの文句をそらんじたり、自分がなにか見解をもっていることを表明したりするのは誰にだってできる。わたしだって、往来のまんなかで拙者はウェスレーのメソジスト派でございとか、サンデマン派の信者でございともっともらしい顔で言うことができる――あんまりうまくいきますまいが。ところが、問題の男は芸術家ときている。芸術家という奴は、仮面がある程度まで地の顔とあわなければ満足しない。奴の外面は内面と照応しなくてはならんのです。つまり、自分の魂にある材料を使わないかぎり効果をあげることはできないのです。むろん、手前はウェスレーのメソジスト派でございと言うこともできたのだが、メソジストになったんでは、神秘主義者や宿命論者になったときのような雄弁がふるえない。神秘主義とか宿命論というのは、ああいう男が理想家になろうと本気で苦心しているときに思いつく理想なんですよ。できうるかぎり理想主義的になることがあの男のわたしを相手にしたゲームのすべてだった。そして、ああいう男がこういうことをくわだてるときの理想はたいていこういうものなのです。あの種の人間は、手から血をしたたらせながらも仏教のほうがキリスト教よりもすぐれているなどと本心から言ってのけることができるのです。それだけでも、奴の考えているキリスト教がどんなものだかということが怖ろしくもはっきりしてくる」

「これはどうも」と医者は笑い声で言った——「あなたはあの男を非難しているのか、弁護しているのか」

「ある人間を天才だと言うことは、その人物を弁護することではありません」とブラウン神父。「弁護しているどころではありません。それに、芸術家が一種の誠実さのために自分の正体を暴露するということは心理学上の事実です。レオナルド・ダ・ヴィンチは、まるで絵の描けない人のように絵を描くことができないでしょう。そう努めてみても、結果は弱々しいものの力強いパロディーになるに決まっている。あの男がもしウェスレーのメソジストを材料にしたら、きっとぞっとするほど異様ですばらしい効果を生みだしたでしょうね」

神父がいとまを乞うて家路についたころには、寒さはいっそうきびしくなっていた。それでいて、なにかうっとりとさせるような冷気だった。木々のたたずまいはまるで銀の燭台《しょくだい》のようだった——信じられない浄化のひんやりとした聖燭節《せいしょくせつ》。肌を突きさすような寒気、それはかつて清純なるものの心臓を貫いたあの純粋なる苦痛の刃のようだった。これはしかし心臓を凍らせてしまう寒さではなかった。ただ、人間の不滅で測り知れない生命力に対する有限な障害をすべて滅ぼしてしまうようには見えた。たそがれの薄緑の空、そこにはベツレヘムの星に似た星が一つ、不思議な矛盾によって、この空は清澄を極める洞《ほこら》に見えた。冷たい緑色の炉というようなものがあって、それが暖かい火と同じに万物をよみがえらせ、なべてのものがそのひえびえとした水晶の彩りの奥深く入ってゆけばゆくほど、一つ一つが翼ある生き物のように軽やかに、そして色ガラスのように鮮やかになってくるのだった。それは真理のうずきでふるえ、氷のような刃で真実を誤りから切りはなした。しかも、そこに残されたものがこれほど生き生きと感じられたことはない。あらゆる歓喜が氷山の中心にひそめられた一つの宝石になりきったかのようだった。

神父はこうした気分を自分でもわからないまま緑の夕陰に一歩また一歩と足を進め、この乙女のように溌溂とした空気をしだいに深く吸いこんでいった。なにかもう忘れられた混乱と異常がどこかに置きざりにされ、あるいは一掃されたように思えた——ちょうど雪があの血に飢えた男の足跡を塗りつぶしてしまったように。雪のなかを我が家めざして小刻みに歩きながら神父はふとつぶやくのだった——「それにしてもあの男が白魔術は存在すると言ったのは嘘じゃなかったのだな、見当違いのところにそれを見つけようとしたのがいけなかったのだ」

ダーナウェイ家の呪い

二人の風景画家が一つの風景を眺めていた。それは海の風景でもあって、二人とも妙に深い感銘をそこから受けていた。といっても、その印象はまったく同じではなかった。一方の画家、ロンドンから来た新進芸術家にとっては、それは見なれぬばかりか新しい風景だったが、他方の地元の画家——地方文化人とはいえこの地方の有名人以上の存在だった——にとっては、よく見知った風景だった。ところが、これがよく知っていればこそなお妙だともいえる風景だったのである。

二人が見たところ、色調と形に関するかぎりそれは夕空を背景にした砂地の広がりで、この全景は幾層かの暗い色彩のなかに休らっていた。光沢のない緑や青銅や茶、その全体を蔽《おお》うくすんだ色は単にどんよりしているだけでなく、薄暮のなかではある意味で黄金よりも神秘的だった。これらの水平な線を中途でくずしているものはたった一つ、野原から砂浜にかけて立っている長い建物で、その庭のへりの殺伐とした雑草や水草はいまにも海草とくっつきあいそうだった。しかし、この建物のいちばん風変わりな点は、その上部が廃墟のようにぎざぎざとして、幅の広い窓がたくさんあき、大きな裂け目が随所にあるので、薄れてゆく光のなかでは黒黒とした骨組みとしか見えないのに、その下側は窓などあったとしても煉瓦《れんが》でふさいだもので、たそがれの光ではその輪郭が辛うじて認められるだけだった。それでも、すくなくとも一つの窓だけはれっきとした窓にはちがいなく、しかもそれがなによりも希代なことに灯を映していた。

「いったいあんな貝殻みたいな家に住まっているものがあるのかね？」とロンドン子が感嘆した。ボヘミアンふうの大きな男で、まだ年が若かったが、もじゃもじゃした赤い顎鬚《あごひげ》のせいで、年よりも老けて見えていた。この男はチェルシーの芸術家街ではハリー・ペーンという名でよく知られていた。

「幽霊でも住んでいると思うでしょう」と友人のマーティン・ウッドが答えた。「実際、あそこに住んでいる人たちは幽霊みたいなところがあるんですよ」

どうも逆説じみたことだが、ロンドンの画家が新鮮な驚きを騒々しく表わして田舎者のようであるのにひきかえ、田舎の画家のほうが如才《じょさい》なく、経験の深い人らしく相手を大人っぽい愛想のよさでおかしそうに眺めていた。実際、後者のほうがずっと穏やかでハイカラなところがなく、服装も地味な色で、角ばってのほほんとした顔はきれいに剃ってあった。

「あれはもちろん時の流れの痕跡にすぎないのです」とウッド。「というよりも、昔の時代と、それとともに去った昔の家族たちの移りかわりの跡なのです。偉大なダーナウェイ家の最後の者たちがあそこに住んでます。いまどきの貧乏人よりはあの人たちのほうがよっぽど貧乏です。屋敷の最上階を住まえるように改造する余裕さえもないんですからね。だからまるで蝙蝠《こうもり》か梟《ふくろう》のように廃墟の下の部屋に住んでいるんです。そのくせ、薔薇《ばら》戦争のころからの代々の主《あるじ》の肖像画があるし、イギリスで最初の肖像画まであって、なかには非常に上出来のものもあるんです。こんなことを知っているのも、肖像画の手入れをするときに専門家としての意見を訊かれたからです。なかに一つ、ごく初期のものでずばぬけたのがありましたよ、見ていてぞくぞくしてくるようなのが」

「だいたいあの家全体を見ただけでぞくぞくとしてくるな」とペーンが言った。

「まあ、実を言うと、そのとおりですよ」

しばらくして二人の沈黙をかき乱したのは、堀際の水草のかすかなざわめきだった。二人は思わずどきりとした。無理もない、黒ずんだ姿が堤に沿ってすばやく、あわてふためいた鳥のようにかすめていくのを見たからだ。しかし、それは手に黒い鞄をさげた急ぎ足の男にすぎなかった。黄ばんだ長い顔、鋭い目、その目がこころもちいぶかしげにロンドンの男をちらと見た。

「なんだ、バーネット博士だ」とウッドはほっとしたように言った。「こんばんは、先生。お屋敷へ行くところなんですか？　まさか誰か悪いんじゃないんでしょうね」

「あんな家じゃいつも誰かしらいけないに決まっている」と医者はぼやいた。「ただ、ときたま、あんまり病気が悪くって自分で気がつかないことがあるんだ。あそこの空気からしてもう黴菌《ばいきん》だらけだ。オーストラリアから来る青年がかわいそうなくらいだ」

「誰なんです」とペーンがだしぬけにぼんやりと訊いた——「そのオーストラリアから来る人

というのは？」

「ふん」と医者は鼻を鳴らした。「お友だちのウッド君から聞かなかったんですか。たしかきょう来るんじゃなかったかな。旧式なメロドラマによるちょっとしたロマンスというところだな。相続人が植民地から落ちぶれたわが城に帰ってくる。そこの蔦に蔽われた塔で首を長くしている婦人と古くからの契約によって結婚するというくだりまで、お膳立てがすっかりできている。古めかしいお話じゃありませんか。ところが、こういうことも実際にときどき起こるんですな。青年はちょっとしたお金ももっている。これはまあこの話のなかでたった一つの朗報ですな」

「ところで、その蔦の塔にいるダーナウェイ嬢はそれをどう思っているんだろう？」とマーティン・ウッドがそっけなく訊いた。

「ほかのあらゆることに対するのと同じことを考えているだろうね」と医者。「あの雑草に囲まれた迷信の巣窟《そうくつ》に住む連中は、考えごとなんかしやしない、ただ夢を見て、成り行きまかせにするだけだ。あの女《ひと》はきっと、家訓と植民地帰りの夫をダーナウェイ家の宿命の一つとして甘んじて受けいれるでしょうな。たとえその青年が殺人狂の男だとしたって、あの女はそれこそ日没の風景にふさわしい最後の飾りだと思うのが関の山ですよ」

「そんなふうに話したんじゃ、ロンドンから来た友だちがこの土地のわたしの友人のことをよほど意気地のない人たちだと思いこんでしまいますよ」とウッドは笑い声で言った。「わたしは友人を連れてあの家を訪ねるつもりだったんです。苟《いやしく》も画家であるかぎりは、チャンスがあったらダーナウェイ家の肖像画は断じて見ておくべきです。けれども、あそこがいまオーストラリア人の侵略下にあるんなら、訪問は延期したほうがいいでしょう」

「いやいや、是が非でも行って、みんなに会ってくれたまえ」とバーネット先生は言った。「ご連中のむしばまれた生活を明るくすることならなんでも、わたしの仕事にはプラスになる。あの世界を陽気にするのにはよっぽど大勢の植民地帰りの甥が必要なんですよ。人数が多ければ多いほど明るくなるというものだ。さあ、わたしが連れていってあげよう」

　近づいて見ると家は潮の入る堀のなかに島のように孤立していた。堀を橋で渡ると、向こう側はかなり幅のある石畳というか築堤が広がっていて、幾筋ものひびがはしり、そのあいまからあちらこちらに雑草や茨《いばら》が小さくかたまって生えていた。この岩の壇は灰色のたそがれのなかにだだっぴろく見えたが、こんな土地の一角で空漠《くうばく》とした荒地の気分がこうも感じられようとは、思いもかけぬことだった。この壇は片側だけ突きでて大きな階段のようになり、その向こうにドアがあった。頭がつっかえそうなチューダー様式のアーチが開いているのだが、なかは洞窟のように暗かった。

　元気のいい医者は儀式ばらずに二人をなかへ案内したが、そのときペーンはもう一度、重苦しい気分を感じた。荒れすさんだ塔の上へと、曲がりくねった狭い階段を登ってゆくのなら予期したとおりなのだが、なんと、家の奥へ通じる最初の階段は下向きだったのだ。壊れかけた階段をちょっとくだると、ほの明るい大きな部屋に出た。黒ずんだ絵や埃にまみれた本棚がなかったなら、そこは城の堀の下に昔からあった地下牢としか思えなかったろう。旧式な燭台《しょくだい》に立てられた蠟燭《ろうそく》が、室内の朽ちかけた美しさの思いがけないディテールを描きだしていた。しかし、訪れる者に強い印象を与えて気を滅入らせるのは、この人工の明かりよりもむしろ天然の光だった。この細長い部屋を通りすぎる途中、壁面にたった一つしかなかったあの窓が見えた。十七世紀末にはやった様式の、低い楕円形の奇妙な窓。これが奇妙であるのは、直接には空の一角も見えず、ただ空の反映が見えることだった。蔽いかぶさってくるような堤の影が投げられた堀の水面に映った青白い一筋の日光、それしか見えないのだ。ペーンはシャロット姫を思い出した。姫は外の世界を鏡でしか見たことのなかった人だが、この家のシャロット姫は世界を鏡で見るだけでなく、言わばさかだちしてそれを見ているのでもあった。

「これじゃまるでダーナウェイ家が、たとえ話としてだけじゃなくて文字どおりに沈んでゆくみたいだ」とウッドが低い声で言った。「沼か流砂のなかにじわじわと沈んでゆくようだ。しまいには頭の上に海が緑の屋根となってかぶさってくるんだろう」

誰かが音もなく一同を迎えに近づいてきたのには、どっしりとしたバーネット博士でさえもいくぶんどきりとした。だいたいこの部屋は静まり返っていたので、よもや人がいるだろうとは思えなかったのだ。一行が入っていったとき、ここには三人の人がいたのである。薄暗い室内でじっとしているおぼろな三つの人影。それが揃って黒い服を着てまっ黒な影のように見えた。その先頭の姿が窓からさしこむ灰色の光に近づくと、灰色の顔が見えだした。髪の毛もすっかり灰色である。これが執事のヴァインだった。変わり者のダーナウェイ卿の死後ずっと親代わりを務めてきた老人である。もし歯が一本もなかったならば、さだめし美男のじいさんだったろうが、実際には一本だけ残っていて、それがときたまはっきり見えると、顔がいくらか鬼気を帯びてくる。医者と二人の連れを上品かつ慇懃《いんぎん》に迎えた老人は、黒装束の他の二人がすわっているところへ導いた。その一人はローマ・カトリックの神父さんだったが、あの暗黒時代の僧侶の隠れ穴から出てきたようなのがそこにいるというだけで、内部の陰気な古めかしさが一段と強められたようだった。この坊さんがその陰気な場所で祈りの言葉をつぶやき、数珠《じゅず》をつまぐり、鐘を鳴らし、その他もろもろの定かでない陰気なことどもをやっている姿がペーンの目に見えるようだった。いまだって神父は令嬢に宗教的な慰めを与えているのだろうが、その慰めがほんとうの慰めになるわけでも、元気づけにさえなるわけでもないことは明らかだ。それ以外の点では、この神父は取り柄のない人物で、ありふれた、どちらかといえば無表情な顔をしていた。そこへゆくと令嬢は大した違いようだった。その顔は、ありふれているとか、取り柄がないとかいうのとは段違いで、黒ずんだ服や髪や背景からくっきりと際立ったその青白さは怖ろしいばかりだったが、同時にその美しさは怖ろしいほど生き生きとしていた。ペーンはできるだけ長くこの顔に見入った。ゆくゆくはこの顔をもっとじっくりと眺めるさだめとなっていたのだが。

ウッドは最初、家人たちとただ気持ちのいい丁重な言葉を取りかわして、あらためてまた肖像画を見に来たいという話を最後に切りだすつもりだった。一家があげて客人を歓迎する予定の日に伺ったことを詫びたあとで、ウッドは、一家の人が不意の来客に気をまぎらせてもらい、あるいは心の動揺をしずめてもらってむしろほっとしていることに感づいた。そこで、遠慮なくペーンを案内して、中央の客間をぬけてその先の図書室に入ると、例の肖像画がそこにあった。単に絵としてではなく、謎としてもウッドがしきりに見せたがっている絵がそれであった。小柄の神父も二人についてちょこちょこ歩いてきた。古いお祈りばかりか、古い絵についても多少は知っているらしい。

「ぼくはこれを見つけたのでちょっと鼻が高いんだ」とウッドは言った。「ホルバインだろう。そうでなければ、ホルバインと同じ時代に生きていた、同じくらいすぐれた画家の作品にちがいない」

その肖像画はたしかにその時代の生硬だが誠実で生き生きとした流儀で描かれたものであり、金と毛皮をあしらった黒い服を着た、顔は重厚ではちきれそうな、色白の、油断のない目をした男の絵だった。

「どうして絵画はあの過渡期の段階に永久にとどまってしまわなかったのだろう、まったく残念だ」とウッドが叫んだ。「どうです、あれは最小限度のリアリズムでリアルな感じをだしているじゃありませんか。顔のまわりのどうでもいいものがずいぶんこわばった枠になっているけれども、その枠からくっきりと際立っているからこそあの顔は生きてくるんです。それに、あの目ときたら顔よりもリアルだ。あの顔にはリアルすぎるくらいリアルだ。あのずるそうな、すばしこい目玉は大きな白いマスクからとびだしているみたいだ」

「こわばっているといえば、身体つきだってそうだな」とペーンが言った。「中世が終わったばかりのころにはまだ解剖学がよく知られていなかったんだな、すくなくとも北のほうの国ではね。あの左足はちっともしっくりしないじゃないか」

「そうは思えないが」とウッドは静かに答えた。「リアリズムが始まったばかりで、まだそれが行きすぎにならぬころに絵を描いた連中は、ぼくらが考えている以上にリアリスティックだったことが多いんだ。ありきたりだと考えられている絵にも連中は肖像画法のほんとうにこまかな技術を取りいれている。きみはこの男の眉毛だか眼窩《がんか》だかがちょっと不釣り合いじゃないかと言うかもしれないが、この男の片方の眉毛はほんとうに釣りあがっていたのにちがいない。それにぼくは、この男が足をひきずっていたとしても驚かないね。あの黒い足は、もともと曲がっているものとして描いたのさ」

「こいつは悪魔みたいなじいさんだな」とペーンは藪から棒に叫んだ。「おっと、神父さん、いまの言葉はお許し願えましょうね」

「わたしは悪魔を信じる者です。どうもありがとう」と神父はよそ目には不可解な表情で言った。「おかしなことに、悪魔は足をひきずっていたという伝説がありましてな」

「まさか」とペーンが言った――「この男が悪魔だったとおっしゃるんじゃないでしょうね。いったいこれは何者なんです?」

「ヘンリー七世と八世の時代のダーナウェイ卿だ」とウッドが答えた。「しかし、この男にもやっぱり伝説があるんだ。その一つはあの額縁《がくぶち》に刻まれた詩にちょっと出てくるし、詳しいことは、ここでぼくが見つけた本に誰かが挟んでおいたメモに説明してあったね。どっちもずいぶんおかしな読み物だよ」

ペーンは身をのりだして鶴のように首を伸ばし、額縁の古文字を読もうとした。古式の字体や綴《つづ》りをあらためれば、それは次のような韻文《いんぶん》であるらしかった。

第七の相続人として我は帰りきたり
第七の時刻にまた去りゆかん
かの時刻に我をひきとめうる者はなく
我が心を得たる女に悲しみあれ

「なんだかぞっとする詩だな」とペーン。「それもぼくにはこれがなんのことだかさっぱりわからないせいもあるだろうが」

「わかってもまだぞっとするよ」とウッドは小声で言った。「ぼくが見つけた本にあったあの記録はもっとのちのものだが、それによると、この美男子は計略をめぐらした自殺をして、自分の妻が夫殺しの罪で処刑されるようにしたのだそうだ。もう一つのメモにはもっとあとの悲劇が記録されている。七世代経ってから、ジョージ王の治下のとき、やはりダーナウェイ家の主が自殺をしたが、この男は命を絶つ前に妻のワインに故意に毒薬をいれておいた。前のも、あとのも、自殺が行われたのは晩の七時だったそうだ。そこで推論されるのは、この男が六人おきに相続人となって再登場し、この詩がほのめかしているように、その男と結婚するほど無分別な婦人を困らせるだろうということだ」

「だとすれば」とペーン――「この次の七番目にあたるお方にとってはあんまりありがたくないわけだな」

ウッドの声はここでなお小さくなった――「こんどの新しい相続人がその番なんだ」

ハリー・ペーンは不意に大きな胸と肩をもちあげて、なにか重荷をはじきとばすような恰好をした。

「なんておかしな話をしているんだ」と大声で言う。「ぼくらはみんな文明開化の世に住む教育を受けた人間じゃないのか。このじめじめした妙な雰囲気に入ってくるまでぼくは自分がこんな話をするようになるだろうとは夢にも思っていなかった、お笑い種《ぐさ》として話すのなら別だけども」

「そのとおりだ」とウッド。「この地下の宮殿に長いこと住んでいると、だんだんものの考え方が違ってくるんだ。ぼくはあの絵を扱って、かけかえたりしているうちに、おかしなことをそれに感じるようになってきた。ときたま、ふと、あの絵の顔がここに住んでいる人たちの死んだような顔よりもよっぽど生き生きしているみたいに思える。その顔が護符か磁石で、自然のもろもろの力を支配し、人間と事物の運命をひきだしているようなんだ。夢みたいな話だときみは言うだろうが」

「なんだ、あの音は?」とペーンがだしぬけに叫んだ。

一同は耳をすましたが、聞こえるのは遠くの海鳴りだけだった。が、そのままじっと耳を傾けていると、その波音に混じってなにかが聞こえてくるような気がしてきた。波音を貫いてくる呼び声のようなその音は、初めはぼやけていたが、しだいに近づいてきた。次の瞬間、もう疑いはなかった。誰かが表の薄くらがりのなかで叫んでいる。

ペーンはうしろの低い窓に向かうと、身をかがめて外をうかがった。その窓からは、堤と空を映した堀の水面しか見えないのだが、そこに映ったさかさまの光景は先刻とはだいぶ違っていた。蔽いかぶさるような堤の水に映った影からぶらさがっている二本の黒い影、それは頭上の堤に立っている人間の足だった。この窮屈な窓から見えるものといえば、ほの白くどんよりとした夕空の反映に突きでたこの二本の黒い足だけだったのである。この人物の頭がまるで雲に隠されたように見えずにいたことが、続いて聞こえた音をわけもなく不気味なものに感じさせた。それはやかましく叫んでいる男の声だったが、なにを言っているのかはっきり聞きわけることはできなかった。ペーンはことに顔色を変えて、小さな窓からのぞいていたが、別人のようなとんきょうな声で言った。

「なんておかしな立ち方をしているんだ」

「そうじゃないんだ」とウッドがなだめた。「水に映った影はたいていあんなふうになるんだ。そんな気がするのは、水が揺れているからさ」

「どんな気がするというのかね？」と神父が訊いた。

「左足が曲がっているような」とウッド。

ペーンはこの楕円の窓を言わば神秘の鏡と考えていたが、そのなかにはまだまだ不可解な宿命の影が映っているようだった。人影の横になにやらわけのわからないものが一つ並んでいるのだ。それは隣の足よりもずっと細い三本の足で、光を背に黒ずんだ輪郭だけを見せているその恰好は、三本足のくもか鳥の化物が立っているようだった。それからペーンはちょっと思い直して、あれは異教の巫女《みこ》がすわる三脚の祭壇ではないかと、いくらかまともな連想をした。が、次の瞬間にはその影は消え、人間の足も動きだして画面から消えていった。ペーンが振り返ると、執事のヴァイン老人の青ざめた顔がそこにあった。口を開け、一本きりの歯をむきだして、なにか言おうと懸命になっている。

「やってきました」と言う。「けさオーストラリアからの船が着いたのです」

一同が書斎を出て中央の客間に入るか入らないかのうちに、新参者の足音が玄関の階段をカタコトとくだってくるのが聞こえた。軽い荷物を何品かひきずっている音である。その品物の一つを見たとき、ペーンはほっとしたあまりふきだしてしまった。男の三本の足は、なんのことはない、携帯カメラの伸縮自在の三脚で、簡単に組み立てたりしまったりできるものだった。おかげで、その持ち主もそれだけ健全で正常なものに見えてきた。その服装は黒っぽかったが、それもむぞうさな休日着だった。シャツはグレーのフランネル、そして編み上げの長い靴がこの家のひっそりとした部屋部屋に無遠慮なこだまを響かせた。新しい知己《ちき》に会うべくつかつかと近づいてくるその足どりからは、足をひきずっていることはほとんど感じられなかったが、ペーンを始め一同は男の顔を見るなり、そこから目を離すことができなかった。

男は自分を迎える空気がどこか奇妙でぎごちないのを感じたらしかった。しかし、その原因がご当人にはわかっていないこともまちがいなかった。ある意味ではもうこの男と婚約しているといえる婦人は、相手をひきつけるにたる美人だったが、男のほうがこの女性に怖れをなしたことも明白だった。老執事は封建時代がかったうやうやしさで男に接したが、そこにはまるで幽霊扱いをしているようなところがあった。神父は依然なんともいいようのない顔で男を見つめていたが、その表情の不可解さゆえにこれはますますもって男の気をくじけさせた。この様子を見ているペーンの心に、別種の新しいアイロニー、どちらかといえばギリシアふうのアイロニーが通りすぎはじめた。ペーンはこの未知の男をてっきり悪魔のようなものと考えてきたのだが、どっこい実際はもっとまずいことに、この男は自分の役割を知らない無意識の宿命であるらしいのだ。どうやらオイディプス王さながらに怖るべき潔白さをもって我知らず犯罪への道を歩んでいるもののようだ。知らぬが仏の浮きうきした心地でこの屋敷に近づくなり、まずは最初の一枚をと持参のカメラを据えたくらいの無邪気な男なのだ。思えば、そのカメラさえギリシアの悲劇的な巫女の祭壇めいて見えたのも皮肉なことではないか。

しばらくして辞去のあいさつをしたときにペーンを驚かせたことに、件《くだん》のオーストラリア人は周囲の様子をかなり意識しはじめたらしい口ぶりを示したのである。低い声でこう言ったのだ――「帰らないでください……帰っても、またすぐに来てください。あんたは人間らしい。ここは薄気味の悪い場所だ」

その、海底にあるといっていいくらいの広間から夜の空気と海の香のさわやかな表に出てくると、ペーンはまるで、安らぎのない非現実の出来事が次々に折りかさなるような夢の地獄から這いだしてきたように感じた。遠くの縁者がこの家に到着したということも、なにか納得しきれないものを残しているようだった。昔の肖像画の顔と到来者の顔が瓜二《うりふた》つだということも、双頭の怪物のように重く頭にのしかかってきた。しかもこれはちっとも夢じゃない。第一、ペーンの目がいちばんはっきりと見ていたのは、その顔でもないらしかった。

「さっきの話だと」と彼は医者に訊いた。暗さをましてゆく海の傍《はた》の縞になった黒い砂地を大またで歩いているときだった。「さっきの話だと、あの青年は一家の契約とかなんとかでミス・ダーナウェイと婚約しているそうですね。小説みたいな話だな」

「しかし歴史小説だよ」とバーネット博士。「ダーナウェイ家はもう何世紀も前に眠りに入ってしまったのさ。そのころにはまだいまの人間が物語でしかお目にかかれないようなことが実際に行われていたんだがね。さよう、あの家にはたしか伝統みたいなものがあって、またいとこどうしはある程度まで年齢の釣り合いが取れると結婚して財産の統合をはかることになっているらしい。あきれた伝統と言うほかないね。こんな血族結婚を何度も繰り返してきたんだとすると、あの一族がだめになってしまったのも遺伝学で説明がつくな」

「いや」とペーンがいくらかこわばって言った──「一人残らずだめになったとは言えませんよ」

「そりゃ、あの若い男はたしかにだめじゃないらしい、足をひきずっているにはちがいないが」

「あの若い男ですって！」とペーンはわけもなく急に怒りだした。「あの若いご婦人がだめな人間に見えるというんなら、そういうあんたこそとんでもない悪趣味の持ち主だ」

博士の顔は曇って、苦虫を嚙みつぶしたようになった。「この問題なら、わたしのほうがよく事情を知っていると思いますな」

二人は無言のまま残りの道を歩きおえたが、どちらも自分がわけもなく失敬な態度を取り、また相手からも同様の無礼を受けたことを感じていた。ペーンは医者と別れると、一人でこの問題をつくづく考えてみた。友人のウッドは肖像画に関する用であとに残ったのである。

ペーンは、植民地から来た男が自分を元気づけてくれる相手がほしいばかりに招待の手を差しのべたのをよいことに、それから数週間のあいだに何度かダーナウェイの暗い屋敷を訪れた。もっとも、植民地の男を元気づけることだけに専念したわけでもない。それよりも令嬢の憂鬱《ゆううつ》のほうがずっと前から続いているのだから、元気づけが必要なのはむしろこっちだった。とにかくペーンとしては、令嬢の憂鬱を除いてやるにはどんな苦労もいとわなかった。しかし、良心がないわけではなかったので、この情況に割りきれないあやふやで窮屈な思いをした。数週間は過ぎたが、新しいダーナウェイ卿の態度からは、はたして自分を昔からの契約どおりの婚約をしているものとみなしているかどうか、見当がつきかねた。卿は暗い画廊をぼんやりと歩きまわっては、あの陰気で不吉な絵をうつろな目で見やるのだった。牢獄のようなこの家の影がまちがいなく早くも卿をとざしはじめ、いかにもオーストラリア育ちにふさわしかった自信のある態度がいまではほとんど消えていた。けれども、ペーンがなによりも気づかっていた点においては、新しいことはなにも発見できなかった。あるとき、ウッドが肖像画の整頓人としてあたりをうろうろしていたとき、ペーンはこの友人にすべてを打ちあけようとした。ところが、ウッドからでさえ、やはり満足は得られなかった。

「きみが割りこむすきはないよ」とウッドはあっさり言うのだった——「なにしろ婚約者どうしなんだからね」

「もちろん婚約しているんなら割りこみなんかしないよ」とペーンはやり返した。「ところが、その婚約なんぞしてないんだろう？　もちろん、あの女《ひと》とは一言も口をきいたことがないさ。でも、あの女の様子だと、婚約しているとは思ってないようだぜ。しているかもしれないというくらいには考えているかもしれないがね。男のほうだって、婚約しているんだとも、婚約するべきだとも言葉の端に匂わせやしない。こんな煮えきらない状態は誰のためにもいいことじゃないと思うんだが」

「特にきみのためにな」とウッドはやや開き直って決めつけた。「しかし、訊かれたからには答えるが、ぼくが思うにあの男は怖がっているんだ」

「怖がるって、断られるのをか？」

「いや、承諾されるのが怖いんだ。そんな怖い顔をしないでくれよ。あの男が怖がっているのはお嬢さんじゃない。あの絵なんだ」

「絵が怖いだって」とペーンは繰り返した。

「つまり呪いを怖れているのさ。ダーナウェイ家の宿命があの二人に降りかかるというあの詩の文句を忘れてしまったのかい？」

「いや、忘れてはいないが」とペーンは思わず声を大きくして——「ちょっと考えてみたまえ、いくらダーナウェイ家の宿命だってあべこべの方向へ同時に作用することはできないはずじゃないか。きみは最初、あの契約がある以上ぼくの願いはかなえられないと言った。それから次に、その契約は呪いがあるから思いどおりにはならないときた。だが、呪いで破られてしまうような契約なら、なんであの女はそんな契約に縛られる必要があるんだ？　あの二人が両方ともこの結婚を怖がっているのだとしたら、ほかの誰とだって自由に結婚できるんだから、問題はそれで片づくじゃないか。ご当人たちがやろうともしない婚約を、なぜぼくだけが尊重しなきゃならないのかね。どうもきみの言うことは道理を欠いているようだ」

「たしかにもつれた話なんだよ」とウッドはいささか仏頂面《ぶっちょうづら》をして言ったきり、あとは黙ってハンマーで額縁を打ちつづけた。

ある朝のこと、突然、相続人は長期にわたった腑《ふ》に落ちぬ沈黙を破った。そのやり方はいかにもこの人らしく、荒削りで妙なものだったが、正しいことをしようと心がけていることは明白で、率直に助言を求めるそのやり方は、ペーンのように個人別にあたるのではなく、言わば団体交渉だった。国民の総意を問う政治家のように、全員の前に手のうちを全部見せたというわけである。本人はこれを「対決」と称した。幸い、令嬢はこの大げさな場面に登場していなかったが、その気持ちを思うとペーンはぞっとした。しかし、オーストラリアの男はいたって正直で、ただ、助力と情報を得たいので親族会議のようなものを開き、そこで自分の持ち札を広げてお見せするのが自然ではないかと思っただけだった。その持ち札は、机の上に広げられるというより投げつけられたと言うべきかもしれない。このやり方はどうも破れかぶれで、一つの問題に日夜いためつけられてきた人のようだった。低い窓と沈みかかった石廊下ばかりのこの家のかげは、短時間のあいだに、この男をおかしなくらい別人にしてしまい、一同の記憶のなかにひそむ絵の人物との類似をますます抜きさしならないものとしていた。

医者もまじえて合計五人の男がテーブルを囲んでいた。この部屋のなかでは自分の明るいツイードの服と赤い髪の毛だけが色彩をもつものらしい――とこんなことをのんびりと考えていたのは、むろんペーン君である。なるほど、神父と執事は黒服だし、ウッドとダーナウェイはいつものように見たところ黒とほとんど変わりないダーク・グレーの服を着ている。思うに、こういう場違いなはなやかさがオーストラリア青年をしてペーンは人間らしいと言わしめたのだろう。ところで、このとき件《くだん》の青年自身がいきなり椅子の上の身体をねじらせてしゃべりだした。度肝《どぎも》を抜かれたペーンも一瞬後には、この人物がしゃべっていることが世にも怖ろしいことであるのを知った。

「いったい、あれには根拠があるんですか?」と青年は問うた。「この疑問をぼくは考えつづけて、おかしくなっているんです。まさかこんなことを考えるようになろうとは思ってもみませんでしたが、あの肖像画だとか、詩だとか、偶然の一致だとか、ここで見聞きしたことを考えると、寒気を感じずにはいられないのです。あれは根拠のあることなんでしょうか? ほんとうにダーナウェイ家の宿命なのか、それとも妙な偶然にすぎないのか? ぼくには結婚する権利があるのか、それとも、自分にはわからないなにか大きなまっ黒のものを天からひきよせて、自分ともう一人の人間に降りかからせようとしているのか?」

しゃべりながら目玉をぐりぐりさせてテーブルの周囲を見まわしていた青年は、このあたりへ来ると神父の平凡な顔にふと目を留め、そのまま神父に話しかけているようだった。ここに至ってペーンの心にひそむ現実家が頭をもたげて、この迷信的極まる法廷にいよいよ迷信がもちだされそうなことに抗議を突きつけた。ペーンはダーナウェイの隣にすわっていたので、神父が答えるよりも早く口を挟んだ。

「まあ、あの偶然の一致はたしかにおかしなことですが」と無理にも陽気な声で言った。「しかし、なんといってもぼくらは――」ここで落雷にあたったように言葉をつまらせた。横から口をだしたペーンのほうにダーナウェイがさっと顔を向けたからだったが、この動作につれて左の眉が不釣り合いにあがり、一瞬、あの肖像画の顔と不気味なほどよく似た表情でペーンをにらみつけた。他の者もそれを見た。そして一瞬はっと思いあたって唖然《あぜん》としたらしかった。老執事はうつろな呻《うめ》き声をあげた。

「よしたほうがいい」とかすれた声で言った。「相手はあまりにも怖ろしいものなんだ」

「さよう」と小声で相槌《あいづち》をうったのは神父だった――「たしかに怖ろしい相手です。こんな怖ろしいものは初めてだ。その名はナンセンス」

「なんですって?」とダーナウェイが訊き返した。

「ナンセンスと申した」と神父――「わたしはいままで口をつぐんでいました。わたしの出る幕じゃなかったから。わたしは当座このあたりの教区を担当しているだけで、お嬢さんが会いたいとおっしゃるので出てきたまでです。しかし、こうして個人的に率直に質問された以上は言いますが、こんな簡単な話などありゃしないのです。むろん、ダーナウェイ家の宿命などというものはありません。だから、あんたが結婚をするまともな理由をもつかぎり、誰と結婚してもかまわないのです。人間は宿命のために罪を犯すなんてことはありません。自殺や殺人のような犯罪はもちろん、どんな微罪であろうと、宿命が起こすことはないのです。もって生まれた名前がダーナウェイだというだけで、あんたが自分の意志に反した悪事をやるようになるなんてことは決してありえない。ブラウンという名前のわたしだって同じことです。ブラウン家の宿命か」と神父は愉快そうに言いたした——「なかなかおもしろいじゃありませんか」

「よりによってあなたがそういう考え方をすすめるんですか」とオーストラリアの男は目を丸くして言った。

「それより、もっとほかのことを考えなさいと言いたいのです」と神父は朗《ほが》らかに答えた。「いったい写真という新しい芸術はどうしたんです？　カメラは？　たしかに下の部屋は少々暗いようだが、階上のあのアーチのあるところなら簡単に上等なスタジオに改造できるでしょう。職人が二、三人もかかれば、ガラスばりの屋根くらいたちまち取りつけられますよ」

「まさか」とマーティン・ウッドが抗議した——「あなたにかぎってあの美しいゴチックのアーチをいじくるようなまねはなさらないと思っていましたが。あれはあなたの宗教がこの世界に示している最上の傑作でしょう。ああいう芸術作品にはずいぶん理解がおありになるんじゃないかと思っていましたのにね。そのかわり、写真なんかに並はずれて興味があるなんて、ぼくにはさっぱりわからない」

「わたしが並はずれた興味をもっているのは日光でしてな」とブラウン神父は答えた。「特にこういう暗闇のような事件ではなおさらです。ところで写真というものは、その日光に依存しているという長所をもっている。それに、一人の人間の魂を正気にとどめておくためとあれば、世界中のゴチック・アーチをかたっぱしから粉砕してはばからぬというのがわたしの気持ちです。これがわかっていただけぬようでは、わたしの宗教をあまりよく知っているとは申せませんな」

突然、オーストラリアの青年は若返った人のようにぴょこんと立ちあがった。「うん、そのとおりだ。しかし、よもや神父さんからこういう話を聞こうとは思いがけないことでした。神父さん、ここではっきり言っておきますが、ぼくは自分が勇気を失ってないことを実証するようなことをやってごらんにいれます」

老執事は、この青年の挑戦のうちになにか破れかぶれの狂気的なものを感じとったのか、身をわななかせながらも相変らずじっと青年を見つめていた。「いったい、どうしようというんです？」と執事は声高《こわだか》に言った。

「あの肖像画を写真にとるんだ」とダーナウェイは答えた。

ところが、それから一週間も経たぬまに破局の大嵐が天から襲いかかり、神父が最後の綱と頼んでいた正気な魂の太陽を曇らせ、この屋敷をまたもやダーナウェイの宿命の闇のなかに叩きこんだ。新しいスタジオは造作なくできあがった。内側から見ると、普通のスタジオと変わりなく、白い光が満ち満ちているほかはがらんとしていた。階下の薄暗い部屋から来た者は、まるで未来のように空虚な超モダンの燦然《さんぜん》たる世界に踏みいるという、異常な気持ちを味わった。ウッドはこの城をよく知っていたし、例の美学的な理由による不満もぐっとこらえるようになったので、階上の廃墟に無傷で残っていた小部屋なら簡単に暗室に変えることができると提案し、そのとおり改造が行われた。ダーナウェイは日光のあふれんばかりのスタジオから暗室に入っては、赤ランプの真紅の微光を頼りに手さぐりをするのだった。ウッドは笑いながらこんなことを言った——自分がこの芸術破壊の蛮行に譲歩したのは、この赤ランプのおかげである、血のような光がうっすらと照らす暗室はまさに錬金術師の洞穴《ほらあな》のようにロマンチックではないか。

　ダーナウェイは、あの神秘の肖像画を撮影することになった日、明け方から起きていた。そして、階上と階下を結ぶただ一つの階段を使って、図書室から肖像画を運びあげさせた。スタジオいっぱいにさしこむ日光のなかで画架に絵をのせ、その正面に三脚を据えた。当人が言うのには、ダーナウェイ家の骨董品《こっとうひん》について書いたことのある大考古学者にこの肖像画の写真を送りたいのだそうだったが、ほかの者たちは、これはもっと深刻な問題を隠す口実にすぎぬことを承知していた。つまり、ダーナウェイとこの悪魔的な肖像画との精神的な決着とまではゆかずとも、すくなくとも、ダーナウェイとその心にひそむ疑念との対決であった。写真術の光とあの暗黒の傑作肖像画と真っ向から対決させ、新しい芸術の日光が古き芸術の影を追いはらってくれるかどうか、それを見とどけようというのである。

　たぶんこうした理由からだと思うが、こまかな点に手間どって仕事が遅れるかもしれないとしても、ともかく一人でやることを選んだ。とにかく、この実験の日にスタジオを訪れた人は、ダーナウェイのよそよそしさに気勢をそがれた形で、彼がまったく一人きりでわき目もふらずにピントをあわせたりしているのを手をこまぬいているほかなかった。階下へおりるのを断ったので、執事は食事をもっていって置いた。数時間後にまたあがって見ると、食事はだいたいいつもどおり食べてあった。しかし、食器をさげようとしたときにも、ありがとうとも言わず、なにかつぶやいたきりだった。ペーンも一度、仕事の進捗ぶりを見に行ったが、写真技師は話をする気がないらしいので、そのまま戻ってきた。ブラウン神父は、目だたぬようにただぶらついているような恰好で、できた写真を送ることになっている専門家からの手紙をもっていってやった。しかし神父は手紙を盆のなかに置いてきただけで、あの日光に満ちた写真道楽専用の大きなガラスばりの家——ある意味では神父自身がつくったともいえるその場所に、どういう感想を抱いたものやら、それは自分の胸に畳みこんだまま戻ってきた。それからほどなく、ある理由から神父は思い出したのであるが、あのがらんとした部屋に一人ぼっちの男を残して階と階をつなぐ唯一の螺旋《らせん》階段をおりてきたのは、自分が最後だったのだ。とにかくこのときには、ほかの人たちは図書室に接する客間に立っていた。まるで巨人の棺桶《かんおけ》のような大きな黒《こく》檀《たん》の時計がすぐその上にあった。

「最後にあがっていったときには、ダーナウェイはどんなでしたか?」とペーンが訊いたのは、それからしばらく経ってからのことだった。

神父は片手で額をこすった。「決して神がかってきたわけじゃないが」と悲しそうな笑顔で断ってから——「あの部屋にあがると日光ですっかり目がくらむとみえ、なんにもはっきりとは見えなかった。正直なところ、あの肖像画の前に立っているダーナウェイの姿からなにか不気味なものが瞬間的に感じられたようでした」

「なに、足をひきずっているせいですよ」とバーネットがすかさず言った。「これはもうみんなが知っていることです」

「そうかな」とだしぬけに、しかし声を低くしてペーンが言った。「ぼくらはそれを知っているとも言えるし、なんにも知っていないんだとも言える。いったい、あの人の足はどうしたんです。それから、七代前のあの男の足も？」

「それなら、ぼくの読んだ当家の記録になにかあったっけ。もってきてあげよう」とウッドは言って図書室にひっこんだ。

「ペーン君がこんな質問をなさったのは、特別な理由があってのことでしょう」とブラウン神父は静かに言った。

「ここで思いきってぶちまけてしまいましょう」とペーンは相変わらず低い声で言った。「なんのかのと言っても、合理的な説明がつくんですよ。どこからやってきた男だろうと、肖像画の人物そっくりに変装していたかもしれないじゃありませんか。ダーナウェイについてぼくらはなにを知っていると言えますか？　どうもあの男の態度がおかしいと……」

ほかの人たちはいささか愕然《がくぜん》としてペーンを見つめていたが、神父だけは極めて平静にこれを受けとったようだった。

「あの古い肖像画はまだ写真にとられたことがないらしい。それだからあの人は写真をとりたがったのです。なにもおかしなことはないじゃありませんか」

「まったくありふれたことですよ」と言ったのは、本を手に帰ってきたウッドだった。まだこれを言いおわらぬうちに、その背中のかげの黒い大時計がコトンとふるえたかと思うと、続けて七つ、甲高い音を部屋の隅々にまで響かせた。その最後の七つ目が鳴ったとき、階上の床からどさっという響きが伝わって家じゅうを雷のようにふるわせた。ブラウン神父はその響きがまだ鳴りやまぬうちに螺旋の階段を早くも二段登っていた。

「そうだ」とペーンは思わず叫んだ——「上にはあいつが一人でいるんだっけ」

「さよう」と神父は階段の途中から振り向きもせずに言った。「一人きりでいるでしょうよ」

ほかの者が当初の麻痺状態を脱し、あわてふためいて石の階段をかけあがり、できたてのスタジオに入ってみると、なるほど、一人にはちがいなかった。背の高い写真機がばらばらに壊れ、ぺしゃんこになった三脚が三方向にグロテスクに突き出ている混乱のなかにダーナウェイは倒れていた。倒れた位置はちょうどカメラの真上だったので、彼の黒い義足が床の上に四本目の放射線となって伸びていた。一見、この黒っぽいうずくまったかたまりは、人間が巨大なくもにからみつかれたような図だった。一瞥《いちべつ》して軽く手を触れただけで、もうこと切れていることがはっきりした。ただ肖像画だけが無事に画架にかかっていて、気のせいか、その笑っている目がきらりと光っているようだった。

一時間もたったころ、椿事《ちんじ》に見舞われた一家の混乱をしずめようと奔走《ほんそう》していた神父は老いた執事と出くわしたのだが、執事はそのときあの怖ろしい時刻を打ちならした時計のように機械的になにやらつぶやいているところだった。神父は、その声を聞きとるまでもなく、なにをつぶやいているのかすぐに悟った。

第七の相続人として我は帰りきたり
第七の時刻にまた去りゆかん

神父がなにか慰めの言葉をかけようとすると、老執事ははっと目をさまし、怒りで身体をこわばらせたようだった。つぶやきはたちまち怒号に変わった。

「あんたがいけないんだ。日光が必要だとかなんとか言って！　こうなったからにはもうダーナウェイ家の宿命なんてありゃしないなんて言えないだろう」

「そのことならわたしの意見はまだ変わってはおりませぬ」とブラウン神父はもの柔らかに言った。

そこでひと息ついてからつけ加えてこう言った――「気の毒なダーナウェイさんの最後の志を尊重して、とった写真を送ってくださるでしょうな」

「写真だって！」と鋭く叫んだのは医者だった。「それが何になると言うんです？　ほんとうのところ、どうもおかしなことに、写真なんてどこにもありゃしないんです、とどのつまりは一枚もとっちゃいないらしい、一日じゅうあんなにせわしなく立ち働いていたのに」

ブラウン神父はきりっとうしろを向いた。「それなら自分でおとりなさい」と言う。「ダーナウェイさんの考えはまったく正しかった。写真は是が非でもとらねばなりません」

来客全員、医者と神父と二人の画家の計四人が黒い沈鬱な行列をつくって黄褐色《おうかっしょく》の砂浜を歩いていた。初めはみんな気が遠くなったように黙りこくっていた。あの忘れられていた迷信が、それがいちばん忘れられていたまさにそのとき実現したということは、たしかに青天の霹靂《へきれき》だった。時あたかも、写真師のダーナウェイが日光でスタジオを満たしたように医者と神父が合理主義で頭をいっぱいにした矢先のことだったのだ。むろん、合理主義的になることは本人のご自由である。けれども、白昼堂々と第七の相続人が帰郷して、それがまた第七の時刻にこの世の人でなくなっていたことは事実なのである。

「こうなったら誰もかれもがダーナウェイの迷信を本気にするでしょうな、困ったことに」とマーティン・ウッドが言った。

「すくなくとも一人は信じないね」と医者がずばりと言ってのけた。「わたしは、誰かが自殺したからって迷信は信じない」

「あんたはダーナウェイさんが自殺したとお考えで?」と神父が訊いた。

「自殺にまちがいありませんよ」

「その可能性はある」と神父。

「スタジオに一人きりでいたんだし、暗室には薬品が薬屋一軒分ほどもしまってあったんですからね。第一、いかにもダーナウェイ家の人間のしそうなことじゃありませんか」

「あんたは一家の宿命が現実となったというようなことは信じておらなかったはずだが」と神

父。

「いや、一族の呪いでも一種類だけ信じていることがあるんです。つまり、一族の気質という宿命です。これはいつかも言ったように遺伝のせいなんですが、この一家はみんなどこかおかしいのです。こんな沼地のようなところでうじうじとしていた日には、誰だっていやおうなしに退化してゆくに決まっています。遺伝の法則は避けられません。科学の真理を否定することはできません。ダーナウェイ一家の精神は、ちょうどあの家の腐った木や石が潮風にむしばまれてゆくのと同じように、ぼろぼろにくずれかかっているのです。自殺、そう、もちろんあれは自殺なんです。こんなことを言ってはなんだが、残った人たちだって自殺するでしょう。それがあの人たちにできるいちばんいいことかもしれませんよ」

　この科学者の話を聞いていると、ペーンはどうしてもダーナウェイ家の令嬢の顔をありありと思い出さぬわけにはいかなかった。黒い闇を背景にした青白い悲劇的な顔、それはまた同時にこの世のものとは思えぬまばゆさに輝いていた。ペーンはしゃべろうとして口を開いたが、声が出ないのに気がついた。

「ほう」とブラウン神父は医者に言った。「すると結局は迷信を信じているということになりますな」

「なに、迷信を信じるですって。わたしはただ自殺が科学的な必然であることを信じているまでです」

「それなんだが」と神父は言った――「あんたのその科学に関する迷信と、もう一つの魔術に関する迷信とのあいだには、なんの違いもないようにわたしには思える。どっちにしても最後には人間を麻痺させ、手足を動かすことはおろか、自分の魂を救うことさえできなくしてしまうのです。あの詩は、ダーナウェイ家の者は殺される運命にあると言い、科学は科学で、ダーナウェイ家の者は自分を殺す運命にあると主張します。どっちにしろ、人間がまるで奴隷《どれい》のようじゃありませんか」

「そういうあなただって合理的なものの考え方を信じていると言ったじゃありませんか」とバーネット博士はくいさがった。「遺伝というものを信じないんですか？」

「日光なら信じると言いましたよ」と神父は大きなすきとおった声で答えた。「だから、まっ暗闇のなかで行きどまりになるトンネルのような迷信なんて、どいつも似たりよったりで役に立たないと言うのです。それが証拠に、あんた方はこの家で起こったことの真相を明るみに出すことができないでおいでだ」

「というと、自殺のことですか？」とペーン。

「殺人のことですよ」と言ったブラウン神父の声は、こころもち調子が高くなっていただけだったが、その響きは海岸一帯にこだまするかと思えた。「あれは殺人だったのです。しかし、殺人というものは人間の意思による。神が自由にされたところの意思によるのです」

ほかの人たちがこれに答えてなんと言ったかは、ペーンにはとうとうわからなかった。神父の言葉が、なんとも奇妙な効果を及ぼしたからである。それは進軍ラッパのように彼らを奮いたたせると同時に、はたと足をとめさせるような具合だった。荒涼とした砂地のまんなかにじっと立って、ペーンは他の人たちをやりすごした。血が身体じゅうでぞくぞくと脈うち、よくいう毛がさかだつような感覚に襲われた。それでいて、なにか新しい不自然な幸福を感じた。自分でもついてゆけないほど急速で複雑な心理過程が意識では分析できない結論に早くも到達していたからである。しかし、それはほっと胸をなでおろさせるような結論だった。しばらくそのまま立っていてから、ペーンは踵《きびす》を返すと、ダーナウェイ家をめざしてゆっくりと砂の上を戻りはじめた。橋がふるえるほど威勢よく大またで堀を渡り、階段をおりて、足音を高らかにこだまさせて細長い部屋を次々に通りぬけ、そしてたどりついたのは、楕円形の窓から低くさしこむ光を後光のように受けて、死の国に置きざりにされた聖者さながらにアデレード・ダーナウェイ嬢がすわっている部屋だった。

「どうしたのです?」とアデレードは言った。「なぜ戻っていらしたの?」

「眠れる美女を連れにきました」朗らかな響きの声でペーンは言った。「この旧家はたしかに先生の言ったとおり、とうの昔に眠りこんでしまいました。しかし、あなたまでが老人のようなふりをするなんてばかげています。さあ、日のあたる表へ出て、真実を聞いてください。一言だけお伝えしておきたいことがあるのです。怖ろしいことです。でも、それであなたの呪縛《じゅばく》がとけるのです」

令嬢は男の言ったことがのみこめなかった。けれども、なにかにうながされるようにして立ちあがると、男の導くままに長い廊下を渡り、階段を登って、夜空の下に出た。荒れはてた庭が海に向かって伸び、緑色にさびた海神トリトンの像が立つ古い泉は、その乾いた先端から一滴の水もそそぎ出すことなく、水盤はからからに乾いていた。夕空の前に浮きでたこの像の輪郭をペーンはよく通りすがりに見たものだが、それはいつもさまざまな点で衰運の象徴と見えた。やがてこの空っぽの水盤に水がはられるだろう。が、それも薄緑色をしたからい海の水で、花はみんな海藻にからまれて溺れてしまうのだ。それと同様に、ダーナウェイ家の令嬢も結婚するにはしても、その相手は死であり、海の水に負けぬくらいがむしゃらな宿命なのだ——とよくペーンは考えたものだった。けれども、きょうは、その青銅の海神の像に巨人の手かと思えるような手をかけると、この庭を支配する偶像か魔神にそれを見たてて投げとばそうとするかのようにゆさぶった。

「どういうことでしょうか?」と令嬢がしっかりした声で訊いた。「その、わたしたちを解放してくれる言葉というのは、なんでしょうか?」

「殺人です。これがもたらす自由は春の花のようにみずみずしい。いやいや、このぼくが人殺しをしたというんじゃありませんよ。しかし、とにかく誰かが人手にかかって殺されることもあるというのは、あなたがいままで見ていた悪夢のあとでは、よい知らせであると言えます。さあ、おわかりになりませんか? その夢の世界では、あなたの身に起こることのすべてはあなた自身のなかから出てきたものでした。ダーナウェイ家の宿命とやらは、まさしくダーナウェイ一家のうちにたくわえられてきたもので、それは怖ろしい花が開くように実現したというわけでした。幸運な偶然によってもこの宿命の虎口《ここう》から逃げることはできず、いっさいが不可避でした。ヴァインの古めかしい迷信話であろうと、バーネット先生の新しい遺伝説であろうと、結局は同じことでした。けれどもです、あの人が死んだのは魔法の呪いのためでも、遺伝のためでもないのです。あの人は殺された。この殺人はぼくらにとっては偶然の事故にすぎません。故人の安らかに眠らんことを――それにしてもこれは幸福な事故です。一条の日光なのです、それが外からやってくるものだから」

令嬢は急にほほえんだ。「なんだかわかるような気がします。頭のおかしな人のお話を聞いているようですけど、わかることはわかります。でも、殺人犯は誰ですの?」

「それは知りません」とペーンはあわてずに言った。「ブラウン神父が知っています。ブラウン神父が言ってましたが、殺人はすくなくとも意思のすることです、海から吹きよせるこの風のように自由な意思の」

「ブラウン神父はすばらしい方です」としばらく間を置いてから令嬢は言った。「いままでにわたしの生活をいくらかでも明るくしてくれたのは、あの方だけなんです。でも、いまじゃ……」

「いまじゃ、どうしたというんです?」と訊きながらペーンはせっかちに身をのりだし、青銅の化物を押しのけるようにした。海神は台座の上で揺れるようだった。

「いまじゃ、あなたが明るくしてくれます」と言って、またにっこりした。

こうして眠れる城は目をさますこととなったのであるが、その覚醒の過程を逐一《ちくいち》たどるのはこの物語の範囲ではない。しかし、その過程はもうその日の夕闇が岸辺にたれこめる前にだいたいすんでしまっていたのである。ハリー・ペーンは、ふたたび家路について、これまでに何度かさまざまな気分で往復した暗い砂浜を歩いていたが、その心は、この地上での生活で可能なかぎりの幸福にうちふるえていた。周囲の土地をもう一度一面の花で蔽われたものと見ることも、あのブロンズの海神が金色の神のように輝き、泉に水かワインの流れるのを想像することも、それほど難しくはなかった。しかし、この燦然とした開花をもたらしたのはあの「殺人」の一語にほかならなかったのだが、ペーンにとってそれは依然理解できぬ言葉だった。この言葉を信用して頭から鵜呑みにしたにせよ、決してペーンは愚鈍な人間ではなかった。真実の響きを伝えるものには敏感な男だったのだ。

それからひと月以上も経って、ペーンはある日、神父との約束を果たすべくロンドンに帰ってきた。むろん、約束の写真をもってである。ペーンのロマンスが、あのような悲劇の影のもとでふさわしい程度に花咲いたので、悲劇の影そのものは前ほど苦にならなかったが、それを一家の宿命の影と見なさずにいることは容易ではなかった。ペーンはいろいろな用事で忙しかったため、ダーナウェイ家の生活が元に復し、肖像画も図書室の元の場所にかえってだいぶ経ってから、初めてマグネシウムを焚いて肖像画を撮影することができたのだった。最初の手はずどおり、写真を古事研究家に送る前にぜひ見たいという神父のところへ、ペーンはいまこの写真をもってきたのである。

「神父さんの態度はどうもわからないな」とペーンは言った。「まるで、なにか自己流のやり方で自分はもう事件を解決してしまっていると言わんばかりじゃありませんか」

神父は悲しげに頭を振った。「それが、からきしわからんのですよ」という答えだった。「よっぽど頭が悪いのか、完全に行きづまりです。それも、いちばん具体的な点で行き悩んでいるんですよ。おかしなことですよ、ある点までは実に簡単明瞭なのに、急に……いや、とにかく写真を見せてくださらんか」

神父は近眼の目をよせて写真に近づけたが、しばらくして「拡大鏡をおもちですか?」と訊いた。

ペーンが言われたものを取りだすと、神父はそれでしばらく写真を調べていたが、そのうちにこう言った――「この肖像画の額縁のわきに本棚があるでしょう。そのいちばん端にある本の題名をごらんなさい。《法王ジョーンの歴史》とありますな。さてと……あっ、そうか。その上の本はアイスランドについてのものだ。なるほど、そうだったのか、まさかこんなところからわかるとは思わなかった。あそこにいるあいだに気がつかなかったなんて、わたしもとんだまぬけだったな」

「いったいなにを見つけたというんです?」とペーンはせっかちそうに訊いた。

「最後の鍵ですよ。これでもう行きづまるのもおしまいです。あの事件の始まりから終わりまでがこれでわたしにはすっかりわかったようだ」

「どうしてわかったんです?」

「なぜって」と神父はにっこりした――「ダーナウェイ家の蔵書にはジョーン法王やアイスランドについての本があるし、ほかにも、それ、《フレデリックの宗教》という文句で始まる題名の本がありますからな。この題名のあとの文句だって簡単に思いつけるでしょう」とここまで言って相手の困った顔を見ると、微笑をひっこめて、前よりも熱心に言った。

「実際のところ、この最後の手がかりは、たしかに環を完結する最後の鍵には相違ないが、主な問題ではないのです。この事件にはそれよりもずっとおかしな点がいろいろある。その一つは、どうも証拠が妙ちきりんだということです。まず初めに、びっくりなさるかもしれんが、ダーナウェイはあの晩の七時に死んだのではなかった。もう一日も前から死んでいたのですよ」

「仰天するなんてどころじゃありませんね」とペーンは深刻な表情で言った――「あなたもぼくもあの人が七時近くに歩きまわっているのを見たんですから」

「いや、見たわけじゃない」とブラウン神父は穏やかに答えた。「わたしたちがあの人を見たとき――というより、見たと思ったとき、当人は、カメラのピントをあわせるのに夢中になっていた。どうです、そのとき頭を暗幕の下に突っこんではおりませんでしたか？　わたしが行ったときにはそうだった。だからこそ、わたしはあの部屋とそのなかの人間の姿になにか妙なものを感じたのです。その人間が足をひきずっていたからというんじゃない、むしろ、そうでなかったところが妙だった。その身体はたしかにいつもと同じ黒い服を着ていました。しかし、あれはAさんだとこっちで思いこんでいる人間がもしBさんのやる恰好で立っているとすれば、あんたは当然、Aさんはずいぶんおかしい無理な恰好をしていると思うでしょう」

「そうすると」ペーンは身ぶるいせんばかりにして叫んだ――「あれは誰かぼくたちの知らない人間だったんですか？」

「犯人だったのです」とブラウン神父。「犯人は明け方のうちにダーナウェイを殺して、死体とそれから自分の身体も暗室にひそませたのです。隠し場所としては、あんな恰好なところはありますまい。普通の人の入らないところだし、入ったとしても、よくものが見えませんからね。しかし、犯人はもちろんその死体が七時に倒れるようにしておいた——それでもって事件はすべて呪いによるものだという説明を通用させようという寸法だったのです」

「でも、どうもわからないな」とペーンはいぶかしんだ。「それなら犯人はどうして七時になってから殺さなかったんですか？　なにも死体のお荷物を十四時間も背負わなくってもよかったんじゃないですか？」

「質問をもう一つ出させてもらいましょう」と神父は言った。「一枚の写真もとられていなかったのはなぜでしょうか？　答え。犯人は相手が起きるとすぐに、まだ写真をとる暇のないうちに、殺してしまうという抜け目のないことをやったのです。犯人にとっては、あの写真がダーナウェイ家の古物に詳しい専門家の手に渡るのを防ぐことがどうしても必要だったのです」

急に話が切れて沈黙がしばらく続いた。神父が低い声でまた語りだす。

「実に簡単なことなんだが、おわかりにならんかな？　あんたご自身、この可能性の一面を見ぬいていたじゃありませんか。しかし、実際はあんたの考えていたよりもなお簡単なのです。あんたはおっしゃった——昔の肖像画に似せた変装をすることもできるはずだ、と。それならば、逆に実在の人間に似せた絵をでっちあげるのは、もっと簡単じゃありませんか。くだいて言えば、ダーナウェイ家の宿命などというものは厳密な意味では存在しなかったといえるのです。古い肖像画も、古い詩の文句も、妻を死なせた男の伝説も、なんにもありはしなかった。

そのかわりに、一人の非常に悪賢い男がいて、それがもう一人の男を殺し、その男に約束されていた未来の妻を奪おうとしていたのです」

神父はここで不意にペーンを安心させるような悲しげな微笑を浮かべた。「あんたはいま、自分がやり玉にあがっているんだと考えたでしょうな。いや、感情的な理由からあの家にしげく出入りしていたのはあんた一人だけじゃない。それ、もう一人の男を知っているでしょう。いや、知っているつもりでいるでしょう。あのマーティン・ウッドという好事家の絵描きには余人にうかがい知れぬ深い謎があった。単に画家としてつきあっている人にはとうていそこまで見ぬける道理はなかったのです。この男が一家所蔵の絵の批評と分類を頼まれたことを思い出してください。ああいう貴族の埃にまみれた所蔵品の場合、整理とかなんとか言っても、結局はただ、お宅にはこれこれこういう貴重品がございますとダーナウェイ家の人に言ってやりさえすればいいわけです。一家の人たちは、これまで自分たちの目に留まらなかった品物がひょっこり出てきても、別に驚きはしないでしょう。それにしても、偽造の絵はうまくできていなくてはならなかった。そして実際それは大した出来栄えだったのです。この絵はもしホルバインでないとしても、それと同じ天才をもった画家の筆になるものにちがいないと犯人が言ったのも、あながち嘘ではなかったのです」

「開いた口がふさがらない」とペーンは言った。「それにまだわからないことが二十個はあるんです。ダーナウェイの容貌や身体つきが犯人にどうしてわかったんですか？　それから、具体的にどういう殺し方をしたんですか？　警察医は目下のところ思案投げ首のようですが」

「ダーナウェイが帰国するに先だって送ってよこした写真をお嬢さんから見せてもらったことがあります」と神父は説明した――「それに、新しい相続人に誰がなるかということが決まれば、犯人としてはいろいろな方法で資料を探りだすことができたにちがいありません。その点、こまかなことはわからないかもしれない。けれども、それは大した問題じゃありません。それから、あんたもおぼえていなさるでしょうが、あの男はよく暗室の仕事を手伝っていましたね。毒薬を塗った針で人を刺すには、あんなおあつらえ向きの場所ってありません。そこいらに薬品がごろごろしているんですから。さよう、こういった点はあまり問題にはなりません。わたしにどうしても解けなかったのは、ウッドがどうやっていっぺんに二つの場所に現われたのかという問題でした。暗室から死体を運びだして、それを数秒後に倒れるように細工してカメラに立てかけるという仕事をやりながら、その同じ人間があの階段をおりてきもしないで下の図書室で本をさがしていたなんて、そんな芸当がどうしてできたのか？　思えばずいぶん迂闊《うかつ》なことですが、わたしはその図書室の本を一度も眺めたことがなかった。それがたったいま、もったいないような幸運から、この写真でジョーン法王の歴史とかいう本のあっけない秘密がわかったのです」

「いちばん難しい謎を最後まで取っておくなんて、神父さんも人が悪いな」とペーンはしかめ面で言った。「ジョーン法王がこれとどんな関係をもっているんです？」

「もう一冊の、アイスランドのなんとかかという本も忘れないでください。それから、フレデリックとかいう人の宗教についての本も。そうしたら、あとは、故ダーナウェイ卿がどんなお人柄だったかを考えてみるだけで充分です」

「へえ、そういうことになるんですかね」ペーンの声はにごっていた。

「ダーナウェイさんは教養の深い、ユーモラスな奇人だったらしい」とブラウン神父は続けた。「教養があったものだから、ジョーン法王なんて人物が実在しなかったことを知っていた。ユーモラスな人だったから、『アイスランドの蛇』とかなんとか、ありもしない本の題名を思いついたのも不思議じゃない。三番目の本の題名は、仮にわたしがそれを完全にしてみると、『フレデリック大王の宗教』というところだと思うが、そんな本はやっぱりこの世にありゃしないのです。さて、こういう題名はどれも、実在しない本の背に書きつけるにはもってこいの文句だったとお思いになりませんか。いや、実在しない本の背にというよりも、本の入っていない本棚にといったほうが正確だ」

「そうか」とペーンは膝を叩いた。「おっしゃる意味がやっとわかりましたよ。そこに秘密の階段があって……」

「ウッドが自分で暗室に指定した部屋に通じていたというわけです」と神父はうなずいた。「どうも申しわけない。これもやむをえんことでしてな。どうにもこうにも、おそろしく陳腐《ちんぷ》であほらしい話ですよ。あほらしいといえば、このいかにも陳腐な事件でわたしはいかんなくあほうぶりを発揮したわけですがね。しかし、まあ、わたしたちが巻きこまれていたのは、落ちぶれた貴族とその腐りかかっていた邸宅をめぐる、文字どおりかびのはえた古くさい怪奇物語だったんですから、秘密の通路が一つくらい出てくるのも、やむをえんことでしょう。あの抜け道は昔、坊主の隠れ穴だったのです。あそこへ押しこまれても、わたしは文句を言えませんな」

ギデオン・ワイズの亡霊

ブラウン神父は、この事件を、アリバイ原理を証明するもっとも風変わりな具体例と見なしていた。神話に出てくるあのアイルランドの鳥の例を無視して、同じ人間が、同時に二ヶ所に存在することは不可能なりとするのが、このアリバイ原理である。さて、この事件に登場するジェームズ・バーンは、アイルランド出身の新聞記者で、おそらくはこのアイルランドの鳥にもっとも近い人間であった。バーン氏こそは、同じ人間が同時に二ヶ所に存在するという状態に、もっとも近づいていたのである。つまり、社会的かつ政治的な世界の両極端に位置する二つの場所に、二十分の間隔を置いて出没していたのだ。第一の場所は、大バビロン・ホテルの豪華を極めた広間であり、そこでは、三名の業界の巨頭があつまって、炭鉱のロックアウトを断行し、それを労働者側のストライキと見せかけて非難すべく手はずをととのえている最中だった。第二の場所は、表が食料品店になっている珍妙な居酒屋で、そこでは、資本家側のロックアウトをストライキに変え、さらにストライキを革命にまで発展させたがっている連中の三大指導者が会合していた。新聞記者バーンは、これら三名の富豪と三名のボルシェヴィストとのあいだを、現代の伝令官か新任大使よろしく自由自在に往復していたのである。

ホテルのほうで三人の炭鉱王は、花を咲かせた植物がジャングルのようにところ狭しと並び、金箔《きんぱく》のしっくいを塗り、筋溝の入った華麗な円柱が林立している大広間で席を占めていた。彩色された円天井の下、棕櫚《しゅろ》のてっぺんの葉のあいだには、金箔の鳥籠《とりかご》が高く吊るされ、そのなかには、色もまだら、鳴き声も多様な鳥が入っている。どんな荒野にすむ鳥の鳴き声も、さてはどんな砂漠に生えた花の美しさも、このホテル内でおしゃべりをしたり、行ったり来たりしている活発でせわしない実業家——その大半はアメリカ人——のあいだに立っているこれらの背の高い植物の花ほどには、見すてられ、無駄にされてはおらぬだろう。さて、この見る人もないロココ風の装飾の氾濫《はんらん》と、聞く人もない高価な異国産の鳥の鳴き声と、華美な調度品の数数と、迷宮のようにいりくんだ豪奢《ごうしゃ》な建築のなかで、三人の富豪は席に腰掛けて、成功のもとは思慮と倹約と経済感覚と自己抑制にあるなどと話しあっていた。そのうちの一人は、他の連中よりも口数がすくなかったが、まばたき一つせぬ冴えた目で見守っており、鼻眼鏡がその二つの目を一つにくくりつけているように見えた。まっ黒なちょび髭《ひげ》のかげには、永久の冷笑にも似た永久の微笑が漂っている。これこそ、かの有名なヤコブ・スタインで、この人は、なにか言わねばならぬことがあるまでは、口をとざして語らぬ人であった。ところが、その仲間であるペンシルヴァニアの老ギヤラップは、白髪は荘厳だが顔は拳闘家を思わせるばかりでかい肥大漢で、それが、またとない饒舌家《じょうぜつか》であった。ご老体はいたって上機嫌で、三番目の富豪ギデオン・ワイズを半分からかいながらおどしつけていた。ワイズはといえば、アメリカ人がよく田舎者にたとえるタイプの、がんこでぶっきらぼうな骨ばった老人であり、かたそうな白い顎《あご》髭《ひげ》を生やし、中部の平原から来た老農夫然とした身のこなしや服装をしていた。ワイズとギャラップとのあいだでは、例によって協同事業と自由競争の問題をめぐる論戦が展開されていたのである。というのも、老ワイズ氏は、旧時代の辺境開拓者よろしくの態度ばかりか、旧式な個人主義者らしい考え方をもたっぷりもちつづけていて、英国でいえば、さしずめマンチェスター学派（自由競争を支持する経済学派）の一員といったところであるのに対して、相手のギャラップは、競争などやめて、世界の資源を共用しようではないかと、いつもワイズを説きふせようとしていたからである。

「遅かれ早かれ、いやでも参加するようになるさ」バーンが部屋に入っていったのは、ちょうどギャラップがこう言っていたときだった。「なにしろこれが世界の趨勢《すうせい》なんだから、いまさら昔の個人企業に逆戻りというわけにはいかないんだ。団結しなきゃ嘘だ」

「一言いわせてもらいたいが」とスタインが独特の落ち着いた口調で言った。「商売の上での団結よりも、もっと急を要する問題がある。なにはともあれ、我々は政治的に団結せねばならんのだ。きょうここに来るようにバーン君にお願いしたのもそのためだ。政治的な問題に対しては、団結が絶対に必要なのだ——理由は簡単、もっとも危険な敵がすでに団結しているからさ」

「うむ、政治上の団結ということに関しては異議はない」と不満げに言ったのはギデオン・ワイズである。

「いいですかな」こんどは新聞記者に向かってスタインは言った。「きみはあちこちにある例の変てこな場所に自由に出入できる資格があるのでお願いしたいのだが、ひとつ非公式にやってもらいたいことがあるのだ。あの連中がいま会合している場所をきみは知っているだろう
——あの連中のなかで重要人物といえば、ジョン・エリアスと、あの一人でしゃべってばかりいるジェーク・ハールケットと詩人のホーンぐらいのものだ」

「ホーンといえば、前にギデオンの友だちだった男じゃないか」とひやかし屋のギャラップが言った。「ギデオンの日曜学校かなにかにいたことがあるはずだな」

「ホーンはあのころはクリスチャンだったが」とギデオン老人はおごそかに言った。「人間という奴は、無神論者と交わりだすと、なにをしでかすかわかったものではない。いまでもわしはあの男とときたま会っている。戦争とか徴兵とか、そういったことに反対したときには、わしも奴の肩をもってやったが、目下擡頭《たいとう》しつつある急進派ということになると、さすがの……」

「話をさえぎってすまんが」とスタイン――「この問題は急を要するので、ここで、すぐバーン君に説明しておきたいのだ。バーン君、これは内密の話なんだが、前大戦中の陰謀に関連したある情報、というか証拠をわたしは手に入れたのだが、それを明るみに出すと、あの三人のうちすくなくとも二人は長期刑に処せられることになるんだよ。わたしとしては、この証拠を利用するのはいやなのだが、ひとつきみに内密で連中のところに行ってもらい、向こうが態度をあらためぬかぎり、わたしはこの証拠を明日にでも利用するだろうと伝えてもらいたいのだ」

「なるほど」とバーンが答えた――「あなたの計画は、交換条件つきの犯罪もみ消しとも、恐喝ともいえるわけですね。危険だとは思いませんか？」

「危険なのはむしろ相手の連中にとってだよ」とスタインはかみつくように言った。「奴らのところへ行って、そう伝えてくれんか」

「はあ、承知しました」とバーンは、なかばひょうきんにため息をついて立ちあがりながら言った。「こんな取引は別に新しいことじゃありませんが、もしわたしが困ったはめに追いこまれたら、あなたをひきずりこみますから、その点、覚悟しておいてください」

「ひきずりこんでみるがいいさ」とギャラップ老人は屈託のない笑い声で言った。

この会話でもわかるとおり、かのジェファーソンの偉大な夢や、デモクラシーと呼ばれる代物《しろもの》が今日《こんにち》でもかなり命脈を保っており、その結果、ジェファーソンの祖国では、富める者が暴君のごとく支配しているものの、貧者の話しぶりは奴隷《どれい》じみておらず、圧政者と被支配者とのあいだには、胸襟《きょうきん》を開いた率直さが見られるのである。

革命家仲間の会合場所は、飾りっけのない、まっ白に塗りたくられた奇妙な場所で、その壁には一枚か二枚の粗暴なタッチの黒一色のスケッチ画がかかっていた。その絵のスタイルは、プロレタリア芸術様式とでもいうのであろうが、百万人のプロレタリア中一人として、それがわかるものはいまい。ところで、これら二つの集会所に共通する唯一の点は、そのどちらにも、アメリカ合衆国憲法に違反して、強いアルコール飲料が置かれてあったことだ。三人の富豪の前には、多様な色彩のカクテルがいくつか並んでいた。いっぽう、急進派のなかでも特に急進的なハールケットは、ウォッカを飲むのも下品だとは思わなかった。ハールケットは、脅威を感じさせる猫背の、ひょろ長い不恰好な男で、横顔までが犬のように戦闘的、鼻と唇がいっしょに突きだし、唇の上にはごわごわした赤毛の口髭があり、唇全体がゆがんで、たえず軽蔑《けいべつ》を示していた。ジョン・エリアスは眼鏡をかけた色黒の目ざとい男で、先の尖った黒い顎鬚を生やしていたが、この男はこの男で、ヨーロッパ各所のカフェでアブサンに対する嗜好《しこう》を覚えていたのであった。新聞記者バーンが最初に感じ、最後まで感じつづけたことは、ジョン・エリアスとヤコブ・P・スタインとが結局はなんと似かよっているのだろうということだった。この二人は、容貌といい、心のもち方といい、態度といい、あまりに瓜二つ《うりふた》であったために、百万長者のスタインがバビロン・ホテルの床戸《トラップ・ドア》から姿を消して、そのまま急進派の牙城《がじょう》に出現しているのではないかとさえ考えられたほどだった。

三番目の男も、やはり飲み物には奇妙な嗜好をもっていたが、それがまた、いかにもこの男らしい趣味で、詩人ホーンの前に置かれていたものは、ミルクの入ったグラスなのであった。まさしくその穏健さゆえに、この場面のなかではミルクの周囲になにか不吉なものが漂い、そのくすんだ形容しがたい色は、アブサンの不気味な緑色よりもなお有毒な、不潔極まりない練りものを思わせた。とはいえ、実際には、いままでのところこの穏健さは正真正銘のものであった。というのは、ヘンリー・ホーンが革命陣営にたどり着いた経路とその出発点とは、一介の弁士であったジェークや国際的な策士であったエリアスたちとは非常に異なっていたからである。ホーンは、言わゆるゆきとどいたしつけを受け、幼年時代には教会通いをし、それからずっと今日《こんにち》に至るまで禁酒主義を貫きとおし、キリスト教や結婚などという些事を振りすててしまったいまでも、禁酒だけはやめることができなかったのである。頭の毛は金髪で、容貌も美しかったので、もし不似合いな顎鬚を生やして顎の印象を弱めていなかったならば、詩人シェリーそっくりに見えたことだろう。なぜか、この顎鬚のおかげで、かえって女らしく見えたのである。言ってみれば、この顎に生えた数十本の金髪の手入れをする以外に能がないというふうに見受けられるのだ。

新聞記者が入っていくと、例の悪名さくさくたるジェークがいつものとおりしゃべっていた。ホーンはちょっと前に「天は禁ず」とかなんとかちょっとした因襲的な言いまわしを使ったところなのであるが、たったそれだけのことでジェークは腹を立て、立板に水のごとく冒瀆《ぼうとく》的な言辞を弄《ろう》しはじめた。

「天は禁ず――ふん、天にできることはそれだけなんだ。天は、これもいかん、あれもいかん、なにもいかんとお禁じになるよりほかに能がないのさ。人を打ってはならぬ、戦ってはならぬ、ろくでなしの搾取家《さくしゅか》や吸血鬼どもがすわっているところに弾丸をお見舞いしてもならぬと、おれたちに禁令をだすよりほかに神様はなにもおできにならんと来ている。どうして神様は、あいつらのほうにもすこしは禁令をおだしにならないのだ？　いったい僧侶や神父は、なぜ立ちあがってあいつら人でなしがやっていることの真相をぶちまけないのかね？　なんだって神様は……」

エリアスが、かすかな疲労を示すかのような軽いため息をほっとついた。

「僧侶という奴は、マルクスの言葉どおり、経済発展の封建的段階に属していたものであって、もはやぜんぜん問題にはならぬのさ。かつて僧侶が演じていた役割は、いまや資本家のエキスパートや……」

「そうです」と相手の話をさえぎった新聞記者は、例によってにこりともしない皮肉な公平さで「そろそろあなた方も、資本家のなかには、その役割を巧みに演じている者がいるということをお認めになってもよいころですな」と言い、それから、冴えてはいるが死んだようなエリアスの目に自分の目を釘づけにしたまま、スタインの脅迫を伝えた。

「そうくるだろうと覚悟していたさ」とエリアスは身動き一つせずに言った——「すっかり覚悟していたと言っていいだろう」

「卑劣な奴らめ！」と叫んだのはジェークである。「もし貧乏人がこんなことを言ったのなら、貧乏人は刑務所に行く。だが、あいつらの場合は、どこに行くのか見当もつかぬうちに、もっとひどい場所に行くんだ。もし奴らが地獄に行かないとしたら、それ以外にいったいどこに……」

ホーンはここで異議を挟みたいというような身ぶりをした——といっても、それはジェークが現に述べていることに対してでなく、まさに言わんとしていることに対してらしかった。エリアスが怜悧《れいり》な几帳面さでジェークの話をさえぎった。

「相手方とおどかしっこをする必要はあるまい」眼鏡をとおしてバーンの顔をじろりと見つめながらこう言った。「我々に関するかぎり、あいつらの脅迫はまったくきき目がないというだけで充分だ。それに、こっちの手はずはすべて整っているし、計画の一部は実行されるまではわからぬようになっている。我々に関するかぎり、即刻の決裂と実力行使の大試練こそが計画に合致しているのだ」

物静かな、威厳ある態度でしゃべっているエリアスの動きのない黄色い顔と大きな眼鏡とには、なにか新聞記者の背筋をぞっとさせるようなものがあった。ハールケットの獰猛《どうもう》な顔は、横から見ると、輪郭そのものが、吼《ほ》えている犬を思わせたが、面と向かって見ると、目に浮かぶくすぶった怒りにも、なにか懸念らしきものがうかがわれ、倫理と経済の謎は結局のところ自分の手にあまる問題だと言いたげな様子があった。ホーンとなると、気苦労と自己批判から生ずる緊張たるや、さらにはげしいものがある。ところが、非常に明晰《めいせき》単純に話をする、この眼鏡をかけた三番目の男には、どことなく不気味なところがあった。テーブルでしゃべっている死人といった様子なのだ。

こうしてバーンが、資本家の警告を無視するという返事をたずさえて部屋を辞し、食料品店のわきの狭い通路を通り抜けようとすると、そのはずれのところに一人の奇妙な――といっても奇妙に見覚えのある人影が立ちはだかっていた。背の低い頑健そうな男で、丸い頭と横に広い帽子が見えるその黒々とした輪郭は異様であった。

「ブラウン神父!」度肝《どぎも》を抜かれた新聞記者が叫んだ。「お門《かど》違いじゃありませんか。まさか、ここで行われている陰謀に神父が加わっているはずがない」

「わたしのは、まあどちらかというと古くさい陰謀でしてな」微笑しながら神父が言う。「だが、結構、世に広まっている陰謀ですよ」

「ですが、ここに集まっている連中は、あなたの商売とはおよそ縁の遠い人ばかりですよ」

「そうとはかぎるまい」神父は声の調子を変えずに言う。「実際のところ、あと一歩でわたしの領域に入ってくる人がここに一人いる」

こう言いすてると、神父は暗い入口のなかに姿を消し、新聞記者は不審そうに首をかしげながら出ていった。ところが、資本家連中に報告しようとホテルに入ってみると、これよりもなお腑《ふ》に落ちぬちょっとした事件が起きたのである。気難しい老資本家どもが陣どっている、この花と鳥籠の一室に行くには、両側に金箔のニンフ像や半人半魚の海神像《トリトン》が立ちならんでいる大理石の階段を登るのであるが、この階段の上から、ボタン穴に飾り花をつけた、髪の黒い、獅子《しし》鼻の元気のいい若者がかけおりてきて、バーンが階段をのぼりきる暇もないうちにバーンをつかまえ、わきへひき寄せた。

「あの」と若者はささやき声で言った。「ご存じだと思いますが、ぼくはギデオンの秘書でポッターといいます。ここだけの話なんですが、なにか不意打ちの作戦が練られている様子ですね？」

「わたしの結論では」とバーンは用心深く返事をする。「一つ目巨人殿《サイクロップス》はなにかをたくらんでいるらしいですな。しかし、サイクロップスは巨人にはちがいないが、目が一つしかないということをお忘れなく。だいたいボルシェヴィズムというやつは……」

バーンがしゃべっているあいだ、秘書はほとんど蒙古人的とさえいえる無表情な顔つきで聞いていたが、その無表情たるや、当人の両足と服装の派手な感じとは似ても似つかぬものだった。ところが、バーンが「ボルシェヴィズム」という言葉を口にすると同時に、この青年の鋭い目が動きだし、「いったいそれが——ああそうか、そういう意味の不意打ちか。ぼくの勘違いです、ごめんなさい。アイス・ボックスのことを言いたいときに、まちがって鉄床《アンヴィル》と言ってしまうのはありがちなことですからね」

こう言ったかと思うと、この奇妙な青年は階段をおりて見えなくなり、バーンは、ますます深まる謎を抱いて階段を登った。

着いてみると、さっきは三人だった仲間が四人に増えており、非常にまばらな薄黄色の毛をし、片眼鏡をかけ、尖ったやせ顔の人物が新たに加わっていた。察するところ、どうやらギャラップ老人の顧問もしくは弁護士といったところらしいが、はっきりした肩書で呼ばれているわけではなかった。名前はネアーズといい、この男がバーンに向けて発した質問は、どういうわけではなかった。理由からか、主として革命陣営に参加していると見られる者の数に関したものが多かった。これに対して、ただでさえそのあたりの事情にあまり詳しくないバーンは、ことさら口数すくなく答えたのである。やがて四人はついに神輿《みこし》をあげたが、最後の言葉を述べたのはいちばん口数のすくなかった男だった。

「ご苦労でした、バーン君」とスタインが眼鏡を畳みながら言ったのである。「まだ言ってなかったことは準備万端完了す、ということだけだな。この点に関しては、敵方のエリアス君と同意見だよ。わたしが明日提出することになっている証拠にもとづいて、警察は明日の正午前にエリアス氏を逮捕し、夜までにはすくなくともあの三人はぶちこまれているだろう。きみもご存じのように、わたしはこの方策を取るのを避けようと努力したのだ。話はこれだけです、みなさん」

ところが、ヤコブ・P・スタイン氏は、翌日、正式な情報を警察に提供しなかった——氏のごとき勤勉な人物の活動をたびたび中断してきた事件が起きたからである。計画が実行できなかったのは、たまたま氏がこの世の人でなくなってしまったからにほかならない。それとともに、他の計画もいっさい実行されなかった。その理由は朝刊を開けたバーンの目に、でかでかとした活字でとびこんできた——「おそるべき三重殺人。三大富豪、一夜にして皆殺し」そのあとには、もっとちいさな活字——といっても、普通の活字の約四倍大のもの——で書かれた絶叫するような文句が続き、この怪事件の特徴をくどくどと説明してあった。つまり、三人の男が、同時刻においてのみか、それぞれ遠く隔《へだ》たった三つの場所で別々に殺された——スタインは、海岸から離れること百マイルの地点にある風流で豪奢な田舎の自宅で、ワイズは海浜の小さな別荘で（そこで彼は海から吹き寄せるそよ風を吸い質素な海産物を常食として生活していた）、ギャラップ老人はこの国の他のはずれにある壮大な自邸の門番小屋のすぐわきの茂みで殺害されていたというのである。三人の場合とも、死ぬ前に演じられた凶行の場面については疑問の余地がなかった。しかし、ギャラップの死体が実際に発見されたのは、この凶行の二日目になってからで、小さな林の折れた枝のあいだに怖ろしい恰好で大きな図体《ずうたい》をさらけだして絞殺されていた。ギャラップの重い身体は、槍に襲いかかる野牛よろしく、茂みのなかにもんどりうって倒れていたのだ。いっぽうワイズのほうは、どうやら崖の上から海中に投げこまれた模様で、格闘した形跡があった。崖の突端に、こすりつけたり、すべったりしたらしいワイズの足跡が、いまでも認められたからである。しかし、惨劇を物語る最初の手がかりは、被害者の大きなだぶだぶの麦藁帽子が沖合遙かの波間に浮かび、崖の上からもはっきりと見えたことだった。スタインの死体もやはり最初のうちはなかなか発見されなかったが、ついに一筋の血痕がかすかに続いているのが見つかり、それをたどっていくと、スタインが庭に建築中だったローマ式の風呂に達していた。スタインは古物に趣味を有する実験精神に富む男だったのである。

どう考えるのも自由ではあるが、結局のところ現状では、法的に力のある証拠が皆無であることをバーンは認めざるをえなかった。殺人動機だけでは十分とはいえないのだ。精神的殺人を犯す傾向があるということも、充分な証拠にはならない。それに第一、あの青白い顔をした若い平和主義者のヘンリー・ホーンが暴力をふるって他人を虐殺したなどとは考えられない――まだ、あの冒瀆的な言辞を弄してばかりいるジェークや、にたりにたりと冷笑を浮かべているユダヤ人のエリアスなら、なにをしでかすかわかったものではないが。警察ならびに警察を援助しているらしい男も（それは誰あろう、ネアーズという名で紹介されたあの片眼鏡の謎めいた人物にほかならなかった）、新聞記者バーンに劣らぬ明晰さで情況を判断していた。目下のところでは、ボルシェヴィストの陰謀家どもを起訴し断罪することは不可能であり、もし起訴するとすれば、とんだセンセーショナルな失敗におわること必定だと見ていたのである。ネアーズはまず手はじめに、巧みに装《よそお》った率直さで、いわば会議にかこつけて、一同を内輪の相談にまねいて、人類全体の利益のために自由に意見を述べるよう懇願した。ネアーズは、まず、もっとも手近な犯行現場である海浜の別荘から調査を開始した。そして、そこで行われた奇妙な話しあいに記者のバーンは出席を許されたのであるが、それは平和な外交官の集まりであると同時に、仮面をかぶった審問もしくは容疑者に対する拷問《ごうもん》でもあった。バーンをすくなからず驚かせたことには、この海浜の別荘のテーブルのまわりにすわった調和の取れない一団のなかに、ずんぐりした身体つきで梟《ふくろう》のような頭をしたブラウン神父の姿が交っていたのである。といっても、神父とこの事件とどんな関係があるのかはしばらくあとにならねば判明しなかったのであるが、ともかく、神父が出席していることに較べれば、死んだ富豪の秘書であるポッター青年が加わっていることなど遙かに自然に思われた。この集会場所に慣れているのはポッター一人だけであることから、ある不気味な意味で、ポッターが主人役を務めているといいえぬこともなかったが、そのくせ、援助を申してるでもなく、情報を提供するでもなかった。獅子鼻のある同君の顔は、悲嘆というより不機嫌といったほうがぴったりする表情を帯びていた。

いちばん多くしゃべったのは、例によってジェーク・ハールケットだったが、こういうタイプの男には、自分や友人が暗《あん》に罪を負わされているのをこらえ、そうでないかのように装いつづけるのは無理な相談だった。こうしてジェークが、殺された三人の悪口を言いだすと、ホーン青年は独特の洗練された態度で、ジェークの口を封じようとした。しかしジェークは、いついかなるときでも、敵のみか味方に対しても怒号を発しやすい性質《たち》だったので、このときも不敬な言葉を並べ立てて、故ギデオン・ワイズ氏に対する極めて非公式な追悼《ついとう》の辞を、心ゆくまでまくし立てたのであった。エリアスはじっとすわっており、その目を蔽《おお》い隠している眼鏡の奥には無表情な顔があるらしかった。

「あなたの言葉は妥当性を欠いていると申しあげたいところだが、そう申しあげても馬耳東風《ばじとうふう》でしょうな」ネアーズが冷やかに言った――「そのかわり、あなたは軽率なへまをやっていると申しあげたら、いくらあなたでもすこしは感じるかもしれません。事実上あなたは、自分はあの死んだ男を憎んでいたとみずから認めていることになるのです」

「それを理由に、おれを監獄にぶちこもうというのかね?」とこの民衆扇動家は揶揄《やゆ》した。「それもよかろう。だが、当然の理由からギデオン・ワイズを憎んでいた貧乏人を全部ぶちこむつもりなら、百万人も入れる刑務所を新設しなければならないぞ。これが絶対の真理だということは、きみにだってわかるだろう」

ネアーズは口をきかず、他の者たちも無言だったが、やがてエリアスが、例のかすかに舌もつれしてはいるが明瞭な声で、まどろっこしく口を挟んだ。

「こんな議論をしていたのでは、おたがいに、不利益ですよ。あなた方が、わたしらをここに呼んだのは、情報を聞きたいためか、それともわたしらを尋問したいためか、そのどちらかです。あなたがわたしらを信用しているのなら、わたしらは、なんの情報ももってはいないとお答えいたしましょう。疑っているとなれば、わたしらはいったいなんの罪で糾弾《きゅうだん》されているのか知りたいものです――それを言うのがいやなら、このことはそっくり自分だけの胸に秘めておいていただきたい。こんどの悲劇的な事件に、我々が関連しているという証拠を、ほんの毛筋ほどでも示したものは、誰もいないはずだ。それは、ジュリアス・シーザーの殺人に、我々を結びつけるのとちっとも変わらない無理なこじつけですよ。あなた方はわたしらを逮捕する勇気もなく、さりとて信じることもできぬというわけだ。これ以上我々がここにいても、なんのたしにもならんでしょうよ」

これだけ言うと平然と上着のボタンをはめながら立ちあがった。仲間たちもこの例にならった。一行がドアに向かって歩きだしたとき、そのうちの一人ホーン青年が振り返って、蒼白で狂信者じみた顔を調査人たちのほうに向けた。

「断っておきますが」とホーンは言った。「戦争中、ぼくはずっとむさくるしい監獄に入ってましたが、それも、ぼくが人殺しをすることを潔《いさぎよ》しとしなかったならばこそです」

この言葉を最後に一行は退出し、あとに残った連中はにこりともしないで顔を見あわせた。

「敵は退却せりというものの、これでこっちの勝利だとは思いませんな」と言ったのはブラウン神父だった。

「わたしは別になにも気にかけちゃいません」とネアーズが言った。「ただ、あの神を冒瀆するごろつきのハールケットからおどし文句を聞かされたのだけは我慢ならない。ホーンならともかく紳士だ。だが、口ではなんと言いつくろおうと、あの連中は知っているんだ。事件に関係しているんだ――すくなくとも、あのうち二人は、そうに決まっている。もう白状したも同然ですよ。連中は、わたしたちの考えがまちがっているとはあまり言わなかった、ただ、それが正しいことを証明できないだろうと言ってからかっただけだ。どう思います、ブラウン神父さん？」

　呼びかけられた人物は、相手をまごつかせるような、温和で考えこんだ目つきでネアーズの顔を見た。

「実を申すと」と神父は言う。「わたしの勘では、あの仲間のうちの一人は、口で言った以上のことを知っているようですな。しかし、その男の名前はまだ明かさんほうがよいでしょう」

　ネアーズの眼鏡がはずされた。きっと面《おもて》をあげて相手を見つめて、「いままでのところは非公式な調べなのですが」と言った。「もっとあとの段階になると、手がかりを隠そうとなさるなら、容易ならぬ立場に追いこまれますよ」

「わたしの立場は簡単です」と神父は答えた。「わたしがここに参ったのは、あのハールケットさんのしかるべき利益を守るためなのです。現状では、次のことをお知らせすることはハールケット氏の利益になるものと存じます——あの人は間もなくあの団体と袂《たもと》をわかち、いわゆる社会主義者をやめることになりましょう。そして、最後にはカトリック信者となるだろうと信じてもいい理由があります」

「あのハールケットが！」これればかりは信じられんといった様子で相手は叫んだ。「あいつときたら、朝から晩まで坊主の悪口ばかり言っていたじゃありませんか！」

「ああいう類の人間があなたにわかるとは思いませんな」と温和な口調でブラウン神父が続けた。「あの人が神父をののしったのは、神父が全世界に反抗してまでも正義を貫こうとしなかった——と思いこんだ——からです。神父にこんな要求を課したということは、神父とはいかなるものであるかをすでにあの人が感じはじめていた証拠でしょう。いや、わたしたちはいま改宗の心理学を論ずるためにここに集まっているのではない。これをお話ししたのは、あなた方の仕事が簡単になる——調査の範囲がせばめられるだろうと思ったからにすぎぬのです」

「それがほんとうだとすると、焦点は、あのずるい顔をしたごろつきのエリアスにせばめられるわけだな。なるほど、さもありなんだ——あんなぞっとするにたにた笑いの冷血漢は見たことがないからな」

ブラウン神父は嘆息を放って、「あの人を見るとわたしはいつも死んだスタインさんを思い出しますよ」と言った。「事実、親類かなんかだったんでしょう」

「そいつはどうも」とネアーズが言いはじめたが、この抗弁は、ドアがさっと開いて、またあの細長く締まりのない身体と蒼白な顔をしたホーン青年が現われたために中断されてしまった。このときのホーンの顔は、いつもの不自然な青さばかりか、新しい不自然な青さを帯びているようだった。

「やあ」とネアーズは片眼鏡をかけながら呼びかけた。「なんだってまたやってきたのかね?」

ホーンは一言も発せずに、ふるえがちに部屋を横切ると、どさりと椅子に腰掛けた。そして、呆然自失の体《てい》で、「ほかの連中とはぐれてしまった——道に迷ったのです。これは戻ったほうがいいだろうと思いましてね」

夕方の食べ物の残りがテーブルの上にのっていたが、なんと、この一生の禁酒主義者であるヘンリー・ホーンはリキュール・ブランデーをワイン・グラスになみなみと注いで、ひと息に飲みほしたではないか。

「だいぶお取り乱しのご様子ですな」とブラウン神父が言った。

ホーンは両手を頭に当て、まるでそのおおいの下から話しているような具合にしゃべった。ホーンの小声は、神父にだけ話しかけているようだった。

「言ってしまおう。ぼくは幽霊を見たんです」

「幽霊！」とネアーズが仰天しておうむ返しに言った。「誰の幽霊だ？」

「当家の主《あるじ》、ギデオン・ワイズの亡霊です」とホーンは前よりもしっかりした口調で答えた――「あの人が落ちたはずの崖の上に立っていたのです」

「なにをばかな！」とネアーズが言う。「気のたしかな人間は幽霊など信じはせん」

「そのお言葉は正確さを欠いておりますな」とブラウン神父が微笑をかすかに浮かべて言った。「大部分の犯罪にしかるべき証拠があるように、多くの幽霊にもれっきとした証拠があるものですよ」

「なんと言おうと、わたしの仕事は犯人を追いかけることだ」とネアーズはかなり乱暴に言い放った。「幽霊を追いかけまわすのは、ほかの人に任しておきますよ。まだ宵の口だというのに、選《よ》りに選《よ》って幽霊におどかされる奴がいたとしても、そんなことはわたしの知ったことじゃない」

「なにもわたしは、幽霊におどかされたなんて言ってやしません――もちろん、その可能性はありますがね」とブラウン神父。「現物を目《ま》のあたりにしてみないことには、なんとも言えませんよ。わたしはただ、ともかくこの幽霊の話をもっと聞いてみたいと思う程度には幽霊を信じているると言ったのです。さてそこで、ホーンさん、正確に言ってあなたはどんなものをごらんになったのかな?」

「あそこのくずれかかった崖の先端に立っていたんです——ほら、あの人が投げとばされた地点が割れ目のようになっているのをご存じでしょう。ほかの連中は先に行ってしまい、ぼくは崖づたいに沼地を横切って、道のあるほうに歩いていきました。ぼくはよくその方角に行ったのです——荒波が絶壁に打ちつけるのを見るのが好きでしたから。これほど月の冴えた夜に海がこんなに荒れるなんておかしいと思う以外には、今晩のぼくは別にあのことを考えていませんでした。大波が岬におどりかかるたびに現われては消える青白い水しぶきの頂《いただき》が見えました。月光のもとで瞬間的にきらめくこのしぶきを三度見たときです。ある不思議なことが起こりました。銀色のしぶきが四度目に光ったとき、しぶきが空中に凝固したかに見えました。あがったまま、落ちてこないのです。ぼくは気も狂わんばかりのはげしい気持ちで、それが落ちるのを待ちました。ぼくにとってあの瞬間は神秘的に停止していた——あるいは延長されていたわけです。それからぼくはそばに寄ったのですが、きっと大声で悲鳴をあげたにちがいありません。漂う雪片そっくりの、宙ぶらりんになったこのしぶきは、しだいにはっきりした形になって、ひらめきっぱなしのいなずまのように怖ろしい顔と身体を現わしたのです」

「で、それがギデオン・ワイズだったというのですな?」

ホーンは一言も発せずにうなずいた。沈黙が続く。やがて不意に立ちあがったネアーズのために沈黙は破られたが、その立ち方があまり急だったので、ネアーズは椅子をひっくり返した。「なに、これはみんなたわごとさ」とネアーズは言う——「しかしまあ、見にいくにこしたことはない」

「ぼくは行きたくない」とホーンが突然はげしい語調で言った。「もう二度とあの道は歩きたくない」

「今晩わたしたちはみんなあの道を歩かねばなりますまい」と神父は荘重に言った。「もちろん、あの道が危険な道であったことは否定しませんよ——それも一人にかぎらん、かなり多くの人にとってですがね」

「いやです……どうしてこんなにぼくをいじめるのです！」と叫ぶホーンの目玉は、妙なふうにぎょろつきはじめた。ホーンは、他の連中といっしょに腰をあげてはいたのだが、扉のほうにちょっとも動こうとしない。

「ホーン君」とネアーズがゆるがぬ口調でいった——「わたしは警察の者だ。それに、あなたはご存じないだろうが、この家は警官が取り囲んでいる。わたしはこれまで友好的なやり方で調査すべく骨を折ってきたのだが、なんでも手あたりしだい調べてみる必要がある——たとえ、幽霊のようにばからしいものでも調べねばならんのです。あなたの言うその場所に案内してくれと頼まざるをえないのですよ」

ここで、また沈黙が続き、そのあいだホーンは名状しがたい恐怖に囚《とら》われているかのようにあえぎあえぎ肩で息をしていた。と突然、また椅子にすわりこみ、こんどはまったく別人のよ

うな落ち着きのある声で、

「どうしても行けません。なぜ行けないのか、そのわけを言ってしまいましょう。遅かれ早かれわかってしまうことだ。ぼくがあの人を殺したのです」

一瞬のあいだ、雷に打たれたばかりの屍《しかばね》だらけの家を思わせるような静けさがあたりを支配したが、すぐにブラウン神父の声がこの異様な沈黙のさなかを二十日鼠の鳴き声よろしく響き渡った。

「計画的に殺したのかね？」と訊く。

「そんな質問に、どうやって答えたらいいのでしょう？」椅子にすわりこんだ男は不機嫌に指先をかみしめながらこう言った。「ぼくはきっと狂っていたんだ。相手が生意気で傲慢《ごうまん》だったんです。あそこは相手のホーム・グラウンドだ――で、あの人はきっとぼくをなぐりつけたのだ。ともかく格闘になって、相手は崖から落ちた。その現場から相当離れたところに来たとき、突然ぼくは、はっとなった――自分を人間社会からひき離す罪をぼくは犯したのだ、殺人者カイン（旧約聖書に出てくる殺人者。アダムとイヴの長男で、弟のアベルを殺害した）の烙印《らくいん》が額に焼きつけられ、それは頭脳のなかにも脈うつのだ、ということに思いあたったのです。そのとき初めて、自分は殺人を犯したのだと気づいたのです。遅かれ早かれ、いつかは自白しなくてはならないということはわかってました」

ここで彼は、椅子にすわった身体を不意にぴんと伸ばし、「でも、ほかの連中に不利なことはなにもしゃべりません。陰謀がどうの共犯者が誰のといくらぼくに尋問しても無駄です――なにもしゃべるつもりはないんですから」

「他の殺人と照らしあわせて考えると」ネアーズが言った。「きみの言ったあの喧嘩がそれほど突発的なものだったとは容易に信じられないな。誰かきみをここによこした者がいるんだろう?」

「ぼくは、これまでいっしょに仕事をしてきた人たちに不利な証言はいっさいしません」と誇らしげにホーンは言った。「ぼくは殺人犯だ——けれども、裏切者にはなりたくない」

ネアーズはホーンと扉の中間に踏みこんで、表にいる何者かに向かって、いかめしいお役目用の声で呼びかけた。

「ともかくその現場に行ってみよう」と低い声で秘書に言った。「だが、この男は監視をつけておかねばならんな」

幽霊狩りをしに海岸の断崖に出かけるなどということは、殺人犯が自供してしまった以上、あほらしいアンチ・クライマックスだというのがみんなの気持ちであったが、ネアーズは、人一倍懐疑的で、ばかにしているくせに、どんな手がかりでも当たってみるのが義務だと考えたのだった。諺《ことわざ》にも「どんな石でもひっくり返してみるにかぎる」とあるが、さしずめこれは、「どんな墓石でもひっくり返してみるにかぎる」といったところであろう。というわけは、結局のところ、あのくずれやすい崖は、ギデオン・ワイズが眠る水の墓の墓石にほかならないからだ。家を出るしんがりを務めたネアーズは、玄関の鍵をかけ、他の連中のあとについて沼地を横切って崖のほうに歩きだした。そのとたんに、ぎくっとした——見れば、秘書のポッター青年が、月光に照らされた顔を月のように白く見せながら、一同のほうに一目散《いちもくさん》にかけてくるではないか。

「ああ驚いた！」と秘書は言った。これがポッター氏のこの夜初めての発言だった。「ほんとになにかあそこにいます。まったくあの人とそっくりだ」

「なにたわごとを言ってるんだ」とあえぐように言ったのは刑事である。「どいつもこいつもみんなしてたわごとを抜かしてやがる」

「わたしに、あの人の顔の見わけがつかないと思っているのですか？」と、秘書は、ただならぬ辛辣《しんらつ》さをこめて言った。「はっきりとした理由があるんだ」

「たぶんあなたは」と刑事が鋭く応酬する。「あのハールケットが言った、当然の理由からワイズ氏を憎んでいた連中の一人なんだろう」

「そんなことかもしれません」と、秘書。「とにかく、わたしは、あの人の顔を知っているんだ。第一、あの人が、あそこでこの不気味な月光のもとに目を爛々とさせて立っているのが見えるじゃありませんか」

こう言って崖の割れ目を指さすと、そこには一条の月光か、それとも、ひとすじのしぶきかと思われるなにものかが一同の目に認められ、それは見るみるうちに明瞭な形を帯びはじめた。一同はさらに百ヤード接近したが、怪しい物影は依然として動かない。銀の像かと見まがうばかりであった。

ネアーズ自身、いくぶん青ざめた面持《おもも》ちで立っており、次の行動を考えているらしい様子だった。ポッターはといえば、ホーン自身と同じ程度に怖気《おじけ》づいてしまい、神経の太い記者であるバーンまでが、できることならこれ以上は一歩も進みたがらぬといった様子だった。そんなわけで、幽霊を怖れていないらしい唯一の人物が、誰あろう、自分は怖がるかもしれないと公言した当人だったということを知ったバーンは、意外の感を禁じえなかった。神父は、例のとぼとぼ歩きの歩調で、まるで掲示板でも見にいくような平然とした態度で進んでいったのである。

「ぜんぜん平気らしいですね」とバーンは神父に言った。「あなたこそ、幽霊の存在を信じているたった一人の人かとばかり思っていました」

「そういうことなら」とブラウン神父は言った。「わたしはあなたのことを、幽霊を信じない人かとばかり思ってましたよ。しかし、幽霊一般を信じるのと、ある特定の幽霊を信じるのとは、別のことです」

バーンはいくぶん恥ずかしそうな顔をして、亡霊もしくは幻の出現地である冷たい月光下のくずれやすい岬を、ほとんど盗み見るようにして眺めた。

「自分の目で見るまでは信じられませんでした」とバーン。

「わたしは見るまでは信じておった」とブラウン神父。

二つに断ち切られた丘の斜面を思わせる、裂け目のある岬の方に盛りあがってゆく広々とした荒地をとぼとぼ歩いていく神父のうしろ姿を、記者のバーンは唖然《あぜん》とした面持ちで、見送るのであった。物の形をゆがめてみせる月光のもとで、草は風に吹き倒されて、長い白髪のように一方にたなびき、裂けた崖の方向をことさら指さしているかに見えた。崖の灰色がかった緑の草地には青白い光が満ち、そこに、誰にも判じかねる青白い姿——というか、輝きを発する物影が突っ立っているのだ。依然としてこの青白い姿はあたりの荒涼たる風景を圧していた。それをめざして進んでいく神父の黒い角ばった背中と、実務的《ビジネスライク》な恰好とを除けば、あたりには、人影も物影も見えなかった。と、そのときだった、囚われの身となっていたホーンが突然、つんざくような叫びとともに、警官たちの手から身を振りほどくと、神父の先に立って突っぱしり、幽霊の前にひざまずいた。

「ぼくは自供したんだ」と言っているのが聞こえる。「なにも、ぼくが犯人だとわざわざ言いにくるには及ばない」

「わしが現われたのは、きみはわしを殺しなどしなかったと告げるためだ」幽霊はこう言って、片手を相手の前に差しだした。すると、ひざまずいていた男は、さっきのとは性質《たち》の違う悲鳴を発してとびあがった。見ていた一同は、差しだされた手が生き身のものであることを知った。


九死に一生を得た例としては、これこそ最近の記録中随一のものであろうとは、経験ある刑事と、それに劣らぬ経験をもつ記者との一致した意見であった。とはいえ、ある意味ではこれは、せんじつめれば単純極まりないことであった。その崖は、地表が薄片となってたえずくずれ落ち、その一部は巨大な裂け目にたまって、本来ならば暗黒のなかをまっさかさまに海面に落ちこんでいるはずの断崖に、棚状地もしくはポケット地帯を形成していたのである。筋骨たくましいギデオン老人は、この岩のでっぱりの低部に墜落し、それから二十四時間というもの、たえず足元からくずれ去る介砂層の絶壁をよじ登ろうと必死の努力をはらったのであったが、ついに、崖それ自体の崩壊によって一種の脱出階段ができあがった。白しぶきが現われては消え、最後に現われたきり消えなかったというホーンの錯覚は、以上の事実によって説明されるだろう。それはともかく、白髪をいただき、埃にまみれた白の田舎服を着こみ、田舎者じみた険のある顔つきの、筋骨たくましいギデオン・ワイズが、かくして現われたのであるが、その顔つきは、日ごろと較べて遙かに険がすくなかった。おそらく、死の一歩手前の岩棚で二十四時間を過ごすことは、世の百万長者にとって良い経験なのかもしれない。ともかくギデオンは、犯人の殺意を完全に否定したのみか、犯行そのものを、すくなからず軽いものとする情況説明を述べたのである。その言明によれば、ホーンはギデオンを投げとばしたりはせず、たえず崩れている地面が、たまたま足元からくずれ落ちただけのことで、ホーンは彼を救助しようとするかのような動作をさえしたというのであった。

「天佑《てんゆう》によってあの底にあった岩にかけて」とギデオンは荘厳に言った――「わしは敵を許すと神にちかった。もしわしがこんなささいな事件をゆるさなかったら、神はわしをさげすまれるだろう」

ホーンは警官の監視下に出発しなければならなかったことは言うまでもないが、刑事は、この囚人の勾留《こうりゅう》は短期間ですむだろうし、たとえ刑罰が宣告されたとしても、大したことはあるまいという予想を、自分に隠そうとはしなかった。殺人の被害者に証人台に立ってもらい、釈明してもらえるとは、この殺人犯はまたとない幸運児だった。

「風変わりな事件ですね」とバーンが言ったのは、刑事や他の連中が崖上の道を町に向かって立ち去ったあとだった。

「そうですなあ」とブラウン神父がそれに答えた。「わたしたちがなんやかやという筋あいのものではありませんが、どうです、わたしといっしょにここに居残って、忌憚《きたん》なく話しあってみませんか?」

しばらく沈黙が続いたが、やがてバーンは突然、「さっきあなたは、自分の知っていることを全部言わなかった人がいるとおっしゃいましたが、あのときもうあなたは、ホーンを怪しいとにらんでいたのですね」と言って同意の言葉にかえた。

「ああ、あれを言ったとき、わたしは、極めて無口なあのポッターさん、もう故人でなくなったギデオン・ワイズの秘書のことを考えていたのですよ」

「そういえば、ポッターが一度だけわたしに話しかけたとき、わたしは奴が狂人じゃないかと思いましたよ」というバーンの目は大きく見開かれていた。「でも、まさかあいつが犯罪をやらかすとは思わなかった。あいつは、こんどのことはアイス・ボックスと関係があるとか口ばしってました」

「そうでしょう、こいつはなにか知ってるなとわたしも思いましたよ」と考えこんだ調子で神父が言った。「あの秘書が事件と関係があるとは、わたしは言った覚えがない……あのワイズ老人は、ほんとうにあの裂け目から登ってこられるほど強い人なのかな?」

「それは、どういう意味です?」と記者は驚いて訊いた。「もちろん、あの人は裂け目からよじ登ってきたんですよ――現にいるんですから」

　神父は相手の質問に答えずに、そのかわりだしぬけに訊いた。

「あんたはホーンをどう思います?」

「あの男を犯罪者と呼ぶのはぴったりしませんね」とバーンが返事する。「あの男は、わたしが見たことのあるどの犯罪人ともあい通ずるところがまったくありません。そういうわたしは、これでも結構経験が深いし、ネアーズはそれ以上に経験を積んでます。わたしもネアーズも、あの男が犯人だとは夢にも考えませんでしたね」

「わたしのほうは、犯罪人でないもう一つの能力があの人にあるとは信じられなかったな」と穏やかに神父は言う。「犯罪者に関してはあなたのほうが詳しかろうが、それとは別のある人種に関しては、わたしのほうがあなたやネアーズさんなんかよりも詳しいんじゃないかと思いますよ。わたしはこの種の人間を大勢知っていて、連中のちょっとした習性をのみこんでいるのでな」

「別の人種と言いましたね」とバーンは、合点のいかぬままおうむ返しに言った。「あなたが知っているというのはどんな人種です?」

「改悛者《かいしゅんしゃ》でしてな」とブラウン神父。

「どうもわかりませんね」と不服そうにバーン。「あなたはあの男の犯罪を信じていないというわけですか?」

「わたしが信じていないのは、あの人の懺悔《ざんげ》です。わたしは結構たくさんの懺悔を聞いてきましたが、あんな立派なのは初めてでした。ロマンチックで、そっくりそのまま書物からの借り物ですよ。殺人者カインの烙印云々というあたりの文句を覚えているでしょう。あそこは本の受け売りです。以前の自分には怖ろしくて、とうていできなかったようなことをしでかした人間が、あんな感じ方をするものですかな。仮にあなたが正直な事務員か店員であるとして、いま生まれて初めて金を盗んでしまったことに気づいて愕然《がくぜん》としたとしましょう。そしたら、あなたは、自分のしたことが盗人バラバ（聖書に登場する有名な盗賊で反乱の指導者。イエスのかわりに彼が釈放されることをユダヤ人は要求した）のしたことと同じだとすぐに考えるでしょうか？　怖ろしい怒りに駆られて子どもを殺したと仮定しましょう。そしたら、あなたは、歴史書をひっくり返してみて、ヘロデという名のエドムの君主（ユダヤの大王。嫉妬から美貌の妻と三人のむすこを殺した）のした行為と自分の行為とを結びつけようとするでしょうか？　いいですか、各個人の犯罪というものは、醜悪なまでに私的であり散文的であり、犯罪者が犯行直後に歴史上の前例をさがすなんてことは不可能なのですよ――いくら適切な前例があるとしても、そんなことは考えられない。それに、あの人はなぜ、同僚の秘密をすっぱぬくのはいやだとわざわざ言ったのか？　そう言いながら、同僚の秘密をすっぱぬいているのも同然ではありませんか。秘密をもらせとあの人に迫った者は、まだ一人もおりはせん。いやまったく、わたしはあの人がほんとうのことを言ってるのだとは思いませんな――赦免を申し渡すわけにはいかんのです。犯しもしなかった罪がゆるされるなんてことになったら、とんだことだ」ここでブラウン神父は頭をそむけ、じっと海のほうを見つめた。

「いったい、あなたがなにを掘りだそうとしているのか、わかりませんね」とバーンが声を張りあげて訊いた。「もうあの男が許されてしまったからには、疑い深くそのまわりをうるさくつきまとったところで、どうにもならんでしょう？　ともかく、あの男は事件と関係がなくなった。安全な身になったのです」

　ブラウン神父は、こまのようにぐるりと向き直って、だしぬけに原因不明の興奮を示して、相手の上着をつかんだ。

「そこだ」と神父は力をこめて叫んだ。「そこを見のがしちゃいかん！　あの男は安全だ。事件と縁が切れた。まさにそれだからこそ、あの男がこの事件の鍵なのだ」

「ちんぷんかんぷんだ」とバーンは消えいりそうな声で言った。

「つまりですな」とちびの神父はしつこく言いつづける——「あの男は事件と縁が切れたから、事件と関係があるんですよ。それでなにもかも説明がつく」

「おまけに、なかなか明晰な説明だ」と記者は感情をたっぷりこめて言った。

　二人は無言のまましばらく海を眺めていたが、やがてブラウン神父が陽気に言った。「さてこれでアイス・ボックスの話に戻ることになる。あなたがこの事件で最初から完全な見当はずれをしていた点は、かなり多くの新聞や役人たちが見当はずれをしているのと同じ点なのです。あなたの錯覚は、現代の世界で戦うべき相手はボルシェヴィズム以外になにもないと思いこんだことにある。この事件はボルシェヴィズムとなんの関係もありませんよ——あったとしても、ボルシェヴィズムは偽装として利用されただけなのだ」

「どうしてそんなことが可能です？」バーンは承服しない。「三人もの大富豪が一つの事件で殺されたというのに……」

「違う！」と神父は響き渡る鋭い声で言った。「それは違う。問題の鍵はまさにそこにある。三人の富豪が殺されたのではありません。二人が殺されたのです。そして、三人目の富豪はえらく元気で暴れまわっている。こうして、三人目の富豪は、あなたの面前で、おどけた丁重な言いまわしで自分に発せられた脅迫から永久に解放されたわけだ――ほら、あなたがホテルで行われていると言ったあの会合のときのことです。ギャラップとスタインは、このもっとも旧式で独立心の強い田舎業者をつかまえて、もし連盟に加入しないなら、市場から締めだして凍死させるぞと脅迫しています。アイス・ボックス云々というのは、もちろん、そのことですよ」

しばらく間を置いて、神父は話を続けた。「現代の世界には、もちろんボルシェヴィストの運動があり、それに対抗せねばならぬのは言うまでもない――といっても、あなた方のような対抗の仕方ではまずいですがね。しかし、その反面、それと同様に現代的で動きのある別の運動があることに人は気づかぬのです――独占企業とか、あらゆる商売のトラスト化といったものがそれですよ。これもまた一種の革命なのだ。そして革命と同じ結果を生む。人々はボルシェヴィズムをめぐって殺しあうと同様トラスト化をめぐっても血を流す。資本革命にも最後通告あり、侵害あり、処刑がある。これらトラスト王たちは、国王のように法廷をもち、用心棒や刺客を雇っている。敵の陣営にスパイを送りこむ。ホーンはギデオン老人のスパイ団の一人で、いっぽうの敵陣営に送りこまれていた。ところが、こんどの事件では、ホーンは別の敵に対して使われた――トラストに参加しないと言ってギデオンをいためつけていた競争相手をたおすのに使われたのです」

「どういうふうに使われたのか、まだわたしにはわかりません」とバーンが言った。「また、それにどんな利点があるのかも解《げ》せません」

「おわかりでないかな」とブラウン神父は語気も鋭く言った――「あの二人がたがいにアリバイを提供していることが？」

バーンは依然としてやや不審そうな目つきで神父を眺めていたが、顔にはようやくわかりはじめたらしい光が浮かびだした。

「あの二人が事件と縁がなくなったからこそ、二人は事件と関係があるとわたしが言ったのは、そういう意味だったのです。ある一つの犯罪に関係があるからには、他の二つの犯罪とは縁がないだろうと考えるのが普通ですね。ところが実際は、二人はその一つの犯罪には縁がなく、それゆえ他の二つの犯罪と関係があるのです――なぜって、その一つの犯罪はぜんぜん起こりはしなかったのですからな。えらく奇妙で、ありそうにないアリバイだ。ありそうもないからこそ、誰にも見破られなかったのですよ。殺人を自供するような男は正直者に決まっているし、自分を殺そうとした人間を許すような男も誠実だと世間は言うでしょう。まさか、この事件が架空のもので、片方の男は、なにも許すものはないし、他方の男は、なにも怖れることはないのだが、誰もそうは考えません。二人はあの夜、自分たちででっちあげた物語によると、ここに釘づけにされていたことになっている。ところが、二人はあの夜ここにいなかった――ホーンは森のなかでギャラップ老人を殺し、ワイズはあのローマ風呂で小男のユダヤ人を殺していたからです。だからこそ、わたしはさっき、はたしてワイズは崖登りの冒険ができるほど強いのかと訊いたのですよ」

「まったくすばらしい冒険談だった」とバーンはくやしそうに言った。「いかにも背景にふさわしく、真に迫っていました」

「あまり真に迫っていて本気にできなかった」とブラウン神父は頭をふりふり言った。「月光に輝く水しぶきがはねあがって、幽霊になったというあの話は大いに迫力があった。それに、とても文学的でしたな！　ホーンは蛇やいたちにも劣らぬ卑劣漢だ――けれども、歴史に出てくる多くの卑劣漢と同様に、あの男も詩人であったということも忘れちゃいけませんよ」

解説

法月綸太郎

一九二六年に刊行された本書『ブラウン神父の不信』は、G・K・チェスタトンが創造した名探偵ブラウン神父シリーズの第三短編集である。前巻の『ブラウン神父の知恵』刊行が一九一四年なので、単行本としては十二年ぶりのカムバックということになる。

この二冊の間に、二つの見過ごせない出来事が起きている。ひとつは一九二二年、ブラウン神父のモデルとなったジョン・オコナー神父の導きで、チェスタトンが英国国教会からローマ・カトリックへ改宗したこと。もうひとつは第一次世界大戦をはさんで、探偵小説の主流が短編から長編へ移行したことである。

全五巻からなるシリーズ中、カトリック改宗後の三冊は宗教的色彩が濃くなって、最初の二冊より謎解きの魅力が薄れたという評価をよく目にするが、これは一面的な見方でしかないと思う。むしろ本書と同じ年に、アガサ・クリスティ『アクロイド殺害事件』やS・S・ヴァン・ダイン『ベンスン殺人事件』が発表されていることに目を向けるべきではないか。『不信』

以降のブラウン神父譚は、長編探偵小説の黄金時代のまっただ中に書かれたもので、同じ短編連作でも「シャーロック・ホームズのライヴァルたち」の時代とは、作品を取り巻く空気が一変しているからだ。当然、チェスタトンの筆にもその影響が及んでいるわけで、宗教的な側面にばかり気を取られるともっと興味深い、探偵小説としての内在的な変化を見落としてしまう。

巻頭に置かれた「ブラウン神父の復活」には、自分の手柄話が雑誌や新聞に載っているのを見て、神父自身が困惑する挿話がある。メタフィクションの草分けとして名高い『ドン・キホーテ』後編の設定を拝借したもので（チェスタトンは本書の翌年に *The Return of Don Quixote* という長編小説を発表している）、新たなブラウン神父譚がいっそう手のこんだメタ探偵小説であることを示す、作者の公式声明といっていい。

カムバック後の作品では、犯人もまた探偵小説の読者であることが隠れた前提になっているようだ。これは作中でトリックの占める位置が変化していることからもうかがえる。シリーズ初期作では、犯人のキャラクターを理解することが謎の解明とほぼ等しく、そこで明かされるトリックも犯人の素姓や思考法から自然と導かれるものだった。例外は『ブラウン神父の童心』収録の「狂った形」で、この作品では犯人のキャラクターとトリックが一心同体でなかったため、手紙による告白を要したのである。

ところが『不信』以降、「謎＝トリック＝犯人」の三位一体的な求心力が弱まり、トリックがひとり歩きするような「狂った形」タイプの不可能犯罪が増えてくる。ただし、そこに犯人の告白はない。ブラウン神父が「復活」した黄金時代の探偵小説は、職業的犯罪者ではない普通人が、奇抜なトリック殺人を行うことが当たり前になった「さかさまの世界」に属しているのだから。

もちろん、チェスタトンは無批判に同時代の通念に便乗したわけではない。むしろ「謎とトリック／トリックと犯人」が取り結ぶ隠微な関係を、告白抜きであぶり出す新たな技法を見いだしたというべきだろう。仏像にたとえると、一本の原木から「犯人像」を彫り出す一木《いちぼく》造りから、複数の素材を接ぎ合わせる寄木造りに転じたようなもので、宗教的な議論を挿入するのも一種の方便というか、パーツどうしをくっつける膠《にかわ》みたいな感触がある。本書の表題に選ばれた「不信」という語は、「なんでもかんでも見さかいなく信じてしまう」迷妄状態への懐疑的なまなざしを意味しているが、そのまなざしは黄金時代の探偵小説が拠《よ》って立つ「さかさまの世界」にも及んでいるのではないか。

作品の成立事情について触れよう。「ブラウン神父の復活」と「ギデオン・ワイズの亡霊」を除く六編は、一九二三年から二六年にかけて〈ナッシュ〉誌（英）に発表されたものである。前巻『知恵』の収録作品はほとんどが〈ポールモール〉誌（英）で活字になっているが（再掲も含む）、同誌は経営難から一九一四年に身売りして〈ナッシュ〉誌に統合された。買収したのは、アメリカの新聞王ウィリアム・ランドルフ・ハーストの会社だったという。

本書の翌年には、第四短編集『ブラウン神父の秘密』が出ている。この二冊は姉妹編のようなもので、同時期に発表された作品が少なくない。『秘密』収録作品の多くは〈ハーパー〉誌

（米）が初出で、同じ月の号に英米で別々の新作が載ることもあった。ただ、発表誌によってタッチを変えているせいか、二冊を読みくらべるとずいぶん異なった印象を受ける。『不信』が超自然的な不可能犯罪で統一されているのに対して、『秘密』は作品のバラエティに富み、幻想とユーモアの味つけが濃いようだ。

単行本化の際、チェスタトンは作品の順序を入れ替えているので、初出誌の情報を発表順に並べておこう（太字は『不信』収録作。アラビア数字は雑誌の月号を示す）。

一九二三～二四年

23／12**「犬のお告げ」**　24／2**「翼ある剣」**　5**「ムーン・クレサントの奇跡」**

一九二五年

3「大法律家の鏡」　4「顎ひげの二つある男」　5**「金の十字架の呪い」**「マーン城の喪主」　6**「ダーナウェイ家の呪い」**「飛び魚の歌」　7**「天の矢」**　10「世の中で一番重い罪」

一九二六年

3「俳優とアリバイ[註1]」　4**「ギデオン・ワイズの亡霊[註1]」**　＊**「ブラウン神父の復活[註2]」**

一九二七年

1「ヴォードリーの失踪[註3]」　3「メルーの赤い月」　＊「ブラウン神父の秘密[註4]」「フランボウの秘密[註4]」

【註1】初出は〈キャッセル〉誌（英）

【註2】『ブラウン神父の不信』単行本（二六年六月刊）書き下ろし
【註3】初出は〈ストーリーテラー〉誌（英）
【註4】『ブラウン神父の秘密』単行本（二七年九月刊）書き下ろし

本書の魅力のひとつにその配列の妙がある。大まかにいうと、前半の四編が白昼の奇跡を、後半の四編は呪いや幽霊といった怪奇小説風の題材を扱っている。さらに巻頭と巻末の二編を除いた六編は、同一テーマを三編ずつまとめた形になっており、編集コンセプトと構成の美しさでは、シリーズ全五巻中『不信』がトップに来るのではないか。

復帰第一作に当たる「犬のお告げ」を見てみよう。真っ先に目を引くのは、純粋な安楽椅子探偵形式を用いていることである。盲点をつく手がかりから密室トリックと凶器の行方を突き止めるブラウン神父の推理は、チェスタトン流のフェアプレイの実践といえるだろう。コナン・ドイル「〈シルヴァー・ブレーズ〉号の失踪」やポオ「お前が犯人だ」、自身の「狂った形」にも目配せしながら、犯人の性格分析と警世的な逆説でしっかり急所を押さえ、ｗｈｏ／ｈｏｗ／ｗｈｙの三拍子そろった非の打ちどころのない作品に仕上げている。十年近いブランクを感じさせないどころか、探偵小説が知的ゲームとして意識され始めた一九二〇年代前半の空気を取り込んで、完全に自分のものにしているのだ。

あるいは「ムーン・クレサントの奇跡」。荒唐無稽な首吊りトリックは、昔の推理クイズ本でよくネタにされていたが、それだけ抜き出しても意味がない。平たくいえば、この小説は冷徹な経営コンサルタントが流れ作業で殺される応報譚で、チェスタトンはアメリカ資本主義（テイラー・システムやライン生産方式）を戯画化するのに、ハリウッドのサイレント喜劇の手法を借りているからだ。作中の心理学者が自説の根拠として、映画フィルムを例に出すのはそのせいだろう。このくだりは『童心』に収録された「見えない男」の自己パロディめいているが、作者の筆に妙な勢いがあって目を奪われる。後にジョン・ディクスン・カーが「心理学的殺人事件」と銘打った『緑のカプセルの謎』を執筆した際、だいぶ参考にしたのではないか。

この作品に限らず、本書はアメリカを舞台にした作品が多い。一、二話目の「ブラウン神父の復活」と「天の矢」、巻末の「ギデオン・ワイズの亡霊」もそうだ。チェスタトンは改宗前の一九二一年に講演旅行で訪米しており、翌年 ***What I Saw in America*** という見聞記を刊行しているから、その時の経験を元にしたものだろう。異国描写は撮影所のセットみたいな印象だが、「ブラウン神父の復活」で聞き役を務める電気技師の人物スケッチなど、アメリカ中産階級の典型としていま読んでも古びていないように思う。

発表順ではだいぶ遅い「天の矢」も、広義の密室物（監視下の不可能殺人）である。同趣向の三編をこの順で収録したのは、後年カーの「密室講義」や江戸川乱歩の「類別トリック集成」等に結実する密室トリックの分類・体系化志向を、チェスタトンが早くから自覚していたからだろう。だが彼は同時に、そうした分類作業が個々のトリックから輝きを奪ってしまうことにも気づいていたはずである。この三編は密室トリックの体系なるものが、そもそも隙間と穴だらけであることを暴いたものなのだから。

『不信』の後半は、アメリカからイギリスへ向かう船上で幕を開ける。怪奇色を深めた「金の十字架の呪い」「翼ある剣」「ダーナウェイ家の呪い」で、ブラウン神父はオカルト探偵さながらの活躍ぶりを見せるが、興味深いのはこの三編がすべて「目くらましとなりすましから謎を生み出す」殺人（カー『三つの棺』の「密室講義」を参照）のバリエーションになっていることだ。発表順と収録順をくらべると、チェスタトンが意図的に同じパターンを反復・強調しているのがわかる。トリックの原理が同じでも、舞台と演出によってまったく別様の効果を生み出せるという自信の表れなのだろう。

しかも「金の十字架の呪い」「翼ある剣」で、死体の隠し方に大胆な工夫を凝らしたかと思えば、「ダーナウェイ家の呪い」では後者の偽装を生きた人間に転用してみせる。チェスタトンのトリック作法にはしばしば発想の連続性が認められるが、本書でいっそう際立つのはトリックを生かすための舞台と物語作りの巧みさである。カムバック後のブラウン神父譚は、以前より探偵小説としてのテクニカルな洗練度を増しているのだ。

それだけに復帰第二作「翼ある剣」をここに並べた意味は大きい。『秘密』の実質的な最終話となる「マーン城の喪主」の位置に「翼ある剣」を配し、それが抜けた穴を後出の「天の矢」で埋めるという結構になっている（「天の矢」の「固定観念」に関する神父の指摘は、「翼ある剣」の着想から派生したものだろう）。本書のカラーを決定づける重要な作品であり、会心の出来だったともいえるが、こうした編集操作の手つきに、チェスタトンのトリック観・探偵小説観の秘密が隠れているような気もする。

この三編で磨きをかけられた怪奇小説的な舞台と不可能トリックの連係が、カーの作風に大きな影響を及ぼしたことはいうまでもない。だが、現在のわれわれの目から見てもっと関心を引かれるのは、どの物語にも連城三紀彦風の「構図の反転」テクニックがひそんでいることだろう。とりわけ肖像画と写真を対置した「ダーナウェイ家の呪い」の逆転は鮮やかで、不可能トリックすら霞んでしまうほどだ。それとは別の意味で目を瞠《みは》らされるのが「金の十字架の呪い」のラスト、考古学者が見た夢の自己解釈である。そこで啓示的に語られる反転のスケールは一九二九年の『詩人と狂人たち』を予告するものだ。

すっきりしない結末も含めて、「金の十字架の呪い」にはどこか探偵小説の箱庭的なゲーム性を突き放して見ているような雰囲気がある。すでに述べたように、この時期のチェスタトンは第一次大戦後の探偵小説が「さかさまの世界」を自明視しつつあることに懐疑的なまなざしを向けていた可能性が否めない。そのまなざしは、何年も先の未来にまで及んでいたのではないだろうか。チェスタトンの探偵小説は後世の読者からアンフェアと見なされがちだが、彼独特のスタイル（おとぎの国の文法規則）に従って、真相への手がかりや伏線を抜かりなく配置していることはもっと見直されていい。しかし、フェアプレイ方式の杓子定規な適用にはおそらく批判的で、「ダーナウェイ家の呪い」の種明かしのように、それを冷やかす態度をも持ち合わせていたはずである。

チェスタトンのフェアプレイ観に関しては、『秘密』の序章「ブラウン神父の秘密」にユニークな例がある。枠物語形式を利用して、序章の一節にさりげなく某作の伏線を忍ばせているように見えるのだが――フライングはさておき、姉妹編に当たる本書もまた、一種の枠物語的な構成になっていることを付け加えておきたい。巻頭と巻末に置かれた「ブラウン神父の復活」「ギデオン・ワイズの亡霊」の二編のことである。

作中に明記されている通り、「ブラウン神父の復活」はシャーロック・ホームズの「最後の事件」と十年後の『復活』を下敷きにしている。同様に「ギデオン・ワイズの亡霊」で語られる断崖での格闘も、ホームズとモリアーティー教授がライヘンバッハの滝で対決した故事にちなんだものだろう。ブラウン神父の鋭い洞察は、ホームズ失踪の裏に秘められた別の真相をほのめかしているわけである。この二編は『不信』を一冊にまとめるために続けて書かれているので、こうした連想が働かなかったとは考えにくい。チェスタトンはそしらぬ顔で、「空屋《くうおく》の冒険」で始まり「最後の事件」で終わるような、あべこべの短編集をこしらえたのだ。これが念の入った皮肉でなくて、何であろうか。

収録作品原題・初出一覧

ブラウン神父の復活　The Resurrection of Father Brown　『ブラウン神父の不信』（キャッセル、一九二六年刊）に書き下ろし
天の矢　The Arrow of Heaven　〈ナッシュ〉誌一九二五年七月号
犬のお告げ　The Oracle of the Dog　〈ナッシュ〉誌一九二三年十二月号
ムーン・クレサントの奇跡　The Miracle of Moon Crescent　〈ナッシュ〉誌一九二四年五月号
金の十字架の呪い　The Curse of the Golden Cross　〈ナッシュ〉誌一九二五年五月号
翼ある剣　The Dagger with Wings　〈ナッシュ〉誌一九二四年二月号
ダーナウェイ家の呪い　The Doom of the Darnaways　〈ナッシュ〉誌一九二五年六月号
ギデオン・ワイズの亡霊　The Ghost of Gideon Wise　〈キャッセル〉誌一九二六年四月号

検印
廃止

訳者紹介 1931年生まれ。東京大学文学部英文科卒。チェスタトン「ブラウン神父」シリーズ，ブラウン「まっ白な嘘」，バラード「結晶世界」，ヴァン・ヴォークト「非Aの世界」，ウィルソン「賢者の石」など訳書多数。2008年歿。

ブラウン神父の不信

1982年3月12日 初版
2014年8月15日 22版
新版 2017年5月26日 初版
2023年11月30日 再版

著 者 G・K・チェスタトン

訳 者 中《なか》村《むら》保《やす》男《お》

発行所 (株) 東京創元社
代表者 渋谷健太郎

162-0814/東京都新宿区新小川町1-5
電 話 03・3268・8231-営業部
03・3268・8204-編集部
URL http://www.tsogen.co.jp
振 替 00160-9-1565
工友会印刷・本間製本

乱丁・落丁本は，ご面倒ですが小社までご送付ください。送料小社負担にてお取替えいたします。

ISBN978-4-488-11015-4 C0197